别把我当朋友

常条 —————— 著

© 中南博集天卷文化传媒有限公司。本书版权受法律保护。未经权利人许可，任何人不得以任何方式使用本书包括正文、插图、封面、版式等任何部分内容，违者将受到法律制裁。

图书在版编目（CIP）数据

别把我当朋友 / 常条著 . -- 长沙：湖南文艺出版社，2024.6
ISBN 978-7-5726-1852-9

Ⅰ. ①别… Ⅱ. ①常… Ⅲ. ①散文集－中国－当代 Ⅳ. ① I267

中国国家版本馆 CIP 数据核字（2024）第 097304 号

上架建议：畅销・文学

BIE BA WO DANG PENGYOU
别把我当朋友

著　　者：	常　条
出 版 人：	陈新文
责任编辑：	张子霏
监　　制：	邢越超
出 品 人：	欧阳勇富
总 策 划：	壹次访谈录
特约策划：	张　攀
特约编辑：	周冬霞
营销支持：	李美怡
封面设计：	末末美书
版式设计：	李　洁
封面插画：	肖恩先森
内文插画：	视觉中国
内文排版：	百朗文化
出　　版：	湖南文艺出版社

（长沙市雨花区东二环一段 508 号　邮编：410014）

网　　址：	www.hnwy.net
印　　刷：	北京天宇万达印刷有限公司
经　　销：	新华书店
开　　本：	875 mm × 1230 mm　1/32
字　　数：	292 千字
印　　张：	11.25
版　　次：	2024 年 6 月第 1 版
印　　次：	2024 年 6 月第 1 次印刷
书　　号：	ISBN 978-7-5726-1852-9
定　　价：	54.00 元

若有质量问题，请致电质量监督电话：010-59096394
团购电话：010-59320018

目录

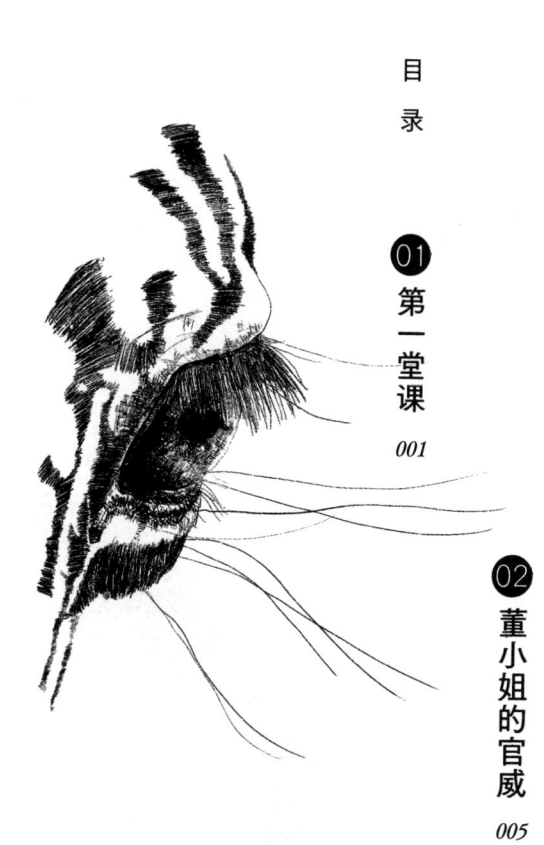

01 第一堂课 *001*

02 董小姐的官威 *005*

　　某些同志 *006*
　　一记杀威棒 *009*
　　董小姐的官威 *014*
　　何谓正告 *029*
　　一手好算盘 *036*
　　不打不相识 *046*
　　高楼记 *050*

03

鲍哥的脾气

059

老板三任 *060*

致领导的公开信 *073*

道行深浅 *076*

鲍哥的脾气 *080*

以言举人 *085*

小鹿乱撞 *089*

小妹正青春 *095*

04 看不懂的德哥 103

- 老哏 104
- 一叶沉舟 110
- 搅屎棍 119
- 交换生 127
- 包包姐的口头禅 138
- 不在场的喧宾 147
- 夫妻档 154
- 危墙 159
- 翻脸逻辑 170
- 看不懂的德哥 178

05 别把同事当朋友 187

- 鄙视链 188
- 院长的饭局 195
- 踏进同一条河流 205
- 执念 226
- 倒欠 238
- 别把同事当朋友 248

06 给熊二画上一个句号 *259*

恨铁不成钢 *260*

一个非君子,三个老同事 *271*

被败光的路人缘 *302*

代理律师 *316*

口径 *323*

事已过三 *328*

给熊二画上一个句号 *335*

后记 在一个叫北京的地方 *339*

01 第一堂课

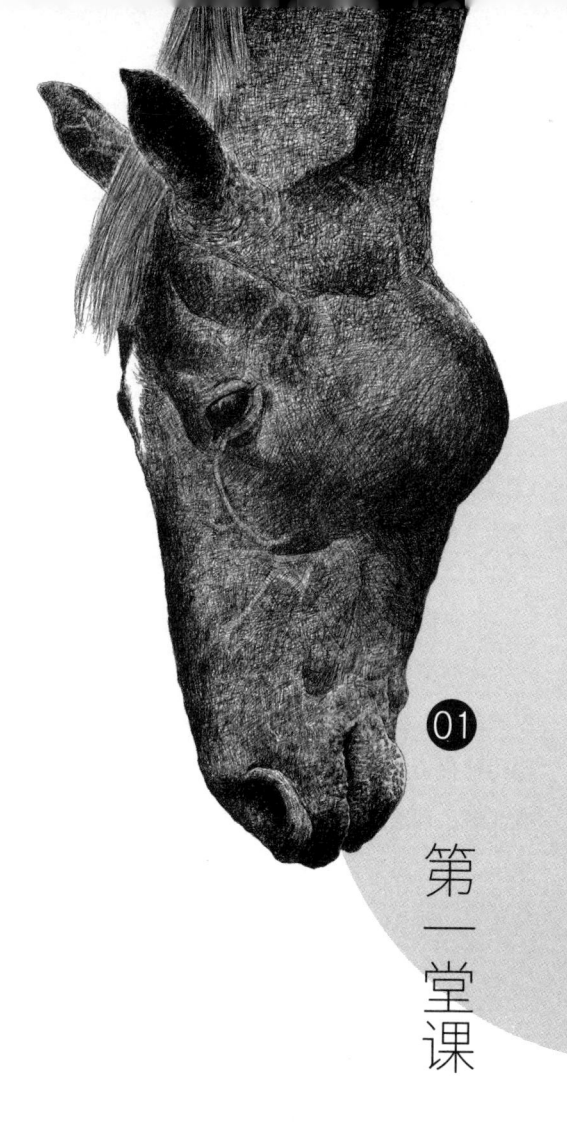

北京很大，路远车堵，出门一天就只能办一件事；

北京也小，圈子很小，绕了一圈，抬头不见低头见。

一同事就曾撞过枪口。有一天大半夜，他还在找我诉苦。白天他偷懒没去上班，然后向公司请假，说是去见一位重要客户，他还自作聪明地报上了"重要客户"的名字。他自认唯其真名实姓，才显得煞有介事，且这位客户不是圈里人，老板鲍哥不会真去查这个人、问这个事，所以是安全的。结果就悲剧了！鲍哥有事找他，问其去处，不幸的是，那个"重要客户"正是老板多年好友……鲍哥的脾气大得不得了，一分钟能把人骂死。

同事胆忒大了，我只能劝一句：该！

人在北京，圈子其实很小。碰头的不一定是冤家，还有可能是陌生人。我第一次来北京就领教了：世界真小，就一素不相识的女孩，还遇见了三次。

初次相识，是在联想桥附近的一栋写字楼里。

我是那年冬天来的北京，为着避开北上春运高峰，也想利用求职淡季先练练手，熟悉一下北京城。在北航校园里找到落脚点安顿好后，我开始投简历、跑面试。其中，去了联想桥附近的一栋写字楼参加笔试，男男女女好几个人坐在一间大会议室里答题。

因没听清注意事项，我还低声问了旁边一个女孩，因此认识了她。

笔试结束后，几个人一起走到楼下的公交车站等车，相互问了各自的去处，怎么坐车回去，然后就散了，谁也没留联系方式。

寒冷的冬天，偌大的北京城，一群来自五湖四海的年轻人跺着脚，在公交站牌下等车。临近年关了，大家都在忙忙碌碌地找工作，就冲这么一点同命运的心境，哪怕萍水相逢，哪怕独在异乡为异客，哪怕就如嘴里哈出的热气，我也会觉得有一丝温暖。

这次笔试没有下文，我继续投简历。一周后，我去了最远的一家单位应聘，从中关村转车到通州北关，例行的一套求职程序走完，我出门赶车。

上了过街天桥，看见迎面走来的一个女孩，我眼前一亮，有一份意外相逢的惊喜：是她，就是上次和我一起笔试的那个女孩！

我迎上去，微笑着打招呼："你好！"

这时我才想起，还不知道对方叫啥名，也想问问她是住这附近呢，还是出门见朋友，或者跟自己一样来这边面试的。

她不吭声，一偏头，就那么走过去了。

我一愣，怎么了？才说了一句，我没开口问她借钱，没面带凶相心存恶意呀，没想过攀啥缘分发展男女关系。她就一长相普通的女孩，我能图她啥？她要真是貌美如花，哪怕真有一面之缘，我也会退避三舍，免得旁人各种非议。说到底，我就是在遇见的那一瞬间觉得，这么大的一个北京城，素不相识的两个人还能第二次碰上，这得是多大的概率啊，值得珍惜。

热脸贴冷屁股上了，我感觉心底的善意啪地碎了一地。

所谓老于世故，就是在一次次碰壁后，自动修炼而成的吧。

第三次，我没想过还能再遇见她，也挺意外的。

我最终去了五道口的一家公司上班，不知不觉过了一年多。

一次再正常不过的上午例会，因参加的人员众多，临时从小会议室挪到外面大厅。刚一落座，我就瞥见旁边不远处坐着一个答题的女孩，觉得有点眼熟，仔细一看，这不就是她吗?!

她一抬头，也看见我了。

那一瞬间，两人都没想到又能见面。

她这是换新工作，还是一直没上班？不管怎样，为了避免尴尬，她估计不会再来我所在的这家公司。其实，我不是面试领导，无权决定她的命运，也不会等她来了进行各种打击报复，问题是她自己会先觉得不好意思。

果然，我去拿水杯的一会儿工夫，再回来，她人已不在工位上。没多久，人事部的小姑娘来收考卷，才发现她没答完，不满地嘀咕了一句："这都什么人啊，走了也不招呼一声。"

到现在，我都不知道这个女孩叫啥名，当时也没想过找人事小姑娘翻看她的简历，没必要。有时候，人与人萍水相逢，擦肩而过，可能都会这样吧，于我于她都是如此。

只是不知此生余年，还会不会有第四次再见的机会。

北京很大，也很小，素不相识都能见三次。

这是北京给我上的第一堂课。

02 董小姐的官威

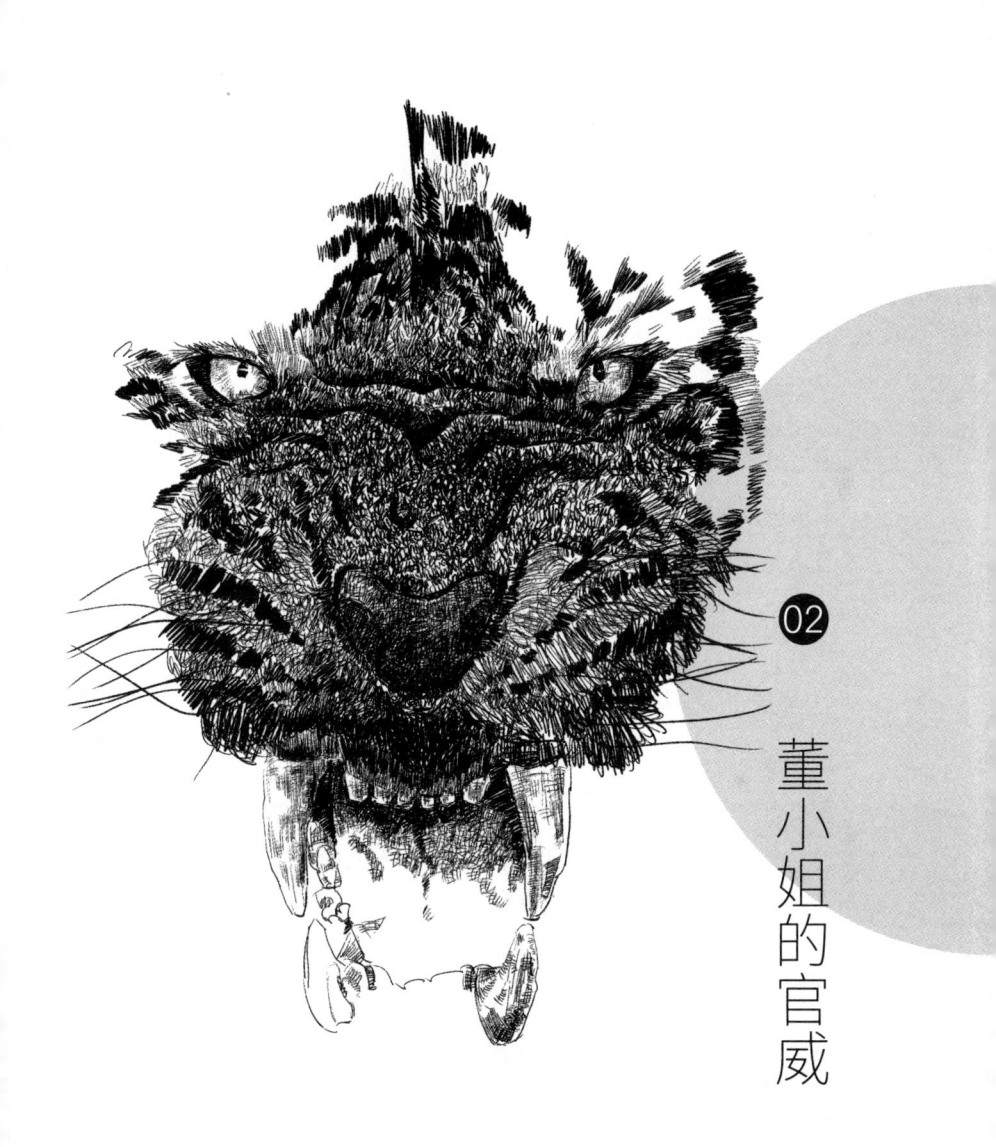

某些同志

熊二想不明白的是,他怎么突然一下成了"某些同志"。

上午例行业务会上,熊二信口开河地说了一句:"最近股市很火,大家是不是考虑搭搭顺风车、沾沾光啥的。"这时,人称董小姐的大老板半途推门进来,她也听见了。自从熊二进入单位做了总经理后,平时业务会都是熊二一人主持,董小姐很少参加。

"某些同志的某些提议,偏离了主方向,我认为这是不可取的。"

这是董小姐落座后,开口说的第一句话。

董小姐进来才这么一会儿,也只有熊二发了言,所谓提议只有一个,就是熊二所说的要搭股市顺风车。按说这事也正常,董小姐如果觉得不行,可以会后指出,高层之间私下交流,不用当着全体单位同事的面否定。大家就那么一听,没有谁把熊二的话当真,呵呵一笑也就过了。

当然,退一步来说,哪怕是当面否定,也属于正常业务范围内的探讨,董小姐完全可以明确指出:总经理这个提议不对。可她偏偏就来了那么一句"某些同志"的"某些提议",颇有一点官场上的政治意味。

会议室里,大家一脸平静,正襟危坐,继续开会。

而同事小群里却炸开了锅,都说董小姐不再维护熊二的威信,哪怕是面子功夫都不屑做了，这是要官宣两人"蜜月"期的终结啊，大家言之凿凿。

好像也为了印证这一点，当天晚上，董小姐在公司群里转发了一条视频链接，点开一看，说的是"有德配位"和"德不配位"。大家开始还没看懂，看了一会儿才明白，说的是一个职业经理人如何做到"有德配位"，这话意有所指，再明白不过的事，不需要董小姐非把兰花指戳到熊二的脑门上，他才认账。"德不配位"，底下人都来造他的反，自己做事像热锅上的蚂蚁，员工也像无头苍蝇一样，这不就是在说熊二做了总经理后，单位状况频出吗？

董小姐做事有点官场的风格，喜欢绕着来，不明说。

熊二在这里干得不行，她可以直接辞退，但一直迟迟不主动开这个口，先是"某些同志"，然后来一个"德不配位"。熊二这个人最多算作业务能力不行，是靠嘴吃饭的"忽悠"，说得过一点是浮躁，不至于上升到"德"的做人高度，这也说明董小姐心里憋了很久，忍无可忍到了何种程度，才会转发"这个视频太好了，已经看了十遍！"这种俗不可耐的标题党链接。

是可忍，孰不可忍？

对董小姐来说，主动辞退熊二要承担一大笔赔偿费用，再说一时找不到合适人选；对熊二来说，整个行业都处于低迷状态，去哪儿都一样，还不如暂时在这里赖着，不上班就没钱了。

于是，两人都绷着。

这一次，同事们罕见一致成了不吭声的吃瓜群众，不像以往董小姐在群里一转发什么，大家都还没看完，底下就接二连三地点赞叫好学习中。微妙的是，过了很久，同事小孙来了一个不痛不痒的"温馨提醒：请用Wi-Fi（无线网络）模式观看，土豪可忽略"。

事后，小孙解释说，大老板发话了，底下没一个人吭声，也不好。

熊二来单位之前，关于总经理的人选，董小姐的保密工作一直做得很好。和底下各部门主管吹风时，她说新挖来的总经理牛啊，曾带着手下四人完成了单位上亿元的业务额，问是哪位同行，董小姐一律微笑应之，从来不告诉名字。大家的预期就这样被撩拨得高高的。

某些同志被批后，终于有人敢说大实话，说"一个大忽悠找来了一个小忽悠"：董小姐拿着单位前两年的财务报表挖人，熊二呢，把前公司所有部门的业绩算在自己头上，充当跳槽的资本。挖人才，结果挖来了一块绊脚石。

熊二来到单位，第一个动作就是找一个总经理助理。他向所有部门主管发出"诚挚邀请"，都说对方是他唯一的人选，事后大家相互通气，才明白熊二是同时发出邀请，一个没谈成，立马掉头找下一个，直到最后一个都没谈成。时间长了，有人实在无法忍受熊二的做派，调侃他做事又熊，说话又二，结果"熊二"的称号当晚就被传开了。

叫着叫着，大家都忘了熊二本来姓甚名谁。

大家都在等着，哪一天熊二突然主动辞职走了才好。小孙的一句话直接戳到大家的心窝窝上了："铁打的那啥（单位），流水的那啥（老总），快了快了，淡定淡定。"

一个月后，熊二还没走，身为部门主管的小孙忽然一下成了"孙副总"。

同事嘀咕了一句："什么情况？"

一记杀威棒

一日，大家正在瞎叨叨，不知谁弱弱地问了一句："孙副总没在小群吧？"

所有人立刻哑巴了。

这会儿，估计大家都手忙脚乱，马上查看小群名单里有无孙副总，再倒回去翻看聊天记录，看看自己有无说得出格的话，或有无涉及孙副总的内容。

就这么一后怕，小孙被大家踢出局。

小孙其实不小，40余岁的中年男人，来单位好几年，一直做部门主管，至于他怎么突然当上了孙副总，大家都挺奇怪的，其实，小孙自己心里明白着呢。

当初，熊二拉人做助理，没人接招。接着，又说很欣赏小孙，要提拔他做副总。说到底，熊二就想找一个能干事的人，他好做甩手掌柜，耍领导威风。

结果不了了之，可能在董小姐那一关卡住了。董小姐了解小孙的性格，又肉又面，瞻前顾后，肯定不适合做领导。

后来，董小姐摸清了"某些同志"的底牌。

再后来，一件事情的发生让董小姐不得不痛下决心，提拔小孙做了副总。

熊二拉来一个大项目，说是通过中间人牵线搭桥，按理要给一笔不菲的中介费，这没问题，董小姐也同意。起草合同时，从公司角度考虑，需要把这一笔中介费作为成本纳入，不可能另起炉灶。再说了，单位认可，合作方知晓，作为第三方的中间人应无条件配合。可事情的关键就在这里——熊二说他的朋友不同意。

大家一下觉出猫腻。在行业内，吃里爬外的人和事也不是没有过，联合中介方谈项目，故意把合作条件往高了谈，然后再要求中介方把抬高的这一部分，作为回扣私下分了。

熊二猜到大家起了疑心。

也对，大家有足够的理由怀疑他：在这里做得不好，业务能力不行，混不下去了迟早要走，借着做大项目的机会捞一把吧。熊二明白这一点，自己真要从单位走了，得不到半点补偿，只能有点捞点，捞点是点。

散会后，熊二或许为了洗脱嫌疑又把财务小姑娘拉到办公室，东扯西扯地说了一通。说是牢骚，其实是在为自己辩白。

财务小姑娘听得一愣一愣的，不知道他为啥要说给自己听，再说她听了也不会把话传给董小姐。董小姐听了也不会信，又轮不到她这一小财务说，够不着。她要是替熊二说话，岂不是往自己身上泼脏水？

至于熊二是不是真存了这份心思，只有他明白，旁人无从知晓。

大项目就这样拖着，不了了之。结果，董小姐迅速提拔小孙做了副总。

这是大家没想到的，包括熊二自己。

董小姐的用意很明显，就是把小孙作为一颗棋子安插在熊二身边，制衡他，免得他胡来。至少他胡来的时候，有人知晓这个前因后果，有应对之策，免得被人找上门了，还不知道怎么回事。实在胡来拦不住了，好歹还有人第一时间给董小姐通风报信。

熊二当然明白这一层意思，所以对于小孙被提拔，他浑身不自在。

当初，要是自己的提议通过了，哪怕不算亲信，怎么着自己也能在小孙面前卖个人情。这下好了，小孙一下成了监督他的眼睛，怎么看怎么不自在。这一点，从他第一次让小孙主持会议就能看出来。

有了副总，自然不用总经理亲自主持会议。

于是，在小孙上任后的第一次例会上，熊二明确说了："以后啊，小孙来主持会议。"两个差不多年岁的中年男人，熊二喊人家"小孙"，不再像以前那样直呼其名以示亲近。单单一句"小孙"，熊二就摆足了威风：一来身为小孙，在我这个大领导面前，你还是一个小朋友，后进之辈该懂的，你都得懂；二来副不压正，小不欺大，你还得听我的，归我管，我说了算，孙猴子跳不出如来佛的掌心。

可让熊二最为憋屈的一点，他还得在人前人后、话里话外各种卖乖：当初我看上小孙是多么有眼光！

小孙成了孙副总，局面开始变得微妙。

一方面，董小姐在试他，试用或者说是试探小孙的能力。在小孙没有被完全信任之时，董小姐不会放权。当然，董小姐也不会把小孙当心腹，哪怕真就是心腹，领导心思不能知道的、不该知道的，自然无从知晓。另一方面，在熊二面前，小孙也使不上劲，狐假虎威，可背后的董小姐一丁点都不松手，他借不上半点威力，充其量，只能是董小姐安插在熊二面前的一个活生生没有自主权的远程遥控镜头，其滋味之煎熬，非当事人不能体会。

另外，小孙被昔日同事排挤出局，失去了群众基础的支持，无法得到一线消息，要想找人出谋划策，那真的成了一件奢侈的事情。老同事都知道他的尴尬处境，不但不避讳，反而明目张胆地督促他尽早请示：这个事情你也做不了主，还是问问董小姐的意见吧；那个事情要不要跟董小姐报备一声，免得你耽误了，大家都被动……

这样一来，小孙成了茫茫大海上的一叶孤舟，谁都指望不上，要想靠岸，只能立威自救。

机会终于来了。

一天，小孙照常主持例会。在说到每周工作总结时，发现问题了：有的人交了总结，而有的人没有。小孙觉得这正好可以抓典型。于是，他先重点表扬了我的对象，她那时已被董小姐拉过来上班，她这次的总结写得好。一通夸奖后，再说到几个没交总结的人，小孙撂了一句狠话："虽然都是老同事，但是如果下次谁还这样，别怪我不给面子，说出什么难听的话来。"

下面坐着的大玲子听到这话，脸立马黑了。她认为这是在戳她，因为她就是没有交总结的人之一。小孙事先提醒过大家，她以为没事，之前大家不写总结，直接在会上口头汇报，也能混过去，何况都是老同事，加上她确实忙于手头的急活，还真忘了写总结的事。

大玲子的脾气不是那种一点火就着的人，没有当面跳将起来，直接与小孙对抗，而是把这事放在心里，酝酿、发酵、纠结、沸腾，直到憋不住了，在朋友圈里控诉："被熊二的不作为和最信任的同事兼上司的语言暴力激怒，整个人愤怒得要冲出肉身，转而却突然感受到一切都是对自己无能的夸张和愤怒。瞬间觉得一脚踩空！"

最信任的同事兼上司，说的自然是小孙。

大玲子发文的时候，情绪接近失控状态，没想过还要考虑屏蔽小孙这样的细节，于是，小孙看到了，他立马找人谈话，找来的不是大玲子，而是我对象，当面纠正了一个说法，说是应该"感谢"我对象为大家做了一个好的表率，而不是"表扬"。因为"表扬"是上级对下级的表扬，"感谢"一词才能体现双方的平等，大家都是相处了很久的同事，从这一点情义上来说，他应该"感谢"我对象。

小孙还真没法找大玲子道歉。

大玲子确实没交总结，小孙严厉批评了这种行为，大家也都看到了这一切，虽然小孙的本意不是针对大玲子，孰料局面竟至如此。他没法撤回自己说的话，也撤不回了，说出去的话如泼出去的水，能撤回也不会这样做，那不等于打自己的脸嘛。再说了，撤回又能怎样，能消除对大玲子的伤害吗？不能吧，只能在别的方面找补一下，拼命往回圆，比如"感谢"与"表扬"之差异，希望大玲子能够体谅到昔日同事的一番苦心和不得已的苦衷。

小孙反思到的重点是"语言暴力"，在被批评和被表扬的两个人中间找平衡，大玲子愤怒的重点不在这儿，而被叫去谈话的我对象更找不着北，彻底晕了：先"表扬"后"感谢"，这哪儿跟哪儿啊！

小孙的一记杀威棒抡下去，自己得出一个结论：女人就是 trouble（麻烦）！

董小姐的官威

1

手机铃响时,我十二个不情愿:大周末的,阳光明媚,还是在去往郊区野餐的路上,这谁的电话啊,真讨厌!

我特别不喜欢周末或者下班后,接到工作上的电话,不论是领导还是合作的客户,一律提前告知,划好界限,很少有人故意讨嫌,除非有特殊情况。而这个时候来的电话,又多半跟工作相关。

身边的朋友提醒我电话响了很久,我磨磨蹭蹭地从包里掏出来,对方已经挂了。一看未接来电,哟,董小姐?前前公司的老板,大周末的找我?离开原单位都已三年多了,她可从来没有联系过我,今天竟主动打电话,啥情况?

朋友看了我一眼,没等我示意,主动关掉了车载音响。

想不明白,不如直接回拨过去,一会儿就接通了。语气里,我一如既往地恭敬:"领导,您找我啥事?"

哦,情况是这样的。董小姐一点都不客气,上来就说公司盘账,发现一个项目解约后,应该退还的预付款没有转到公司账上。最后她还特别点了一句:"这是你之前负责的项目,还得麻烦你跟对方交涉一下。"电话那头,董小姐全程一副公事公办的口吻。

本来就不情愿,听她这么一说,我心里噌的一下就火了,倒不是计较董小姐这种疏离的态度,而是因为她明确指出这是我"负责的项目",话里话外说麻烦我,实际上冷嘲热讽地说我屁股没擦干净——我不是这样的人,凡事善始善终,无论对合作方还是自己服务过的公司,都会有一个交代。再说了,我是通过办理正常的手续离职的,没跟公司交恶,闹翻了撒手不管,要是有遗留项目不交接清楚,按照董小姐的脾性,她自己会签字同意?我走得了吗?

当然,离职后,无论出于职业道德还是个人修养,公司找我核查此事,我全力配合协助,一点都没问题,但请你董小姐不要以这样的态度对我。退一万步讲,哪怕我品行不堪,真是一屁股屎,都离职三年多了,才发现才想起才找我问这事,你们早干吗去了?!

我心里窝火,嘴里还得一边"嗯嗯嗯"地应着。

挂断电话,我恨不得抽自己一耳光。

没办法,还得擦一屁股屎。我先在邮箱里查到了项目解约协议的扫描原件,上面有时任总经理熊二的亲笔签字,应财务主管的要求,给对方留下的是一个新来的财务小姑娘的账号。完成首要任务,确认了双方已签署解约协议。

接着,我不得不硬着头皮,也得大周末给合作方打电话确认退款的事。合作方海哥还曾是我的朋友,本来因为解约的事相互闹得不愉快,都好久没联系了,他接到我的电话有点意外,说到退款一事,他明确记得当时卡上有钱,就直接转了账,不过时间有点久了,得回头查查银行交易记录再说。末了他问我一句,怎么过去这么久了,突然提起这个事。我说董小姐刚刚打电话问了我这事,她还明确交代要是忘了退款,可以另外签新的合作项目冲抵,就当作给您的订金云云。

好不容易处理妥当,我马上告知董小姐情况,提议后续让孙副总来对接。我这边的环节已核查并交代清楚,后续确认等内部环节,不方便再插手。小孙熬了三年多，熊二也终于走了，他现在算是董小姐的亲信了吧，我打电话给他，他在那头还一脸蒙的状态，难道董小姐没跟他说过这事？我哭笑不得，没办法，只能从头到尾详述了一遍，提供相关资料，找谁确认，跟谁对接，等等。

一番折腾下来，我心里开始犯嘀咕：这一大笔钱去哪儿了？

难不成财务小姑娘收了钱，没有及时转到公司账号，贪污潜逃被报警了？说到底，如果公司真出了这样的事，董小姐作为"一把手"难辞其咎。都过去这么久了，董小姐才追问此事，而且还大周末的，难道集团总部突击审计北京分公司的财务？这么大的事，孙副总不应该不知道吧……

越想越觉得事情不简单。

2

董小姐找我容易，一个电话的事；我要找她，嗬，可难了。

离开原单位三年多，除了过年过节的例行问候，平时跟董小姐没啥交集。这三年多里，我只主动联系过她三次，且在近期这一年之内。第一次咨询一事，我电话打过去，她挂了，我发短信告知详情，过了一会儿才收到她的简洁回复"在开会，有事找财务"。第二次，小孙问我一个遗留项目的进展，董小姐催了他。项目合作方是我多年的朋友，虽然我已离开，他仍然希望我来协助，我把原话截图发给了董小姐，一直没有回复。我也如实转达给了小孙。

站在董小姐的立场考虑，估计她会认为我的自我感觉良好，项目非我不可，所以故意晾着我。在这之前，我也曾起过跟董小姐合作的念头，就因为太了解原单位的情况和董小姐的做事风格，思虑再三，最后还是放弃了，拿着一个项目跳过她，直接找了集团其他子公司合作。在眼皮底下发生的事，董小姐应该知道，她心里会有点不舒服吧，我也顾不上了。

第三次联系，还是我主动找董小姐的，考虑到借助原单位背后的集团优势，合作一个大项目，所以没在电话或短信里提及，想当面和董小姐聊聊。

我先是12月发短信约她，董小姐回复了四个字"我在外省"。我看她发来的信息如此简短，哪怕多一句废话，哪怕多一个标点都没有，我就没再腆着脸继续死缠烂打，再说项目也不着急，就说等下次。董小姐真要是不想见人，随时都可以说"我在外省""我在开会"之类。

一说下次，等到我俩再约上见面，竟然到了第二年的5月初。

5月初的一天，我有事找娜娜姐，提前跟她确定第二天见面的具体细节，她多说了一句，说明天中午先约的董小姐，聊完了再见我，两拨人前后脚，都在同一个地方。

娜娜姐是我俩都认识的朋友，董小姐这回应该不会紧急出差了吧。挂断娜娜姐的电话，我试着给董小姐发了一条信息，这次我耍了一个小心眼，听娜娜姐说了她俩约见面的事，我说道：如果明天下午您还在单位的话，我顺道过去看看，要是您有别的安排，就下次再说。

话都说到这份上了，董小姐这下没法推辞了吧。

我特意选择下午4点多发的信息，这个时间段，她一般不会开会，也不见客，应该能及时看到我的信息。当然，我肯定得拿出十二分的诚意，不能因为都在同一个地方见娜娜姐，等着她俩先见完了，我也顺道凑一桌见见董小姐，反正娜娜姐也不是外人。这可绝对不行，董小姐见完了自然先回单位，我怎能让她等我呢，肯定得再跑一趟，专程去找董小姐，这样才对啊，哪怕来回跑，再麻烦也得这样！

不出意外，我很快收到了董小姐的回复"欢迎某某同学回家看看"，并附上一个偷笑的表情。

我并没有觉得开心，或者终于得到了领导的回应，所应该有的那种欣喜心情，说真的，一点都没有。"某某同学"，只有在她有闲时，或者她有求于人时，正当用人时，才会这么开玩笑。对已经离开单位多年的我来说，只能说明她此时此刻难得有闲心。

第二天中午，我照常跟娜娜姐见了面。

娜娜姐倒是热心地提了一个建议，说也跟董小姐提了：让董小姐投资买下我们的公司，作为独立全资的子公司运作，正好弥补她那边要开拓的一块业务。

不好当面打击娜娜姐的积极性，我听后说会认真考虑，心里其实不然：一来不希望被投资人绑架，还想保留自己的话语权；二来不希望被原单位捆绑，在业务方面，我看不到原单位有哪些优势可以让我倚仗，优势互补；三来不希望被董小姐捆绑，她没法在专业方面给我指导，我还怕被她瞎指挥呢。如果今天见面，董小姐真要聊到这个，我也只能说会认真考虑。

不过，按照我对她的了解，不会出现这样的情况——我只是她下属中的一员，没有靠上有钱的大平台，没有可以走捷径的其他大背景，她看不上。

3

下午跟董小姐提前确认时间，她说约了客人先谈，"你怎么着也得下午 3 点以后"。我下午 3 点准时到了单位，先在办公区找了一个空位候着，并发微信告知她。百无聊赖地等到下午3点43分，董小姐才给我回复一个胜利的表情，我试探性地问了一句"结束了？"，没有得到回复。到下午4点25分，董小姐才派前台小姑娘过来叫我。一个电话或一条短信就能搞定的事，她非要安排人，还是免不了"官老爷"的做派，一如既往。

终于要见董小姐了。

她和小孙站在门口的企业形象展示栏那里，一前一后，像是刚把客人送走。远远地，我笑着迎了过去，董小姐也礼节性地笑着。她戴了一副新的镀金边框眼镜，有点扮职场丽人装嫩的感觉，50多岁的女同胞还是掩饰不住衰老。请原谅，我实在控制不住在心里吐槽了一句"真的老了"，没法假装，没法一张口就来那种夸领导您又年轻了、时尚有范之类的，真做不到，只能恭恭敬敬地开口叫了一声"老领导"。

小孙在旁边，假装没认出我，我还配合地表演了一幕久别重逢。

寒暄了几句，我以为董小姐会安排在她的办公室私聊，不是说欢迎我"回家看看"嘛。没想到，她率先走进了旁边的大会议室，我坐下来，中间隔着两米宽的厚实的实木桌面，看着对面的两个人，一副公事公办的商务会谈场景。唉，之前我在单位常被她叫到自己的办公室，各种嘘寒问暖，各种促膝谈心，想想就行了，幸好一直没当真。

大会议室靠近前台，人来人往有点吵闹，我看了一下身后敞开的两扇门，正要起身，董小姐看到了，端坐着，用矜持而不失威严的中音喊了两声，前台的小姑娘才听见，慌慌张张地跑过来帮我们关上门。按照做事人的通常思维，最有效的解决方式就是我起身走两步，直接关上大会议室的门。我是来单位谈合作，不把自己当外人，也不介意我去关门这个事，哪怕董小姐随口叫我关上门，我也没觉得过分。只是，董小姐开口叫了前台小姑娘，我只能稳坐不动，努力配合着——这是董小姐享受"官老爷"做派时，发号施令，执行到位，这个过程在每一件事每一个人身上都能得到充分的体现，无论当着合作方还是曾经的下属我，都会如此，董小姐从不会觉得违和。

门关上了，我开玩笑说先给领导汇报一下我的工作，简单说了几句，还没等我开始说大项目合作的事，董小姐就接过了话头，开始官话连篇。

董小姐说，看到我今天取得的成就，由衷地为我感到欣慰，并表示衷心的祝福。我在此服务的这些年，曾经为单位创造过辉煌，顶峰时期过后，一直处于低谷，没有别的项目弄出一点动静，苦闷过、迷茫过、彷徨过，她也看出来了。还好我没有放弃，终于走出来了，恭喜恭喜呢！

我明白董小姐的潜台词，自行划重点：靠着她才有我的辉煌，希望我不要忘了这一点，同时也强调我现在取得的成绩，相比我之前在这个单位取得的成绩还有一段差距。董小姐和她身后的这个平台很重要，她的再次强调只是希望我不要忘了这一点，并不是传递出挖我回来的意思，丝毫没有这样的迹象，我明白并准确无误地接收到、领会到了领导的全部意图。

董小姐说，公司现在的项目开发方向，走的是高端路子，其他项目暂时不考虑。

我心里叹了口气，在这个单位待了那么久，我肯定知道公司的产品方向，我都知道的事还在这儿假模假样地介绍，权当全力配合她的表演吧。我知道董小姐说的"其他项目"是什么，就是我之前擅长开发的那个方向，她以为我今天要聊这个，我还没开口提合作的事，就这么抛出"其他项目"，肯定是为了先堵住我的嘴，还不直接明说，绕着弯来。我一直关注着老东家的发展，是有备而来，想拿一个双赢的大项目好好谈谈，但看她这一番作态，按下这个念头，不提也罢。

董小姐说，公司还有一些别的项目可以让我代理，达成合作的目标。

我听了一愣，哦，她不愿意跟我合作"其他项目"，反而让我来代理"别的项目"达成合作，感觉好像便宜了我似的。我一听项目介绍，这些所谓"别的项目"的市场前景不好，希望我来帮忙变现吧？明明自己没招了，还假模假样地唱高调，都这样了还不拿出合作的务实态度，明明是平等的双方，非要居高临下，丢出一块无肉难啃的鸡肋骨，好像我非得感恩戴德、感激涕零不可……唉。

…………

最后，董小姐煞有介事地说交给我一个项目。他们跟一大咖联系，合作方案递过去了，但对方一直没有反馈，明眼人一听就知道方案不行，这事没法进行下去，可董小姐又不想放弃，她知道我擅长这个，说回头把大咖助理的联系方式给我，让我直接对接，也会把之前的方案发过来，看看怎么进一步完善。

好吧，这个我接受了。

这次见面，聊了不到20分钟。其间，董小姐还当着我们的面接了一个电话，用家乡方言聊得喜笑颜开。只剩下我和小孙不痛不痒地聊着，避免冷场的尴尬。

结束后，董小姐回到自己的办公室继续忙，没说让我过去再坐坐。我跟着小孙去了他的办公室，简单对接完项目资料后，就离开了。走之前，我没再去找董小姐，而是发了条短信告知了一声，直到第二天，也没收到她的回复。

这次见董小姐，倒有一个小插曲让我感触颇多。

下午刚到公司门口，迎面走出一人，我一下认出是给董小姐开车的新司机，原司机兼行政部主管李哥走了之后新找的人，我有些意外。新司机是董小姐招来的熟人，他知道董小姐看重我，日常见面相互问个好,大家相处得不错。他也认出我了,只是有些迟疑,可能是我换了发型、留了胡子的缘故。在照面的瞬间,我突然忘了他叫啥,成哥?还是王哥?我只好含混地叫了一声"哥",并告知我是谁,避免了进一步的尴尬。他要出门办事,简单招呼一声就分开了,后来再跟老同事聊起,才知道他叫成哥。

长久不见,人与人真的会疏远。这次能认出人,但记不住名字,时间再久一点,分开再长一点,距离再远一点,可能等下次再见面,连人都不认识了。

有这个可能吧。

4

为了表现积极主动,第二天,我问董小姐要大咖的项目方案,一天,两天……很长时间过去了,董小姐一直没回复。我相信她看到了我的信息,不回复的意思是她临时决定不做这个项目了,取消或终止?还是想法不成熟,暂时不发,可她也没吭一声啊?还是防着我,怕我剽窃了他们的项目创意,反悔当初的合作提议?……

董小姐就喜欢这样,不说,让你去猜、去瞎琢磨,领悟所谓领导意图,猜中了不告诉你,猜错了也不指出,就是不说,自己想去吧;要是开口说一件事或一个意思,不直接说,喜欢绕着弯来。有时候在旁边看着,都替她着急,这样活着累不累啊,我看着都累,可能她乐此不疲吧。

经此一事,我算是想明白了:以后铁定不会再跟董小姐有业务上的合作,如果再见面,也只是场面话应酬一下。如果她主动找到我合作,在有利可图的情况下,我会严格按照商业规则来,寸步不让,锱铢必较,毫无情面可言。

至于董小姐提到的那个"别的项目",从一开始我就打定主意不做,但我得一步步来,有一个循序渐进的拒绝过程。

大会议室见面,董小姐一提到这个事,我不能当面拒绝说现在不做这个、市场不好之类的话,虽然这是实情。无论我说哪个实情,在董小姐看来我就是显能,她愿意拿出这个项目来让我代理,她认为是看得起我,我还挑三拣四,哼,简直就是不识好歹。我要真一上来就硬邦邦地拒绝,可能这次见面只能以尴尬收场了。

戏还得继续做足了。

所以,见面结束后,我还假模假样地跟小孙要相关资料,问及这个项目涉及的相关业务部门的进展情况,煞有介事。回去后,我不能也不会在短时间内快速回复小孙,放一放,晾一晾,得过了一段时间才反馈意见,委婉地说不行。嗯,这段时间就当是假装把这个项目报给第三方,他们看完后反馈所需要的大概时间,基本就是"得过了一段时间"的反馈周期。

当然,反馈给小孙的意见,我会假托这是来自所谓第三方的专业意见。实际上,从业务角度一看就不行,过不了我这一关的项目,我是不会推荐给合作的第三方的,免得被看轻——这么烂的东西推荐给我们,你们是不是连基本的业务判断能力都没有?!

如果说真有机会来敲门,错失了,也是因为董小姐的自大和傲慢。

5

说真的,董小姐跟我无冤无仇。

之前在单位，董小姐对我挺好，无论是个人方面的关照还是工作上的支持，让其他同事很是嫉妒，哪怕离开单位之后，一些老同事见面说起来，语气还是酸溜溜的。当然，这一切都是建立在我能给单位挣钱的基础上。按照一般逻辑，董小姐是真对我好，还是需要我才对我好，那得看我离开单位后，立竿见影。

实际上，我不需要真等到离开单位的那一天，从董小姐对李哥的态度上，就能看清这件事情的真相。

李哥是公司的元老级员工。从董小姐主动请缨来北京建立分公司起，李哥就鞍前马后地跟着她，不仅是专职司机，随叫随到，而且在公司的行政事务上也是尽职尽责，每年公司的优秀员工代表，无论新老同事走马灯式地来来去去，无一例外都会全票投给李哥，因为他的付出大家都看在眼里。十余年里，分公司在北京扎根了，董小姐也在集团总部有了举足轻重的地位。后来，李哥的孩子要上初中，加上家里的老人需要照顾，这么多年忍受两地分居的李哥不得不申请调回集团总部。在公司大会上，董小姐除了宣布这一调令，没有多余的一句话来总结和肯定李哥这么多年的付出。可能在她看来，这只是无关痛痒的一个下级调动而已，也没以公司的名义出面组织大家给李哥送行。

临行前，我们几个老员工很心寒，实在看不下去了，私下请李哥吃了一顿。

对董小姐来说，她有更重要的项目要跑，有更重要的人要见，有更迫切的关系需要维护。李哥的付出，在她看来只是一份分内的工作，已体现在他的职务和收入上，下级对上级理所应当付出，这一点是没错的。可在这之外，董小姐不愿拿出一点点时间来，她觉得不再需要李哥，所以不需要挤出那一点点时间。

看清了董小姐的薄情寡义，明白其所以然，综合她对我离开单位之后的种种表现，所以我不以为意，包括她后面对其他离职同事的态度，也不会觉得意外。

第一次见识并领略到董小姐的"官威"，是在我来单位没多久，跟着她一起回集团开会。接机的司机是个刚退伍转业的小伙子，热情主动，问及回去的用车安排，他建议在早高峰前先去酒店接上我，然后再去董小姐父母家接上她。

当时车上就我们三个人，我坐在副驾驶，董小姐坐在我的后排。

她沉吟了一会儿，说了一句："会不会晚点？"小伙子说没问题，那个时间点来得及，赶飞机绰绰有余。我是不愿意跟领导坐一辆车的，不自在，哪怕自己打车去机场，早点出发都可以，于是我连忙拒绝说不用，他直接接上董小姐去机场就行。

小伙子还是那么热情，说没问题，不会耽误事。

董小姐没吭声，我从后视镜看到她扭头看着窗外，不置可否。

那一瞬间，我突然就像开了窍，觉得这样不合适。小伙子的出发点挺好，我和董小姐是一起来的，一起接送安排，理所应当，捎带上我，他会觉得不仅服务好了领导，连带领导的下属也服务好了，会让领导觉得倍儿有面子吧。但对董小姐来说，其实不然，她身为当地人，当然知道时间来得及，耽误不了事，但这不是一回事，没有这么办事的，她算集团外派的高管，领导专车就得专人专用，捎带下属算怎么一回事？小伙子刚入社会，积极表现没用对力，在这方面有一点不懂事。我要是继续默认小伙子来酒店接我，那就成了第二个不懂事的小朋友。

于是，我赶紧第二次拒绝，说正好有别的安排，算了算了。

后座的董小姐还不吭声，没说同意，也没说不同意。

小伙子脸上有些讪讪，我看着过意不去，赶紧转移话题，心里直叹气：至于吗？用得着在这件小事上，在我们两个小跟班面前耍威风、立官威吗？

自此之后，我开始认真审视跟董小姐的上下级关系，并与她保持一定的距离。

我们很难看到董小姐的真情流露。偶尔有那么一次，还是上级领导来视察工作，领导的领导发言了，肯定了公司这么多年的发展，背后离不开董小姐的辛勤付出。当时，坐在旁边的董小姐低头抿嘴，无声而笑，脸上掩饰不住的流光溢彩，流露出少女般的娇羞，仿佛在说不敢当不敢当，夸得人家不好意思啦。

幼儿园小朋友接过老师的一朵小红花，笑得那么开心、那么纯粹。

那时，我在董小姐脸上看到了这种纯粹和开心。

离开公司前，我的确有一段时间处在低谷，自然也影响到了工作。董小姐找我谈心，希望我能敞开心扉，跟她多聊聊。她说，无论我做什么样的决定，她都能理解、支持，并替我保密。我记得她跟我说这话的情形，是在她的办公室里，她压低嗓门跟我说了另一个离职同事的经历——先是跟女朋友分手，让其堕胎，最后又和好结婚——同事让董小姐保密，董小姐也答应了不会跟别人说，却转身告诉了我，要是我跟她掏心掏肺说了自己那点事，她当时答应替我保密，回头会不会又跟别的人说呢？所以，任她在那里说破嘴皮，我也只是点头"嗯嗯嗯"地应着。

看我这情形，董小姐放弃了努力。

没多久，我彻底离开了公司。

离开后的这三年多时间，除了我主动的例行节假日问候，彼此再没啥交集，除了前面说到的那三次。在我的通讯录里，一直保留着董小姐的手机号，不为留存备用，只为避免一旦她打给我时，一看就知道是谁,不会因为删了号码一接电话开口问"你好,哪位?"的尴尬,仅此而已。

对了,还有第四次,董小姐主动找我问海哥的事,我成功避免了这种尴尬。

而每次节假日问候后,都要相隔很长一段时间,我才能收到董小姐的回复,可能她才想起来吧,过年过节总不能失了礼,才不得不给我回祝吧。要是换了别人,对她重要的人脉或求之不得的关系,局面完全颠倒过来,换作她捧着手机,眼巴巴地等着别人的回复。

我们的祝福,于她来说可有可无,发了不当一回事,要是不发或忘了发,那就是另外一回事。不知道珍惜,自然也不会有人把她放在心上,这种问候也仅限于在职时的例行请安,离开了公司,没人把董小姐当一回事。

每逢节假日问候,常常让我想起合作过的一个朋友。第一次例行发节日祝福,那天正好是中秋节,虽然放假,但该联络的还得联络,这算工作层面的尽职尽责。轮到给他发了,他很快回复了我:"谢了啊,好好玩,忘掉工作!"

一句"忘掉工作",看到的那一瞬间,我眼里一热,他能理解我,能够体谅我们的不容易,哪怕过节了也不敢掉以轻心,不能对合作客户有一丝松懈。他知道这是行业对每一个在职人员的岗位要求,自然也知道董小姐对我们提了这样的工作细则。

有时想想,董小姐甚至连他都不如。

6

转账事件后的一周,小孙特地打电话告知我:已内部核查清楚,海哥已退钱，钱在公司账上，财务小姑娘也没啥问题。只是联系不上海哥，小孙打了几次电话没人接，发信息也没回。按照海哥的脾气早烦死了，没见过这么办事的领导，干脆视而不见，听而不闻。

好在虚惊一场，这事不了了之。

没多久，一个老同事告诉我，董小姐刚去了另外一家集团，级别和待遇提升了一级，这个消息让我豁然开朗，之前的一切才合情合理。董小姐属于集团高管，一旦离职，集团总部会审核北京分公司的账目。海哥这笔预付款金额大，账目不明，时间过去太久，董小姐也忘了，所以才打电话问我。

等到我告知小孙进展，他在电话那头一脸蒙，也能解释清楚了：这么多年了，小孙依然未能算作她的心腹，连这事都没提前通气。

级别提升一级，董小姐又往前走了一步，她得到了自己孜孜以求的东西。不要期望她会感恩，会回头看看身后一路相伴的人，会在午夜梦回反省自己对身边人的所作所为，她不会的，要是能这样想，她就不是董小姐了——说服别人难，改变一个人更难，让一个本性难改的人能够意识到并反省自己的所作所为带给别人的后果，难于上青天，所以就不要再为难董小姐了。

董小姐的存在，就像一面镜子，让周遭的人能够意识到人上一百，形形色色，她只是其中之一色，这面镜子照出了她那样的活法、那样的做派、那样的人生。是否走这样的路，是她的选择，不强求。

董小姐，一路好走，不送。

何谓正告

1

说实话,我真不想给海哥打电话。

自从合作闹翻后,海哥的微信屏蔽了我,我发现了这一点,也直接删了他,相互之间好久没联系了,也以为彼此都不会再有联系……可现在,再联系还得翻旧账、揭伤疤,我还得找他确认解约后退钱的细节,典型的招黑找骂。

尴尬啊,难堪啊,无奈啊……董小姐让我落实这事,我不得不硬着头皮找海哥,顾不得考虑其他。幸好我还留有他的手机号。

电话通了,我先如以前一样称呼一声海哥,并自报我是谁。我就怕他连我的手机号都删了,一看陌生来电要么拒接,要么开口问"哪位啊",那也尴尬。他听到是我的声音有些意外,下意识地说了一句:"好久没联系了。"

我讲述了这件事的缘由,让他回头确认,后续对接的事宜让他安排助理跟公司的小孙联系。事情说完了,相互没有再多聊一句。我没好意思再跟他寒暄,他也没开口问我近期怎么样,为避免冷场,我就势挂了电话。

回头想一想,人与人之间的交往真是奇妙。

我跟海哥在两个公司合作过,两次项目合作均告失败。

第一次是在鲍哥的公司,那是双方第一次认识并有了项目上的合作。后来,因为项目运营的巨大分歧,友好解约,我夹在中间协调这个过程。没承想,海哥这个项目找到另外一家合作单位,大获成功。海哥懂得买卖不成仁义在,山不转水转,对外公开感谢了鲍哥,还有具体负责对接项目的一干人等,其中就有我的名字。

第一次合作失败,我俩反而成了朋友。

我来到董小姐的公司后,因为老牛的项目找过海哥站台,并大获成功。海哥见证了这一切,进一步奠定了对我的信心,他把自己耗费心血的新项目交给了我——虽然他也认识董小姐公司的其他人,那些人也主动找他要过新项目。除此之外,还有别的竞争对手纷纷抛出橄榄枝,他还是第一个想到我,他相信我的能力,期待能有一次机会,达成真正的合作。

当然,董小姐非常看好海哥的新项目:他的知名度和上升的市场空间,加上之前的项目大获成功,自然对新项目寄予厚望。先是盛情邀请海哥来公司视察一番。在董小姐的办公室里,双方进行了亲切友好的会面,宾主相谈甚欢,临走前,董小姐还亲自将海哥送到了电梯口,依依话别。

我是全程参与陪同,见证了这一切。

到了签合同环节,海哥要求一笔不菲的预付款时,董小姐毫不犹豫地答应了。海哥不差钱,不在乎这一点钱,与其说是要预付款,还不如说他更想要公司给这一份信心和承诺,公司有了压力,项目推进自然会更有动力,一旦项目成功上市,就等着钞票哗哗哗哗如流水般进账。

于是,这一笔不菲的预付款很快转给了海哥。

这个项目的成功签约,不仅仅因为我俩是朋友。大家都是成年人，海哥不会看在朋友的面子上硬着头皮签，他也得考虑董小姐这边是否有能力做好。同样，董小姐不会因为海哥是我的朋友，哪怕项目再不好，她也要签下来，我没那么大的面子。哪怕就是董小姐自己的朋友，项目不好，眼看着砸钱亏钱，她也不会轻易落笔签字，她得对集团领导有个交代。

项目启动，开始进入正常流程，偏偏在其中一个关键环节卡壳了。双方群策群力，都在贡献自己灵感的火花，奈何一直没有一个令双方都满意的结果，董小姐迟迟没能最终拍板。

一天，一周，一个月，三个月，半年……时间就这样过去了。

2

海哥有点沉不住气了。

他耗费大量心血的项目，一直期待尽快有一个好的结果。他选中了我们，以为有董小姐的重视和大力支持，会锦上添花。可现在这么耗着，董小姐迟迟给不了一个确切的上市时间，而市场瞬息万变，白白错过了很多时机。他选择我们这一家的同时，等于拒绝了其他所有的可能，万一以后的发展结果证明自己当初的选择错了呢……海哥有点心烦意乱，不好意思经常催我，碍着朋友之间的面子，催急了也不好，失了身份。

于是，海哥安排新找的小助理与我对接。

本来应该是董小姐与海哥对接，我对接海哥的小助理。后来，签完合同，董小姐的任务完成了，后续的项目对接直接从董小姐手里交接给我，作为项目负责人，我对接海哥责无旁贷。作为朋友，我联系海哥也理所应当。之前，一次又一次地催问进度，海哥要了解情况得通过我，虽说他和董小姐相互留了联系方式，问情况也就随手一个电话的事，可海哥不会选择这么任性的做法。

从流程环节来说，他直接对接的通道是我，就只能是我，流程不能乱了，如果他绕开我直接问董小姐，这算怎么回事，作为朋友来说不尊重我，作为项目负责人来说不信任我；从公司内部流程来说，是无效混乱的举措，不利于项目的推进，最后耽误的还是他自己的事情。

董小姐事情多，经常开会和出差，打过去不一定能接着，要么董小姐压低嗓门说一句"在开会，回头聊"挂了，要么手机开静音直接不接，要么就是手机关机或飞行模式中，一次又一次地吃瘪，海哥自己的脸上就会挂不住。退一步来说，哪怕有不好的结果，他直接面对董小姐，还不如通过我在中间转达的环节缓冲一下，可能会更好。

这样一来，我夹在中间更累。

按照常理，信息的传递本来在每个环节都会递减，我还得考虑各个环节的衔接、人与人之间关系的平衡，人累心更累。一边是老板的意志，另一边是朋友的信任，我夹在中间也烦。现在好了，海哥把我也放在董小姐的不信任阵营里，项目进展不顺也有我的一部分责任，我恼火啊——既不能冲着董小姐发脾气您咋还不最终拍板，又不能在海哥面前大倒苦水抱怨我也委屈啊，只能自己受着。

董小姐把海哥甩给我，估计海哥对此有点小情绪，签完合同了就不用哄着捧着了是吧，直接降级给下属来对接，现在项目进展不顺，海哥更加窝火。

项目拍板悬而未决，一波未平，一波又起。

董小姐开始担心项目审核方面的风险，有点迟疑，摇摆不定。

当初邀请海哥过来面聊时，大家都意识到了可能存在的风险，董小姐拍着胸脯说没问题，用她的话来说这叫"富贵险中求"，有风险正常,一旦做成了,市场空间将非常大。

当时,海哥不失时机地趁势捧了一下:"我就喜欢女强人的魄力!"

谁都没想到会有今天。

谁都没想到,首先崩溃的是海哥。有一天,海哥绕开助理直接给我打电话,当时董小姐不在北京,回集团总部开会了,我如实告知动向,海哥当时就发飙了:"啊?你们领导就这么忙啊,比国家总理还忙?!"气呼呼地挂了电话。

这是海哥唯一的一次失态。

后面再联系,又是小助理继续跟我对接。海哥没跟我道歉,可能觉得不好意思,也没解释啥,项目弄成这样,他心里烦得很,哪里还有心思道歉和解释。可能他也会后悔吧,不该选择跟我们合作,要是跟其他人合作,说不定早上市了……很多不确定。

又过了几个月,项目还在原地踏步。

我也疲了。董小姐说先放着,想起来的时候再问我一句。她可能想借此机会耗着,拖到海哥那一方受不了了,主动提出解约,避免赔偿违约金吧。

毕竟这也是一笔不菲的数目。

3

该来的,还是要来的。

一天,海哥的小助理突然给我发了一条信息,大致的意思是,如果在几月几日之前还没有最后拍板,他们将不再耗时间,考虑解约。在短信里,小助理用的一个词"正告",把我给惹火了。

我没请示董小姐,直接整了长篇大论,排山倒海般逐一回复:

一、何谓"正告"？麻烦先去字典里查查解释，再对我进行"正告"。何事至于此？何种程度？什么阶级矛盾？犯了什么不可饶恕之罪？竟然上升到"正告"，需要严正地警告，类似于最后通牒之类的事？于公，双方是平等合作关系，相互尊重；于私，我和海哥还是多年的朋友。

二、项目进展拖延至此，我们一直在努力推进，也把进度及时告知你们。在这个过程中，遇到什么困难都及时通气，并非我们不作为，不与你们保持畅通的沟通渠道。

三、关于解约的事，我会把你们的态度如实告知领导，尽快反馈意见。

小助理只是给我发了一条短信，她估计没想到我会这么快，一下回复这么多，而且情绪这么激烈，有点吓坏了，赶紧就"正告"一事给我道歉，说只是表示一下"正式的告知态度"，没有警告的意思，请勿多想。

在给小助理回复之前，我也想到了一点：我撑她，其实就是撑了海哥，我也有委屈，哪怕情面上有些难堪，我也顾不得了，必须不软不硬地撑回去，不然夹在中间受气，我受不了了。"正告"的说辞，或许来自海哥的直接意思，或是海哥授意而小助理理解错了，用错词了？

不得而知。

我能理解到小助理的不容易，她一方面有来自海哥的压力，另一方面还得跟合作方协调沟通，这本身就是一个斗智斗勇的博弈过程。更何况合作方的代表之一我还是海哥的朋友，没法冠冕堂皇地公事公办，还得维护好，不至于在中间拱火，破坏两人的关系。

这助理不好当，这钱不好拿，这事不好办，这人不好伺候。

后来，双方同意项目解约，都不再纠结了。

开始走解约协议的一系列流程，包括退回预付款，在解约协议里有明确的说明。海哥在这方面倒是畅快，他合作的项目多了，知道里面的条条框框，也不想在钱的事上叽叽歪歪，所以事情进展得很顺利。

解约后，我和海哥也聊得少了。

过了不到一个月，再翻看他的朋友圈，显示一条细长的直线，就像一颗停止跳动的心脏。这次合作的破裂伤了他的心，让他错过了别的合作机会，延误了市场时机，白白浪费了对我的期望。

不管是屏蔽还是直接删了，看来这朋友是做不成了。

于是，我也删了他的微信。

再后来，我离开了董小姐这里，去了德哥的公司。

没想到圈子这么小。海哥跟德哥公司合作的项目到期了，需要做一些收尾工作，原来的项目负责人离职了，我是新来的事业部领导，于是一个自称海哥助理的小姑娘找到了我，我一看名字——又换人了。

再后来，我都从德哥的公司离职了，董小姐大周末的找上我，还让我问海哥预付款的事。

世界这么小，谁都跑不了。

一手好算盘

1

咦？我新发的朋友圈怎么突然有一条娜娜姐的评论？

这事有点奇怪，我俩都有对方的联系方式，包括手机号、邮箱和微信。第一次知道她是2002年，第一次接触并开始合作是2008年，第二次也是最后一次合作是2009年，最后一次见面是2015年，此后，一直没有接触过：没有见面，没有合作，没有打过电话，没有发过邮件，连例行的过年过节问候，相互都没有。最近，我也没跟谁聊起过她，娜娜姐怎么跑到我的朋友圈里刷存在感了？

再一细看评论，跟我发的内容没关系，是问我老谢那个大项目的情况。

哦，我明白是怎么回事了：最近，我给在国外的莲姐写过邮件，告知了我的近况，包括刚刚签了老谢的大项目这件事。莲姐是娜娜姐介绍给我认识的，估计她俩一直都有联系，听莲姐说起了我的近况，娜娜姐才会在微信上问起。

好久不联系了，为了不显突兀，所以娜娜姐选择走过路过的路人甲方式，在我朋友圈里发评论，而且评论的是最近的一条朋友圈，以便我能看到。其实，哪怕就是一年前或者更早的朋友圈，只要里面有了新评论，我都能看到。她可能还不知道这一点吧？

这个时候，我得主动一点，聪明一点。

首先，我看到了评论，就得赶紧回复她，不能故意装大尾巴狼，晾一段时间才回复。如果真要晾她一段时间，最长也不能超过3小时，不然说不过去，没有圆回来的借口。这都大半天了，真的没看到我的评论？她会琢磨的。超过这个时间段，要是真有事找我，不管好事坏事，这么一晾，这事也得耽误了。如果看到这条评论真的晚了，比如手机丢了、充电落家里了、手机进水了，真得如实告知，并截图为证，不要让她觉得这是借口。

其次，直接给她留言，不要在评论下面你来我往，有事说事，还是私聊好。

最后，主动跟她约个时间见面，她没说不等于不见面，我得主动一点，不能让她作为一个姐的长辈身份来约我，何况她还算是行业里的名人大咖，有一定的社会影响力，现在自降身价主动约我，那就是我的不懂事了。

见她，也就是聊聊近况，无其他，也不会跟她谈合作。

留言后，娜娜姐很快回复了我，就自己比较关心的业务情况，她问了几个问题，我说见面细聊。她还在国外，回国后也得先回外省探亲，待很长一段时间。我们约定，回京之后再联系。

2

我和娜娜姐之间的交往，其实不复杂。

说来，还真是人生的一段奇妙的旅程：从开始认识到现在，这么多年，这一段旅程经历了我来北京前后的这一段时光，伴随着我进入这个行业前后的这一段过程，也见证了我人生中的高潮和低谷等重要阶段。

那个时候，想得简单，活得简单，以为世界也很简单。

2008年，我跳槽去了鸡哥的公司。当时，娜娜姐被列入合作开发的目标对象之一。那个时候，我刚进入这个行业，没有认识的人，没有可指导的路径，大家都还在玩博客。为了能联系上娜娜姐，我抱着瞎猫碰上死耗子的心理，给她博客上留的邮箱发了一封求合作的邮件。当时觉得很幸运，后来回想，其实这是她跟外界联系和合作的窗口，有意识地保持了渠道的通畅而已。

我现在还记得给她写的邮件内容：先开门见山说自己是谁，要干什么，简洁明了；接着回忆2002年，在外省大学校园的发布会上，我第一次见到她的场景，不厌其烦地说了过程，还有很多细节，其中一个戴眼镜的男生坐在阶梯教室的中间一排，提了一个什么样的问题，她在台上是怎么回答的……

人与人之间的缘分，很多时候源于偶然——之前，我不知道她这个人，也不知道这个发布会，那天晚上偶然去了大学校园，进了活动会场就坐在那里听了，以为听了就完了，没承想六年之后还会有联系，而且首次接触就是以合作的身份。

这确实是一件奇妙的事情。

第二天，我就收到了娜娜姐的邮件回复。

接下来，我们合作愉快，甚至邮件往来中还聊到了奥运会开幕式，聊到了张艺谋和他设计的大脚印。也是在鸡哥这里，她还推荐并促成了莲姐与我的合作。我当时特别庆幸自己的努力得到了认可，觉得娜娜姐热心助人，牵线搭桥帮了我，也帮了莲姐。

这是我跟娜娜姐的第一次接触并合作。

3

在鸡哥那里干了一段时间后,我跳槽到了鲍哥的公司。

没想到圈子这么小,娜娜姐跟鲍哥还是老朋友。她把新项目签到了鲍哥这边,并毫不犹豫地指名要我来做项目负责人,可能之前的合作给她留下了好印象。这对刚进新公司的我来说,挺开心的,感觉到被信任的同时,也觉得可以把她当朋友看待,有什么意见可以直接提,有什么话就当面说。

有一次,在项目讨论会上,鲍哥问我的意见,我当着大家的面,毫无保留地提出了自己的真实看法,没想到惹祸了。我当时还不知道,走的时候,把娜娜姐和她的朋友送到了客梯,她跟我有说有笑的,看不出什么情绪。

没想到,第二天鲍哥把我叫到办公室,说娜娜姐对我昨天提的意见非常不爽,要求撤掉我,换一个新的项目负责人。我一听,愣了,事情没这么严重吧?只是提提意见,大家一起讨论,觉得不行可以再考虑,因为不顺心、不如意就要换掉我?多大点事,至于吗?我还把她当朋友看待呢,怎么能这样啊?

我说服从公司的安排。

鲍哥说没事,当着我的面就给娜娜姐打电话。

鲍哥脾气暴,在公司里说一不二,可能觉得娜娜姐这样对我有点不尊重人。可能也受不了娜娜姐这样颐指气使,把合作方当作仆人使唤,想干什么就干什么,想怎么来就怎么来。于是,电话里没说两句,鲍哥竟然跟她吵起来了,他暴跳如雷,对着电话那头骂道:"你以为我们都猪狗不如吗?太肆意妄为了!……"(此处省略情绪激烈的若干字眼。)最后鲍哥爆了一句粗口,直接挂了电话。

我在旁边看呆了。

第一次看到有人竟能这样痛骂合作方，酣畅淋漓，痛快至极。庆幸鲍哥的暴脾气没降临到我头上的同时，也觉得过瘾，终于有人替我出了一口恶气。

幸好我给娜娜姐提意见时，鲍哥也在场。要是私下沟通，口说无凭，查无实证，那我真的百口莫辩，入了坑，这辈子休想爬上来。

我以为吵完了骂完了，娜娜姐的项目也完了呢。没想到继续推进，还是由我负责。可能娜娜姐舍不得项目带来的经济利益，别家不一定给高价，不一定能做好，为了项目，她竟然选择了忍气吞声。

下次再见面，娜娜姐没提换人的事，我也当之前的事没发生过。只是提到鲍哥时，她说了一句他有病，一发作的时候，就爱乱骂人，算是给自己找了一个台阶下。她说的他有病，一来骂老板神经病，二来那段时间鲍哥身体确实不好，她不跟他一般见识，这事就算过去了。

开始做项目推广，我找了一个认识多年的朋友给娜娜姐做专访。朋友所服务的那家媒体影响力独一无二，娜娜姐很开心，我安排好了，让他俩在公司的会客室开始一对一的专访。

采访结束后，我送朋友下楼的路上，朋友苦笑着跟我说，娜娜姐为了炒作话题竟然不惜自己爆料，还提供了当事方的电话，撺掇他以媒体人的身份核实采访。朋友所在的单位有自己的底线，只能听听，对她的胆大做法摇头咋舌。这次专访后来还是发了，四平八稳，毫无波澜。

能上这家媒体，可能外界认为她的影响力大，这么大的媒体都来找她，而且还是专访稿。光鲜亮丽的背后，没人想到是我私下托了朋友帮忙，更没人能想到，娜娜姐还有自己爆料这么一出好戏。

这次合作后，我再也不会天真地把她当朋友看，不会再找她合作，无论我以后在哪家公司，换了哪个平台。

辞职离开前,我例行告知了娜娜姐。她问了一句去哪儿,我说还没找好下一家呢,于是她热心地推荐了董小姐这边。当时,我对董小姐一点都不了解,抱着试试看的心态,没想到一待就是好几年。

4

至于娜娜姐推荐我的动机,事后再想,她并不是把我当朋友看,真心想帮我一把,只是把我当作她的人脉,本着她帮了我我也会帮她的对等回报原则。另外,在潜在的合作方内部安插一个靠谱的小伙伴,她省心,也踏实。

董小姐曾主动牵头,带着我一起找娜娜姐谈过项目合作。接触了几次未果,最后一次送别娜娜姐时,看着她越走越远的背影,董小姐感叹了一句,娜娜姐锱铢必较,她只适合做朋友,不适合一起做生意。

娜娜姐曾牵线搭桥,帮着董小姐谈成了一个项目,公司支付了一笔不菲的佣金。基于此,尝到甜头的娜娜姐提议,董小姐干脆聘请她做公司的顾问,她动用自己积攒的人脉资源拉项目,但在具体合作上,双方有了分歧:董小姐要求量化指标,娜娜姐的意思呢,只要她挂名了,利用她的影响力为公司做事了,不管谈不谈得成,一年谈成了多少项目,都是她的付出,都应该如期支付费用。

双方没能达成一致,这事不了了之。

我能理解这一切。无利不起早,娜娜姐得生存,她没有公职,家里没有过硬的背景,自由职业人想要有立足之地,就得学会盘活自己的一切资源。

在董小姐的公司,我跟莲姐还有了第二次合作,并非因为私下的朋友关系，而是她的项目跟公司的业务方向一致，再正常不过的一次合作。莲姐常在国外旅游，行踪飘忽不定，到了结算项目费用的日期，好不容易联系上她，要求她提供银行账号，她说直接转到娜娜姐的卡上吧，无意中还说漏了一句，"她的提成正好直接从里面扣了"。

听到这话，我惊呆了，她俩是多年的好朋友，娜娜姐自己说过，在国外旅游时，常常借住在莲姐家，她牵线搭桥促成了我和莲姐的初次合作，朋友之间举手之劳，她还要从莲姐这里拿提成、要回扣？！

我这才反应过来，第一个项目合作成功后，娜娜姐应该找莲姐要了提成，这一点确信无误。可现在，这是我和莲姐直接合作的第二个项目，娜娜姐没出一份力，仅仅因为之前的引荐，她还要二次收费不成？难道在娜娜姐的生存逻辑里，只要过她的手，都得收费，而且不限次收费？这也太狠了吧？吃相太难看了吧？如果娜娜姐还给莲姐推荐了别的合作方，无一幸免都跟钱有关系？……这么一想，撕开血淋淋的现实，闻到了热乎乎的铜臭。

不敢想象，不堪想象。

当然，莲姐家境殷实，不在乎这个钱。她知道娜娜姐的窘境，心甘情愿地付出，就当是拉朋友一把。娜娜姐可能吃准了这一点，继续要钱，心安理得，不觉得自己有啥过分之处。

后来，娜娜姐给我推荐了一个小伙子，听口音是她老乡。

我觉得奇怪，小伙子资历浅，手上也没啥好的项目，仅仅因为老乡的缘分，娜娜姐就愿意不遗余力地推荐？小伙子的女友感动极了，经常在我们面前夸娜娜姐热心，说她不遗余力提携晚辈。直到女孩子说到他们的婚事，提到未来公公系当地的公职人员，我才明白娜娜姐所图何物。

培植潜力股，这也算娜娜姐的一个长线投资吧。

5

娜娜姐终于回京了，我俩约好了见面时间。

上午10点，她先跟第一拨人见面，对方系找她谈项目的合作公司；第二拨11点半，约的董小姐一行；我算是她约见的第三拨，时间安排在下午1点。

"时间这么紧凑，约下午1点会不会太紧张？"我提议延后到下午2点也可以。

"没事，正好大家坐一起再聊聊。"

面对娜娜姐的精明，我只能接受。三拨客人，她一起安排见了，时间卡点就如面试，同时可预见的是还有人抢着买单。这么安排，她可从来没考虑过这三拨人凑一起的尴尬和不适，只图自己方便了。地点是娜娜姐定的，就在她家附近她常去的一家意大利餐馆，她喜欢里面的口味。

等我到了，董小姐已经谈完先走，按照她的个性，不会凑一块儿。第一拨见面的合作公司的两个代表还在，初次见面，相互寒暄了几句，娜娜姐热心张罗给我点餐，推荐一定要点这里的经典菜。合作公司的人很有眼力见，他们离开之前，去前台连带我点的套餐一起买了单。餐桌上堆满了前面两拨人吃剩的、喝剩的，收拾干净了，我点的饭菜也刚好送到。

看着眼前的美味，我没多少食欲，反而有了一种占人便宜的难为情。

跟人合作多了，娜娜姐吃准了对方的心理，大家都有求于人嘛，吃亏是福，反正每次约人见面，娜娜姐笃定不会买单。在乎娜娜姐这种行为的人，不会再跟她有后续往来，娜娜姐也看开了，反正逮住机会有一次弄一次，对于不在乎的人、有求于她的人，娜娜姐下次继续，绝不吃亏。

沾了娜娜姐的光，我心里过意不去，还不能拒绝，不然让买单的同行尴尬，也让娜娜姐难堪，面子上过不去。

不得不佩服，娜娜姐在项目利益最大化的操作上，做到了极致。

娜娜姐正在推进一个大项目，同时找了好几家公司谈。第一家公司首期利益给得不高，它看中的是市场前景和潜在空间，需要娜娜姐一起承担这个风险。而今天约见的第一拨人，是第二家找她谈合作的公司，接受了娜娜姐预付高的方案，看得见的、到手的、放到口袋里的、下了三寸喉咙的才是自己的，至于未来可期，那是后面的事，到时再说。

娜娜姐不满足于此。在第二家合作公司实现了经济利益最大化后，她邀请董小姐入伙，希望其背后的集团资源能实现社会效益最大化，名利双收，刚刚好。

最让我叹服的一点，是娜娜姐在第二家公司的蛋糕里，又单独拿出了项目里的一小块权益，放在第四家公司里再次变现。第二家公司只要考虑大头还在手里，细分的利益也就不在乎了，最重要的是不能搞僵双方的合作关系。至于第四家公司那里，明摆着不挣钱的事，她也要到了高价，她知道对方老总不在乎钱，也不是老总自己出钱，还存了一门小心思，想让娜娜姐另外引荐贵人呢。娜娜姐吃定了，才敢下狠手。

精打细算，这一手好算盘打得噼里啪啦响，铿锵有力。

这么多年，娜娜姐一路走来，路越走越窄，根源还在她自己身上，可惜她不自知，或者知道了也不会改：第一，强势，外行干预内行，喜欢指手画脚，一点不尊重别人；第二，在她的生存逻辑里，有利可图的事才做，资源都是可以交易的，人脉都是投资；第三，算盘打得太精明，吃独食，吃了肉连汤都不给人留一口的那种，吃干抹净；第四，为人自私，所有人都得围着她转才行。

第一次接触娜娜姐的朋友，可能看到的都是她的光鲜亮丽，一如我当年在台下仰慕台上的她一样，撤掉外面这一件华丽的袍子，再一细看，又是想象不到的另外一面。跟人打交道，随着交往的加深，对人了解的多少，就如洋葱剥皮，一层层剥开了，看到的也不一样，有些事情哪怕不是你想看到的，不愿看到的，也不得不去面对。

后来，我再跟我对象吐槽娜娜姐的作为，她说娜娜姐最近也让她犯了尴尬癌，一个大咖给她新发的朋友圈点赞，娜娜姐在下面说了一句："某某某（大咖的名字）怎么认识你？"

我对象觉得娜娜姐这句话直不楞的，硬生生顶了出来：怎么能说大咖认识素人如我呢，何况还是一晚辈？这话让大咖怎么接？接也不是，不接也不是。要问要说，也应该是问我对象："你怎么认识某某某？"

三人是共同好友，大咖自然能看到彼此的留言，所以我对象赶紧打圆场，主动回应了娜娜姐一句："我们有业务往来啊。"

我理解娜娜姐的潜台词：这大咖是优质资源，怎么你就能够着了？

巡视扫荡朋友圈，也是娜娜姐的日常功课之一吧。

不打不相识

"哎,你们董事长叫啥名来着?"

趁着董事长出去的空当,宋博士压低嗓门,凑过来问了我一句。

什么?! 相谈甚欢,亲切而又友好的见面议程都快要结束了,宋博士竟然还不知道今天找他谈合作的董事长叫啥,还要问我?! ——我灵魂一震,感觉身体里有另外一个我挣脱肉身的束缚,嗖嗖嗖蹿到了外面走廊,朝天大喊了一句"我去",吐出胸腔一口浊气,再深深吸入一口新鲜空气,完成一个吐纳环节后,再嗖嗖嗖回到端坐着纹丝不动的肉身里,这整个过程就一闪念的工夫,我反应过来后,一脸平静地告诉了他,董事长姓甚名谁。

最后结束时,董事长起身送到办公室门口,一只手握着宋博士的手,脸上满是长者慈祥的笑容:"小宋啊,加油,我们期待你的成果!"宋博士也是一脸真诚,双手用力,紧紧握住董事长的手回应:"我一定努力,不辜负您的期望!"一边嘴里还忙不迭地连声称呼董事长,俨然相识多年的老熟人。

我俩在楼下分开走,宋博士挥挥手:"哥,咱们回见。"

等他转身走远,我心里知道,可能以后不会跟他再有见面的机会,我只会主动疏远。我不是挑剔他刚才的失礼,而是无法接受再跟这样的人交往与合作。宋博士不是第一次跟公司合作,看着前面合作的第一个项目市场反馈不错，董事长想找他聊聊，期待后续的新项目。当然，董事长也不是冒昧地说见他就得见到，你们谁谁谁立马把宋博士给我叫过来，时间宽裕得很，提前一周让我跟对方约好时间。

本着尊重人的基本原则，宋博士总得知道对方是谁吧，又不是商业谈判，需要花大量的时间做大量的功课。我也明确告知了宋博士，董事长对这次见面的期望，结果谈了半天，他连董事长姓甚名谁都不知道，缺乏对人起码的尊重，估计他心里从来就没这个意识。

人情冷暖，哪怕就是拿出再大的诚意，也暖不过来这样的人。

宋博士能叫我一声哥，实属不易。

我俩算不打不相识。之前，同事小艾对接宋博士的项目，他俩是认识多年的朋友，这个项目能签也是基于这一层友情，后来小艾离职了，项目做到一半带不走，他把项目交接给了我。在接手项目之前，我跟宋博士素未谋面。

做事就是做事，对事不对人。我所秉持的原则，对方并不一定能认同。

接手后，麻烦就开始了。首先，项目每个阶段的进展，都要知会宋博士一声，小艾在的时候就是这样，不能因为中间换了人，我就中断了这种知会，再说了小艾信任我，把项目交给我，至少我不能辜负他的信任吧，哪怕面子上的功夫该做的还是得做；其次，宋博士还继续寻求小艾的干预。

接手项目后，我坚定一个原则：不会跟小艾通报这个项目的任何进展。他不是我的领导，我不需要向他汇报工作，他已离职，再聊现在单位的业务情况，董小姐知道了也不合适，哪怕就是还在单位，同事之间，我愿意跟他交流项目的就说，不愿意说就拉倒，也不能强迫我。再说了，对于做项目，每个人对项目的理解不一样，我做的就是我做的，我不一定按照他的思路来做，哪怕双方的想法大致一致，实际执行起来，操作路径还有不一样的细节差异。

同行之间，微妙极了。

我最担心的事还是发生了。对于项目运作，宋博士是外行，他参与越多，我做事就越束手束脚。他甚至提了一些无理、过分的要求，很多都被我驳斥回去，到后面再交流，他就不理我了。

宋博士还随时把我说的原封不动地截图转给小艾，让他来断是非。我不按照原有思路来做这个项目，小艾心里本来就不舒服，自己不好直接跟我抗议，让宋博士找我说，他找董小姐说，宋博士找董小姐说，这中间少不了煽风点火、断章取义。

半路接手别人的项目就是麻烦，得罪人还吃力不讨好。自己的项目，做好做坏了没事，别人的项目做好了还好，要是做坏了，事就多了，环环相扣，都不知道哪个环节掉了链子，可大家只看结果，结果只有一个，结果就是这样啊，不会跟你理论中间过程的对错。

来回拉锯了几次，最后宋博士直接爆发了："以后你不用跟我说进展，这个项目也不要署我的名，直接写你自己的名字吧！"

得，董小姐又得找我谈话了。

董小姐找到我的时候，说宋博士情绪激动，要求换项目经理呢，有些方面折中一下，你还是按照他的意见来吧。董小姐还算不错，顶住了压力，没临时换人。我只能苦笑着点点头，选择性地在一些非关键环节让步，大体的运营思路还是坚持自己的想法。

最后，项目上市了，市场反馈出乎意料地好，超出了我的预期，也出乎宋博士和小艾的意料。小艾不再吭声，宋博士喜出望外，以前的事绝口不提，好像两人之前的龃龉事从未发生过，开口闭口言必称我哥，我只能"嗯嗯嗯嗯"应着——要是项目做砸了，不知等待我的是什么。

得之失之，失之得之，谁也说不准，谁也说不好。

见完董事长后，宋博士给我发来了两个新项目：一个项目没看上，从市场标准来看，确实不合适，大家都给否了，不仅仅是我；还有一个项目，估计在别的合作方那里，相互配合摩擦不断，最后还是拿到我们这里做，宋博士说半卖半送给我们，得了便宜还卖乖。我没戳穿他。

此后，我俩再无交集，无论私交还是合作。

高楼记

1

看到合影里老牛的近照，我着实吓了一跳，他的脸色蜡黄，人病得已经脱相，站在大家中间，跟其他人鲜活的生命力形成强烈的对比。这次聚会也叫上了老牛，他滴酒不沾，说肝喝坏了，一直在调理，明天还得去医院复查。听老谢在旁边说着这些，我心里直叹气：眼看他起高楼，眼看他宴宾客，眼看他楼塌了。

老牛高楼起高楼塌的全过程，我是见证者。

第一次跟老牛合作，是在鲍哥的公司。他算公司长期合作的客户，项目收益不上不下，看不出什么可以展望未来的潜力。当时公司分了老牛的两个项目给我，第一个项目做到一半，因为审核没通过，直接作废；第二个项目做出来，市场反响平平，他没啥影响力，项目后期只能靠天吃饭，多一点少一点，有一点是一点。

因为项目沟通的需要，我跟老牛见过几次面。饭桌上，他侃侃而谈自己宏伟的商业计划，末了，总免不了落寞，可惜可叹别人没眼光，没人来给他投资。

他也说到自己的不合时宜。中学时期，跟着老师和同学春游，每次上船前总免不了嘀咕，这船要是翻了怎么办啊，被大家各种嫌弃。

我听了这些，也就笑笑。

后来，我从鲍哥的公司跳槽到了董小姐这边。有一次去外省出差，老牛听说了我的行程安排，说有新项目找我聊聊，因为顺道，我不好拒绝，就约在了他所在城市的长途汽车站候车室见面。这算是一次计划外的碰面，没想到有惊喜，他说到新项目的一些细节打动了我，短短一个半小时的见面，我俩达成了合作意向，回京后我说动了董小姐，一下签了老牛三个新项目。

第一个项目开始提上日程。

因为运营思路上的一些分歧，我不希望外行干预内行，坚决否掉了老牛的提议。当天晚上，临睡前我收到了老牛一条长长的短信，那个时候还没微信，难为他絮絮叨叨打了这么多字。老牛在短信里一通抱怨，说这么多年来想做事，却没人按照他的想法来，没人给他"添砖加瓦"……一番安抚后，我只剩下头疼：50多岁的人了，怎么还这么多牢骚？别人都应该听他的，都应该帮他，都应该给他"添砖加瓦"，为什么啊？凭什么啊？

别人不欠你的，好像就该为你"添砖加瓦"似的，没必要受你的气，说不定今天出了这门，谁认识谁还不一定呢。哪怕项目经理能力不行、一无是处，难道你就从来没有想过"为什么我总是遇到这样的人"？为什么是你？为什么总是你？

后来，老牛推荐了自己的第四个项目，虽然跟前面三个项目没有关联，公司评估一番后还是签了，仍然交给我来负责。

第一个项目上市了，市场反馈出乎意料地好，开始了滚雪球的效应。连集团董事长都非常感兴趣，要求参与第二个项目的筹划运营，提出了要和老牛见一面。我仍记得带着老牛来到集团会客室，他第一次见到董事长时的那种局促不安、手足无措。

等到第二个项目上市，老牛真正体验到了当红炸仔鸡的感觉：只要沾了老牛的光，项目就好使！比如，鲍哥那边把老牛第二个反响平平的老项目改头换面，借势推出，一下就赚了上百万元，进一步侧面验证了效果杠杠的。

其他方面，鲜花、掌声、闪光灯……应有尽有。

老牛蠢蠢欲动，想把在鲍哥公司被毙掉的第一个项目拿出来，重新运作一番。董小姐找我商量评估了风险，直接拒绝了这个提议：一是项目本身的质量不好，会给公司已有的项目品牌减分；二是考虑到这个项目被毙过一次，不要再轻易去试探底线，万一出了状况，会把前面两个风头正盛的项目拉下水。项目有关联，能借势是好事，出了事也跑不了。

老牛还是不死心，另外找了一家合作公司。当然，老牛在这里吃了瘪，自然不会跟我们提这个事。不过，圈子很小，那家合作公司的老总私下找我打听实情，我如实说了之前被毙和现在被拒的事。架不住这百万利润的诱惑，他们抱着侥幸的心理推向市场，没过多久，项目被强行叫停。

这么一折腾，相当于给了老牛一记闷棍。

不过，这不影响正在风口的老牛挥斥方遒，在媒体面前口无遮拦，在微博上指点江山。自然还有人蜂拥而至找他合作。一次，一个认识多年的项目经理找老牛谈合作，还没开口，被他硬生生地给顶了回去："你级别不够，叫你们大老板来跟我谈。"项目经理反馈给大老板，合作自然黄了。

我还不敢相信，以为这是别人传的闲话，直到有一次，财务小姑娘跟着董小姐去见老牛，吃完饭回来也忍不住吐槽，老牛开始自我膨胀，端着架子，她在旁边坐着都看不下去了。

人贵有自知之明，可事到临头，身处其中，要做到真的很难。

2

老牛在我面前倒没表现得过分。

凡事都有两面，关注度高，压力自然就大。前面两个项目的市场影响力太大，第三个项目的压力自然而来，项目审批迟迟没有结果，公司高层都在努力承担，并试图化解压力。

时间久了，第一个坐不住的是老牛，三天两头催问进展。

我能理解他急于求成的心情，新项目一上市，他又能拿到一大笔钱，也只有等到上市，他才能拿到这一大笔钱。我们也希望早点上市，客户拿着现款，就等着给我们送钱呢，谁愿意跟钱过不去啊，时机就是商机，就是金钱，我们也不愿意耽误。

可老牛现在的心态完全失衡，满脑子想的是上市上市上市，眼前看的就是钱钱钱，开始叽叽歪歪，开始颐指气使，开始指手画脚……终于有一天，把我惹火了，直接撑了他。

说真的，老牛跟我没有私仇，没有宿怨，相互没有利害关系。自从他得志便猖狂，我便看不上这样的人，于是敬而远之。后来老牛不听劝，非要强行上之前被毙掉的项目，对于这样一意孤行的作为，我看着有些窝火——这种事，一荣俱荣，一损俱损，苦劝而不得，不把别人的努力放在眼里。

老牛还不嫌事多，接受一些媒体采访，对整个行业说三道四，上蹿下跳。树大招风，到头来老牛都不知道自己得罪了谁，惹恼了谁。他这么一折腾，第三个项目上市的不稳定因素更多。到最后，自己作死而不自知，反而倒打一耙，说我们不作为！

对不起，我忍不了了，毫不客气地撑了老牛一通：

第一，我们并不是不作为，上自董事长，下至一线工作人员都很期待，也在积极努力。第二，我们是合作关系，请不要对我们指手画脚,作为专业人士,我们知道怎么做、做什么、什么时候做。我们不是你的狗腿子,你说啥我们就得做啥,想多了。第三,我们比你还想早点上市,更想看到成果,谁跟钱过不去啊?!

不出意料,我还没来得及汇报,董小姐先找到了我。

自然是老牛告的状。董小姐一番苦口婆心,说做生意就是做生意,商业合作只谈利益,不要感情用事之类的。董小姐说得都对,可我自己还是没法跟这样的人合作,哪怕他就是印钞机,我也不稀罕。

老牛要求第四个项目换人,董小姐顶住了压力,还是坚持让我做。

有时候,我比较困惑,一个项目的成功,到底是谁的功劳?

这好比说,跑出了全场最佳,到底是千里马厉害,还是背后的伯乐厉害?好的项目是基础,当然也离不开项目经理在背后筹划。好的项目经理筹划得当,能让50分的项目及格,能让及格的项目变优秀,能让优秀的项目锦上添花,再攀高峰。

可功劳呢?孰轻孰重?算在谁的头上?这是身为从业人员的第一个困扰。

有时候,项目经理就像一截莲藕,深埋于泥底,做着淤积、吐纳、转化和肥田的工作,输送养分供给亭亭玉立的荷花,令其色彩夺目,接受众人的目光。试问一句,大家看到的是这荷花多么好看,有谁能想到这背后操心的人?有可能那一段段令人拍案叫绝的项目文案,是项目经理凌晨两三点还在琢磨的灵感,呕心沥血、绞尽脑汁。项目经理做推手,注定了只能身在幕后,能被知晓的仅限于同行之间,以及这个行业的小圈子里。

没办法,有时候喜欢干一件事,就得学会忍受这一切。

老牛在外吹嘘自己多么多么厉害,有朋友仗义,看不过去了,和他起了争执,事后再跟我提及,仍旧愤愤不平。我说我不需要这些虚名，不需要他念着我的好，也不需要他明里暗里送我一些实在的好处。我只是无法接受他这样糟蹋项目，毕竟大家都倾注了心血，情感上无法容忍他自毁长城。

道不同不相为谋。于是，我直接拉黑了老牛。

3

陆陆续续，也听人说了老牛的一些近况。

单位支持老牛以个人名义成立工作室，挂靠在单位平台。有了工作室，老牛不再亲自弄项目，招了几个人来替他干活，最后以老牛工作室的名义对外洽谈合作。

当然，单位所说的提供支持，只是给老牛一个名义上的支持，不投资、不给人、不介绍项目，工作室做好了与单位的鼎力支持分不开，做不好是老牛自己的问题。单位看重老牛一时亮闪闪，老牛倚重单位平台的官方背书，双方都很明白。

老牛没想明白的是，他擅长的是弄项目，工作室运营实际上是公司化管理，这是他的短板，继续发展下去，结果只能两头空——他静不下心来，弄不出好的项目，也经营不好工作室。工作室开发项目毫无规划，什么挣钱弄什么，良莠不齐，时间长了，对老牛个人品牌来说，就是伤害和透支。再说了，指导人弄项目是行活，专业的事交给专业的人去做，老牛的手伸得太长了，以为自己无所不能。

另外，老牛还自己投资做了一个网站。完全照搬竞争对手的网站设计，真要较真打官司就是赤裸裸地抄袭。网站没啥影响，没啥点击量，没啥好项目，暂时没人找他麻烦。老牛倒是在网站上放了不少自己的照片，有媒体的采访，也有过往项目的光辉业绩——看来，个人崇拜不论社会地位高低,只要有机会、有土壤,谁都免不了这个俗,心甘情愿掉坑里。

如果说董小姐这里运作的前两个项目把老牛推上了顶峰,那么第三个项目就是一个分水岭,上市遥遥无期预示着走下坡路的颓势。

高楼起需要天时、地利与人和,环环相扣,缺一不可,是一个日积月累、厚积薄发的过程;而高楼塌,哗啦啦势不可当,转瞬即逝,说没了就没了。老牛成立个人工作室,找来一堆人弄项目,只是加剧了下滑的节奏。之前擅长的没法再做,老牛转型弄别的项目,富贵险中求,喜欢打擦边球,常被勒令强制退出,折腾了几回,几个合作方受不了了。另外,工作室弄出来的项目,毕竟不是老牛自己精雕细琢,质量参差不齐,市场数据遭遇断崖式下滑,慢慢地,找他合作的人少了,围在身边的人也少了。

挣的那几百万元,耗费在网站和工作室的日常运营方面,所剩无几。

老牛呢,只能继续回到单位里待着。他被捧上台之前,大家就不待见他,被捧上天后,老牛自我膨胀,更加不得人心,大家避而远之。现在一朝被打回原形,一起一落下场更惨,一干人等完全忽视他的存在,把他当成了隐形人。单位领导没安排什么事给他做,他得过且过地混着,拿着一点死工资度日。

老牛离不了酒。之前喜欢熬夜喝酒,功成名就后更离不了了,夜夜笙歌,高朋满座,来者不拒,逢请必到,逢酒必喝,后来落魄了,常常一个人喝闷酒……身体就这样糟蹋了,人病到了脱相的程度。

可怜,可惜,可叹。

4

听说老牛现在跟道哥混了,两人切磋书法,拿出各自的画作交流心得。

他俩倒是缘分不浅。第一个项目上市前,我特地去找道哥给老牛站台,大家约了一桌,还有各自的朋友三三两两也来了。开席之前,做东的老牛极尽宾主之能事,强力邀请道哥坐了上席,毕恭毕敬。等到老牛混出头了,当地的一些商家邀请重量级嘉宾参加活动时,老牛和道哥自然都在被邀请之列,风头正盛的老牛上了主席台,施施然居中落座,一点也没谦让给道哥,理所应当,再自然不过。紧随其后的道哥愣了一会儿,脸上也没带出什么情绪。

当时,我在台下看到这一幕,觉得两人就像在玩过家家,好玩极了。

再后来,听说集团董事长组局。

第三个项目无法上市,自然得对老牛有一个交代。见了面,董事长少不了一番安抚,并单独摆了一桌。人微醺,酒正酣,董事长不经意地问了老牛一个问题,你觉得第三个项目有多大的市场空间?

老牛脱口而出,至少还有 20% 的利润!

董事长一拍桌面,好!就这么定了,按照你说的,第三个项目的补偿标准就按照这 20% 来!

饭桌下,估计老牛的脚掌心都跺青了。

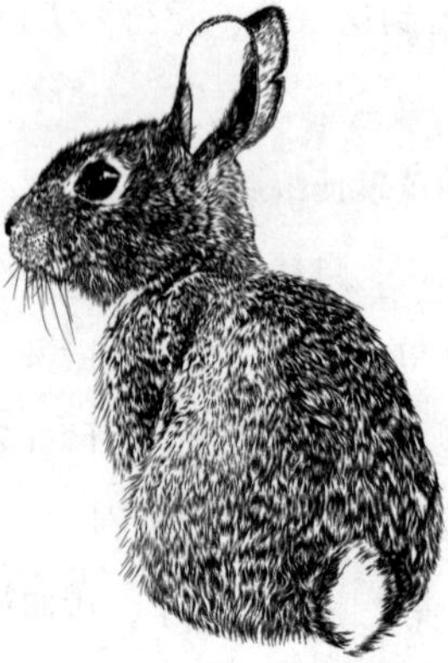

03 鲍哥的脾气

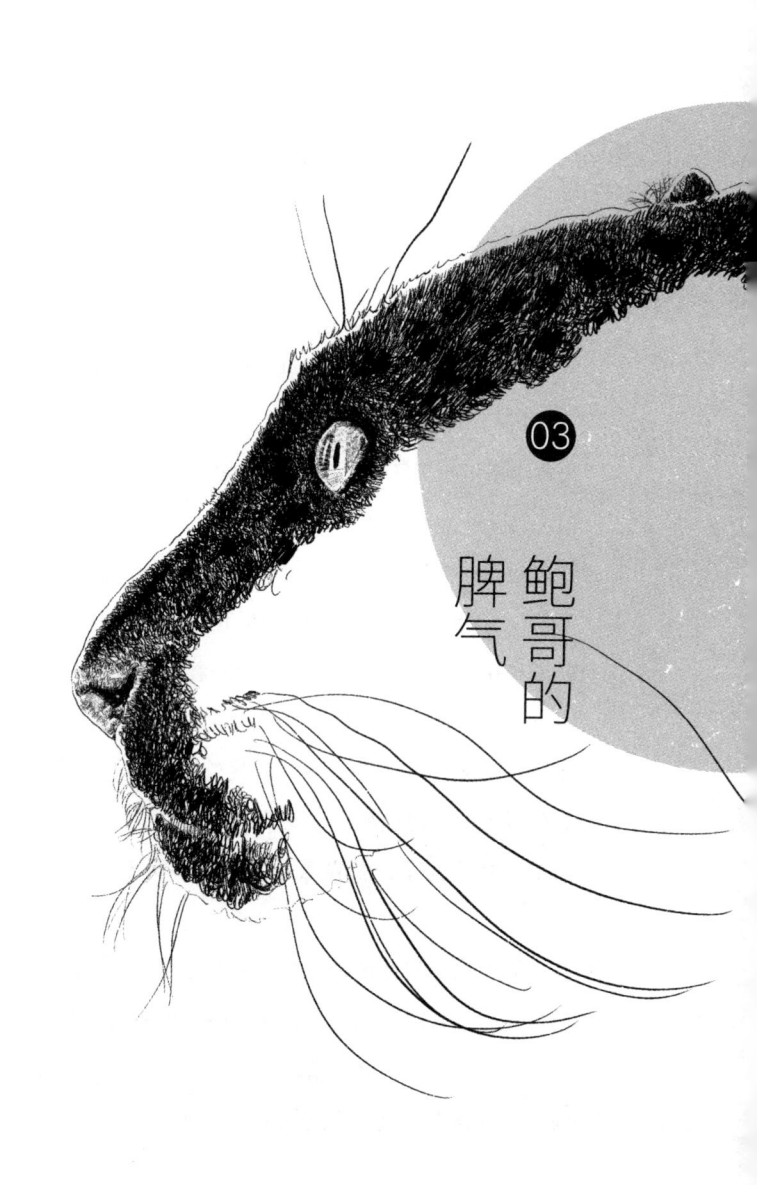

老板三任

1

"你还记得鸡哥吗?我上周见到他了,他还提起你。"

"记得啊,他对我挺不错的。"

跟董小姐汇报完工作,闲聊了几句,正准备起身离开,她突然问了一句,笑眯眯地看着我,我嘴里一应,脸上一笑,心里一惊。

我知道董小姐的一贯作风,什么时候跟什么人说什么话都有用意,不仅仅是闲聊,不仅仅是随意提起鸡哥。董小姐卖了个好,在鸡哥面前说我在她这边好着呢。这里的好着呢,可以说是我的表现好着呢,也可以说是董小姐对我好着呢。另外,董小姐也点了我一下,让我在她面前不要耍小聪明,她知道我的底细,不像鸡哥那般好糊弄。目前局面可控,一切也都好着呢。

话都说到这儿了,我在董小姐面前不得不提鸡哥,说说我俩的过往。

我不知道鸡哥怎么跟她说的,说了什么,说了多少,可能董小姐也想通过我和鸡哥两人的说辞,来证明当年那段公案的真相。八卦之心,人皆有之,也是人之常情。

唉,鸡哥这人、这事、这坎怎么的就还过不去了,成了逢人必说的祥林嫂。当着董小姐的面,我得自然一点,心里也必须坦然,鸡哥对我确实不错,实事求是地说,哪怕他在外面怎么说我都行。这在董小姐看来,先不论真假,自然觉得我这是一种聪明的做法。

我必须得说鸡哥好,以示我内心无愧。家里老母亲常常念叨,出门在外要多念着别人的好,哪怕现在闹翻了,也要想着别人以前对你的好。退一步来说,哪怕鸡哥对我真不好,我也不应此时此刻,在现任领导面前说前前任领导的不好,我要真这样做了,董小姐该犯嘀咕了,我以后背地里会不会在别人面前也这样说她呢——就比如现在这样。

这一段公案说来话长,还没开口就觉出一丝微妙:我是在现任领导董小姐(第三任老板)面前说第一任老板鸡哥和第二任老板鲍哥的纠葛,得小心小心再小心。不能说错啥话,让董小姐以为我在含沙射影,稍微不小心踩了雷,惹恼了她肯定够我受的。另外,提及自己跟前两任领导的相处模式,也得注意哪些该说,哪些不该说,免得董小姐多想,防着我以后会拿这样的套路对付她。

我感觉心里有一根指针,咔嗒一声,自动调频到君臣奏对模式。

2

这事要说简单,也简单。

我在鸡哥那里上班时,签了浦兄两个项目。其中一个项目算新瓶装老酒,回炉包装后已上市,另一个是新项目,浦兄还在进行中。做完浦兄的第一个项目后,我跳槽到了鲍哥的公司,恰巧赶上鲍哥这边策划了一个行业研讨会,邀请了很多行业大咖,浦兄也是被邀请的重要嘉宾之一。考虑到我之前跟浦兄有来往,也做过他的项目,公司安排我作为工作人员直接跟浦兄对接,安排研讨会的后续事宜。研讨会结束后,浦兄原本签给鸡哥的新项目,改换门庭,签到了鲍哥这边,项目是鲍哥直接谈的,最后交给我来做项目执行。围绕这一起项目违约、解约的纠纷,两家公司开始各种斗争和博弈,包括打官司。

浦兄不是我一个人的专宠,他的项目好多家都盯着呢,在我跳槽前,鲍哥公司的人早就跟浦兄搭上线了。可鸡哥认定,我就是那个带着项目背主求荣的"小人"。

这事要说复杂,还真是扯不清理还乱。

身在其中,我才知道里面的弯弯绕绕牵扯多少人,利害关系错综复杂,我身为当事人,百口莫辩。

第一件打死都扯不清的事——我去了鲍哥的公司,浦兄的新项目就签到了这边,项目由我负责,组织研讨会是我直接邀请的浦兄,要说我跟这个没有关系,鸡哥能信吗?我能说得清吗?

实际上,我要不是当事人,旁人说了前因后果,我也不信。

首先说明一下,浦兄的项目不是靠公司或者鸡哥自己的资源,是我七弯八绕努力的结果。当然,我在鸡哥这里上班,浦兄的项目自然属于职业行为产生的职业成果,这一点毫无疑问,我也接受。在此提前声明,希望能让人看明白整件事情的发展脉络,免得鸡哥又扯出新的幺蛾子,说我拐着公司的资源做投名状之类的,这说法太龌龊,这手段太下作。

当时,在浦兄整理第一个项目的过程中,我们提议加一点新的想法,浦兄欣然接受。哪知灵感来了,创意如尿崩,刹都刹不住,这一点新想法的体量越来越大,最后大家一合计,干脆独立出来作为一个新项目,双方签订了新合同,这就是浦兄第二个项目的由来。

这对鸡哥来说,本就是求之不得的大好事。本来做浦兄第一个项目的考虑,就是希望拿出满满的诚意打动浦兄,通过第一个项目的合作，拿到浦兄的新项目，现在有了这个意外惊喜，何乐而不为？项目能够挣钱的大咖就那么几个，浦兄的项目属于市场验证过的硬通货，炙手可热，各家挖空心思、绞尽脑汁而无从下手。所以鸡哥十分看重浦兄的新项目，指定不能出意外。

这个新项目的产生，对浦兄来说也是意外。他跟另外一家大公司有约定，在市场同等条件下，这家大公司有优先签浦兄所有新项目的权利。这家大公司挖掘培养了浦兄，有大平台的天然优势，也给得起钱，看中浦兄的市场潜力，所以浦兄的新项目很少能够从大公司手上溜走。哪怕是大公司不感兴趣的新项目，一旦放出风来，其他各家都是虎视眈眈，相互抬价。有些单位出于某种品牌的价值考虑，常常以高出市场价签单，签了肯定赔钱，但又不得不签，自己不签，后面还有其他家争着抢着要签，价高者得。

新项目瓜熟蒂落算意外，鸡哥本不敢奢望，浦兄最初也没这个打算，要说吃亏，是浦兄没法按照新项目的惯常操作套路，让各家参与竞拍，只能跟鸡哥这一家公司谈，虽然最后鸡哥花了大价钱，但肯定是略低于市场竞拍情况下的报价。对于这一点，浦兄可能有点意难平。

实情如此，面对大公司那边，浦兄也说不清。对大公司来说，在有优先签约的框架协议约定的前提下，浦兄明知这一点，还把新项目给了第三方，拿事出意外做借口，可以堵别人之口，让自己心安理得，但谁也不是睁眼瞎，心里都明白着呢，实际上还不是因为对方给的钱多吗?!……

说不清道不明，理还乱，这种痛苦我感同身受，小小地心疼了浦兄一把。

作为项目负责人，我知道其中的实情，但也没法替浦兄做证，因为我是横插一杠子抢得新项目的第三方公司的一分子，有了其中的利害关系，我就是说了，哪怕再真诚，大公司那边也不会相信。很多真实发生的情况，被人用来当作借口，用多了，不是假的也成了假的。

这件事情发生了，浦兄身在其中，算是有话语权的甲方，事出意外也说得过去，彼此的面子上能够交代，也就不在乎别人怎么想了。大公司不管信不信其真假，这事都得翻篇，睁一只眼闭一只眼，只要大局稳定，以后在别的新项目上还有跟浦兄合作的机会，总不能为此翻脸吧。

大家都是成年人，不允许有这样的事情发生。

3

浦兄的第一个项目结束后，我想辞职了。

在鸡哥这里确实干得好好的，同事关系相处得不错，鸡哥也看重我，待遇也不差，有事了还替我撑腰，我做项目也渐入佳境，只是到了最后，感觉学不到新东西，想去更好的平台锻炼、提升。而鲍哥的公司一直是行业里的标杆，经常能签大项目，做得风生水起，我一直想找个机会过去碰碰运气。正好有一个老同事在那边站稳脚跟了，告知我近期招人，让我找个时间过去试试。

去哪一家新公司，谁都希望自己手里有筹码，能够快速打开局面。我从没想过带走浦兄的新项目，白纸黑字签了合同，板上钉钉的事，在我有限的认知里，我也没法带走。浦兄不是第一次跟人合作，这样的情况也不是第一次遇到，只要不损害他的利益，项目经理经常跳槽，他能理解也能接受，山不转水转，说不定以后还有合作的机会。

那时，我刚进这个行业没多久，对大项目重要性的认知不够深刻，也没意识到鸡哥对浦兄新项目的看重程度。

有一次见浦兄，谈完公事后，我提前告知了他我离职的打算，并透露了去处。浦兄说这是好事啊，支持我，并意外告诉了我一个新情况：最近鲍哥那边有人在接触他，询问有无新项目出手，浦兄如实告知了鸡哥这边的合作进展。鲍哥一听，拍胸脯说愿意开更高的价码挖墙脚，并主动承担解约违约的损失。

我看浦兄有点动心了。

鸡哥这边给出的条件，确实还没达到他的预期，现在有更好的下家，而且对方还愿意大包大揽地承担所有的风险和压力，何乐而不为呢？当然，浦兄跟我说这个事，并非欲擒故纵，通过我向鸡哥施加压力，争取更高的条件，双方都已签了合同，当初没有异议，现在再提，将置自己于何地？再说了，我都走了，也交了底去哪里，殊途同归，浦兄只是觉得我靠谱，才愿意告知我这一点。

对浦兄来说，有人盯着正常，有人撬墙脚也正常。

他不需要通过这些拙劣的手段抬升自己的价位。

有老同事力荐，我顺利进入了鲍哥的公司。

没想到，我的部门主管就是负责这次行业研讨会的执行总联络人。邀请的嘉宾众多，主管实在忙不过来，就安排我对接浦兄的联络工作。研讨会结束后，公司签下了浦兄的新项目，并让我继续做新项目的负责人。而这时我才知道鲍哥这边执行撬墙脚的人是我的部门主管。

到嘴边的鸭子飞了，而且还是一只大肥鸭，鸡哥不干了。

浦兄这边全权委托鲍哥的公司出面解决此事，承担解约违约的应有赔偿，鸡哥不接受，说不差这个钱，不是钱的事。他开始兴风作浪，最后实在没招了，还对外放出风声，说是项目经理联手新东家挖了墙脚。

作为当事人之一,我听了只能苦笑。

双方陷入官司的拉锯战,相互僵持中。

其间,公司组织大家去黄山游玩,我意外接到了鸡哥的电话。

他问我最近在干吗。

我说公司组织,在外面旅游呢。

他说不信,他们那边也在加班加点,赶浦兄的新项目呢。

在这场竞争中,鸡哥唯一吃亏的地方是只拿到了 50% 的项目资料。自从浦兄动了心,给鸡哥那边发资料开始有所保留,到了项目截止日期还一直拖着。最后尘埃落定了,项目的全部资料移交给了鲍哥。而鸡哥死活不同意解约,鲍哥决定走司法程序。

双方都没耽误的一件事,就是拼命往前赶项目进度,谁能抢先上市夺得先机,挤掉对手的市场份额,谁就是最后的赢家。

我如实告知旅游的事,鸡哥全然不信,哪怕我拍照并发了位置。在你死我活对抗的生存逻辑里,这些可以造假,通过缓兵之计麻痹对手,实际上是铆足了劲赶进度,鸡哥不服输,说了"也在加班加点,赶浦兄的新项目"。

电话讲到最后,鸡哥提了一个不情之请:希望我带个话,双方公司老总约个地方见面聊聊。作为公司老总,鸡哥不好自己直接找鲍哥说,万一被拒了或电话没人接,连个缓冲的余地都没有,传出去多没面子,好歹也是一老板。不知道鸡哥是找不到合适的中间人传话,还是不想承情去麻烦别人,直接找了我,好像这事也该由我去做,他好像也忘了之前对外放风说我的不是。

事后我也害怕,幸好没在电话里说什么,万一什么事说漏嘴了,他在电话那头一录音,作为打官司的呈堂证供,那我跳进黄河也洗不清了。只要能赢,鸡哥无所不用其极,才不会管我的死活。

按照鲍哥的指示，最后约了鸡哥来公司聊。这也算折了鸡哥的威风，谁先开口谁被动，谁先上门找对方谁就矮了一截。鸡哥有求于人，不得不来公司谈，他估计也想探听虚实。我把鸡哥带到会客室就撤了，当时参加会谈的除了鲍哥，还有公司的副总老徐。我不知道双方谈的什么，没地方问，也没人告诉我，见面结束后，我恭敬地把鸡哥送到了电梯口。

事后聊起来，参与会面的老徐跟我嘀咕了一句，他跟鸡哥握手，感觉鸡哥的手精瘦有力，就像好斗的公鸡爪子，断定此人不寻常，喜欢玩偏门，走野路子。

这次见面唯一的变化，就是鲍哥指示举全公司之力，大战多少天，抢在鸡哥前面完成项目上市。鸡哥可能都没想到，自己竟然成了一针强效的催化剂，这会儿公司可真的是开足马力，加班加点。

4

没过多久，鸡哥又找到我。

还不直接给我打电话，他授意办公室秘书小鹤约我，说找个地方一起吃个便饭，没有外人，就我们仨——我、鸡哥和秘书小鹤。

我及时将这个情况告知浦兄。于公于私，只要涉及项目的任何情况，我都会跟浦兄通个气，避免因信息错漏而对一些事情做出误判，我们算是唇齿相依。浦兄觉得鸡哥拿我说事，有点小儿科，上不了台面，不知现在唱的又是哪一出，提醒我注意人身安全。

我也如实汇报给了鲍哥。不管去不去，都得跟鲍哥提前说一声，以示磊落，要是自作聪明去了，等着别人告诉他，到那时鲍哥再找我，更加说不清，连怎么死的都不知道。鲍哥的意思是不用理他，后面的事交给公司来处理就行。

我考虑了一会儿,说还是过去看看,看他能说啥。

鲍哥叮嘱了一句,说随时电话联系。

我愿意赴约,只为表明心中无愧。虽然这事不是由我主导,并非因我而起,但毕竟跟我有关联,作为一个公司老板单独请下属吃饭,不是走投无路了,不至于这样自降身段。再说,想想鸡哥之前为我的事出过头,对我还算不错,哪怕明知这是鸿门宴,我也得硬着头皮只身前往。

吃饭的地方在世纪金源购物中心,离原单位很近。

鸡哥是聪明人,饭桌上一个字都没提浦兄和项目。他带着女秘书小鹤过来活跃气氛,不然,光是我们两个大老爷们多尴尬,又不是促膝长谈,又不是欢歌笑语,下属陪着老板吃饭本身就不轻松,何况官司悬而未决,这等情形下聚餐更加尴尬。

小鹤的存在,确实能够避免我俩之间的冷场。

三个人边吃边聊,只聊美食,谈各自家乡的风土人情。我能想到这种节奏,餐桌上聊正事煞风景,等一会儿结束了,总免不了要点点题。

说不紧张,那都是假的。

吃到一半,我突然接到老乡的电话。看到来电显示,我有些意外,当着他俩的面,我特地用家乡话聊了一两句,然后才出门接听,以示心里没鬼。

老乡是我和浦兄共同的朋友,他打这个电话是受浦兄委托,问我情况怎么样,担心我出啥意外,浦兄不好自己过问,怕被鸡哥听见,连电话记录都不能有,不然更加洗不清沆瀣一气的嫌疑。意外的同时,我心里也很感动,这是工作之外的一份情谊,没想到浦兄有这般心意。简单说了几句就挂了,时间长了,怕鸡哥犯嘀咕。

吃完饭，鸡哥说开车送我回去，我无法婉拒，明白今晚吃饭的重点来了，他该说的话，我还得听着。不管怎样，鸡哥做出了一番高姿态：看，我还是重情义的，员工离职了还想着他，哪怕他撬了我的墙脚，吃完饭，我还照样开车送他回家。

我记得提出离职那一天，鸡哥挽留过我，把我单独叫到办公室，话说得很直白，说你去别的公司，别的领导不一定把你当心腹看，我这里可以，也能重用你。在这一批同事里，我的项目绩效做得好，当时想着鸡哥挽留我，可能是看重我的能力吧。现在再细想，可能是鸡哥怕我走了，暗中带走浦兄的新项目，哪怕我当时真无此意，他也不信。公司里的人来来去去，辞职的理由千千万万，真真假假，谁也说不准，身为老板，鸡哥见得多了。

我住在植物园附近，要是开车送回去，也就十几分钟的路程。一路闲聊，鸡哥终于问到了重点。

"你在鲍哥那边怎么样？"

我不知道他问的是哪方面，只能含混地说还行。

"你啥时候想回来，随时说，待遇没有问题，他能给的，我也能给。"

坐在副驾驶的小鹤也帮腔，说赶紧回来吧，看鸡哥对你多好。

我微笑回应说好的，会再考虑考虑。

当时，自己心里的真实想法是，肯定不能回去。

我要是回去了，鸡哥要我处理的第一件事，就是想办法继续说服浦兄把新项目留在公司，这个我搞不定，都上升到两个公司对簿公堂了，我无法扭转乾坤。于私，我不知怎么面对浦兄，在鲍哥的公司我是一个立场，再退回到鸡哥这边，我又是另外一个立场。先不考虑浦兄怎么看我，我自问以后出去怎么做人做事？如果我真要回去，这种情形下，最好的处理方法就是避嫌，可按照鸡哥的脾性，根本不会这么仁慈，说到底就是拿我当枪使、当炮灰、当挡箭牌。

我再回来，等处理完浦兄这个项目，不管官司的结果好坏，鸡哥铁定要跟我秋后算账。浦兄是我联系的，项目是我签的，不管中间是非曲直，到底是不是我带到鲍哥那边的，真相已经不重要了，出了这样的事，让他耗尽心力在中间折腾，牵累了他不说，还让他在同行面前严重丢人。

我走了来，来了走，有了浦兄项目的前车之鉴，不会再被重用，只会拿我杀鸡儆猴，让其他人看看背叛老板是什么下场。最后的结局免不了，哄回来用完了，羞辱一番再逼走。

这还只是回到鸡哥公司后，可能会产生的后果。

再想想鲍哥会怎么看我，浦兄会怎么看我，还有其他同行会怎么看我……我铁定不能回去，只能硬着头皮往前走。

5

第二件打死都扯不清的事——鸡哥和鲍哥拿浦兄的新项目斗法，是差钱吗？还是想在同行面前争一口气？是就事论事，还是宿怨新仇一起算账？两家公司的老板，自己说得清吗？

鸡哥早就跟鲍哥结下了梁子。

鲍哥曾做过一个口碑很好的项目，产生了轰动的市场效应。后来，鸡哥把这个项目方剩余的其他项目全部打包，乘势推向市场。不得不说鸡哥善于抓住机会，搭顺风车上道，这无可厚非，关键是鸡哥打擦边球的做法，球擦得有点过了，踩到了鲍哥的雷区：因为是同一个项目方，鸡哥借势宣传的时候，主动混淆，给了市场一种错觉，这还是鲍哥公司的项目，趁机割韭菜、浑水摸鱼，砸的是鲍哥的招牌，钱却落入了鸡哥的口袋。

是可忍，孰不可忍？鲍哥何曾被人这样算计过，于是找上了门。

至于找上门的过程，鸡哥告诉我的版本是：鲍哥的公司跟黑社会"不干不净"，为了这个事，他派了六七个身材高大的人过来，当时办公室里就我一个人，我是学法律出身的，心里也不怕，说你们上门有事说事，要是惹事搞破坏之类的，我立马报警。那几个人也就撂了几句狠话，拍了拍桌子，然后走了。

后来，我进了鲍哥的公司，时间久了，才知道公司有一个四人组成的车队，这四人全都人高马大的。一次加班晚了，车队派车送我们几个回去。路上扯闲篇，车队队长说到了这个事：当时我和另外一个高个子司机，又叫了三个身材魁梧的老乡，一辆车直接杀到鸡哥的办公室，一进去就把门关上了。留一个人守在门口，其他四个人围站在鸡哥身边，当时鸡哥坐在老板椅上，脸唰的一下就白了，他说有什么事好商量，我说我们就是冲这个事来的，要是不纠错，下次还上门！鸡哥估计被吓坏了，走了都不知道我们来了几个人……

这个官司折腾了很久，等到法院判下来，还有二审、三审……

我在鲍哥那边干了一年多后辞职，来到董小姐这边。后来，有一次到外省出差，我顺道去拜访浦兄，问起这起官司的最终结果，他沉默了一会儿，才说鲍哥公司答应承担违约的全部费用，但仅限于合同本身的赔偿，合同之外的那部分经济赔偿，浦兄得自掏腰包。

看到浦兄一脸默然，我不好多说什么。

作为朋友，他心里可能多少还是会怪我。这事跟我有些关系，因为是我促成了他跟鸡哥的合作，但也可以说跟我也没多大关系，因为我没有绝对能力让浦兄和他的项目跟着我走，他中途改换门庭，在这个过程当中，我不是决定性的因素，真正让他动了心的是利益。他应该能想到这些，只是一时还难以接受。所以，我说不说、怎么说都无所谓了。

此后，我俩整整十年没再合作过。我不好意思再找他，他有新项目也从未联系过我。两个人都伤了，不想再遭遇第二次。

相互都能理解这一点。

6

哪些该说，哪些不该说，我挑着拣着，零零碎碎说了一个大概。

哦，真是想不到啊。董小姐听得意犹未尽，向我透露了一个情况：你刚来我这里上班时，鲍哥还有点不高兴，通过中间朋友传话，不许我招你入职，我没理这茬。

"你没想到吧？"董小姐笑了一下，看着我。

我愕然，确实才听闻此事。我相信有这事，董小姐说的是事实，鲍哥真干得出来。之前一同事阿贵离职，传闻鲍哥跟京城几家公司的大老板打了招呼，让他们别收留他。我不知道董小姐最后愿意用我，是看中我的项目资源，还是看中我的能力。她说话真是大喘气，先提了一句见过我的第一任老板，等我娓娓道来说完了，半天才又提起第二任老板的这档子事，真沉得住气。

谢过董小姐，我起身离开，并回身替她轻轻掩上办公室的门。

转身后，看四下无人，我才长长地吁了一口气。

致领导的公开信

请问您是……？

电话那头,一口普通话略带沿海地方的口音,对方自称是外省一家全国知名房地产企业的人事。我一愣,对方怎么知道我的名字?我最近没投简历,再说了,跳槽也不会跑到八竿子都打不着的房地产企业。难道遇上诈骗了?

我犹豫的工夫,对方好像猜到了我的心思,赶紧说出一个人的名字,是阿贵。人事说他来企业应聘,按照惯例需要登记上一家单位的联系人,留的是我的手机号。人事简单问了一下阿贵在公司这边的工作情况,求证对他能力的评价等方方面面。在不违背事实的前提下,我维护着阿贵,毕竟他在鲍哥这里做得不错。

阿贵怎么回了老家,跳槽还带跨行的?

我们上一次见面,还是一年多以前,他离职请大家聚餐。

不知从几时起,离职请同事吃饭成了风气。不论平时关系如何,不论亲疏远近,走之前必定将大伙聚到一起,胡吃海喝一顿,以祭奠短则几个月、长则几年的"交情"。

我则坚持离职不请餐,也奉劝刚上班的弟弟如此做。离职不请餐,不是为了省那几百元钱,而是为了维护职场规则。不让自己的状态影响同事,不让自己的情绪感染同事,同时,也为了维护自己那一点点尊严。

低调地来，低调地走，是我一贯坚持的原则。

事后与要好的同事联系，那是生活的乐趣，与工作无关。

走时要好的同事毫无表示，那是他们要明哲保身，勿怪。

阿贵组织的这次聚餐，是我参加过的唯一一次。

我俩一前一后进了鲍哥的公司，相互都不认识，平时开会坐在一起，慢慢地就熟了，也能聊到一块儿。阿贵所在的部门深受单位领导关注，他也很努力，因为能力出色，很快被提拔为部门主管。

为了带好队伍，阿贵日夜加班，有时候通宵完了，第二天上午回家稍做休息，又回公司直接上班。有时见着面了，我还经常拿他的黑眼圈开玩笑，不过看阿贵的状态，有点力不从心，疲于奔命。虽然鲍哥当众提出表扬，也给他加了薪，可阿贵说自己所做的一切努力不见起色，毫无成就感，感觉陷入一个烂泥潭，无处使劲，无法自拔，越陷越深。

终于有一天，阿贵平静地跟我说他辞职了，晚上请大家聚聚。

那天晚上，他把部门所有的同事都请来了，除了领导，整整两桌人。大家都知道他辞职的事，伤感的话没有多说，饭桌上没看出他有什么异常。

散了后，在回家的路上，有同事偷偷告诉我一个内幕消息：下班前，阿贵写了一封致单位全体领导的信，并抄送给各部门主管，信里列出了下至部门、上至单位领导的种种情况，对问题症结给出了自己毫不留情的剖析，刀刀见血。

我打开电脑查收邮件，一看信里说的大部分都是大实话，只是企业文化使然，加上各种纷繁复杂的人际关系，不是他所能抗衡和扭转的。他不该写这封邮件，说了等于堵了自己的后路，圈子很小，传出去，首先同行用人就会斟酌，这是不是一个刺儿头，会不会离开我的公司也整这么一出。

看得出来，阿贵已忍无可忍，其心之悲愤、之决绝，说走就走。

后来，听闻鲍哥放出话，说谁也别想用他。

再后来，接到房地产公司人事的电话，我才知道阿贵离开了北京。不知当时的他，是不是被逼得在这个行业无立足之地、无安身之处……无法想象。

没多久，收到一个陌生手机号发来的一条短信：谢谢。

我一看手机号所在的省份，猜想阿贵应该顺利入职了。

道行深浅

不怕挨骂，就怕鲍哥找谈话。

"你过来一下！"就在同一间复式结构房里办公，鲍哥一个电话，直接把我从楼上喊到楼下，不知什么事急得语气这么严肃，吓得我一路小跑。

"这到底怎么回事？"鲍哥问我呢，"刚刚道哥给我打电话，说有一条他女儿的负面报道。"鲍哥还没搞清状况，现在不是找我问责的时候。

我先应着，赶紧跟道哥联系："怎么会有负面报道？"

"是一家媒体先爆出来的。"

"这条负面新闻，是真的还是假的？"

"确有其事，孩子借鉴了别人的创意。"

那不就是抄袭吗?! 这事可就严重了，正赶上他女儿的项目要推向市场，这个时候出现这样的负面新闻，等于所有的努力全部白费，不仅有重大的经济损失，公司的名誉在行业里也会大受影响。

我再问，这家媒体是怎么知道的？

"我提供给他们的。"

道哥轻描淡写，我不敢相信，再次确认，他仍然很自然地陈述了这个事实。见我没反应过来，他说明了事情的原委：我指导女儿借鉴了别人的创意，等到她的项目上市了，我再拿这个事情进行炒作，从而达到宣传的目的。现在呢，知会一声，就是希望我们一起打配合。

道哥的如意算盘打得真好。起初签他女儿的项目，他没跟公司说过这个"借鉴创意"的事，要是提前告知，就算倒贴钱，我们也不会接手，这是触及红线的事。他知道这一点，故意没说。等到项目上市了，深谙炒作套路的他提前找媒体爆料，一来打我们一个措手不及，他要的就是我们这个震惊的真实反应，外界才相信我们不是在演双簧，才好有下一步的动作；二来逼上梁山，箭在弦上，我们不得不发。现在项目上市了，爆出负面新闻，不做危机公关，公司的损失会惨重，只有硬着头皮上，配合他来演一出好戏。

用心险恶，其心可诛。

道哥女儿的项目能签，算夹带的"私货"。小姑娘没啥影响力，市场也不认可，可道哥知道我们想签他的项目，还有别的合作伙伴也在找他，吃准了这一点，他说他女儿也有项目想拿过来一起做，明眼人一看，就知道他想借势推他的女儿，无可厚非，他不会明确说要想签他的项目，必须连带签了他女儿的项目。但这事你知我知，不需要明说，公司就这样一起签了。

我作为他和他女儿两个项目的联合负责人，还专门跑了一趟外省，跟他女儿沟通项目，就像高中生哄着捧着幼儿园的小朋友，煞有介事，一本正经地装模作样——把小姑娘哄高兴了，自然也把道哥哄高兴了。想一想，真够为难我自己的。

谁都没想到，道哥还整了这么一出。

我把事情的原委告知了鲍哥，鲍哥难得没发脾气："我知道了，不用管他。"

道哥这样的人，还真的需要鲍哥这样的主拿住他。小姑娘的项目继续推进，悄无声息地铺向市场，公司没有被道哥牵着鼻子走，不仅没有配合炒作，连常规的宣传都全部取消。另外，当初最早爆出负面新闻的那家媒体，也悄悄地撤了，再没看到第二家媒体拿这个说事，就如石沉大海一般。鲍哥说了，项目能卖就卖，不能卖就当赔了，公司有这个底气，赔得起。在道哥的女儿项目上亏的钱，从他的项目上找补回来。

道哥心虚理亏，没敢找我们质询。

而他答应交的项目一拖再拖，没法完成了，说拿别的项目冲抵。鲍哥一看这情形，没法要求道哥另起炉灶，根本不可能完成的事，不好因此而解约，干脆来了一个更狠的招：以次充好（得到了道哥的默许），还以原来项目的名义，并把冲抵的项目拆分成两个子项目，一前一后推出。这就好比期待的是彩虹屁，结果闻到的是臭屁，而且放一个屁还分了上下集。

道哥滥竽充数，本身就在透支个人品牌的市场信誉。反正是一锤子买卖，鲍哥无所谓，杀鸡取卵，尽可能榨干，能挣多少是多少。

经此一事，我算是怕了道哥。

他连鲍哥这样的大佬都敢算计，我这个小老乡他更加不会放在眼里，也根本不是他的对手。哪怕他就是拍着胸脯承诺，我也不敢找他合作，不会遵守的承诺而去承诺别人，本身就是一种算计。精于算计的人，连骨头缝里都是钱的味道，你还能指望他什么？

不说做朋友，连合作也不愿意跟这样的人打交道。同一战线的伙伴还给别人挖坑，提心吊胆，防不胜防啊。这种人带来的风险，远比他带来的收益要多，有提防他的成本，还不如跟踏实的人合作划算。比如，跟别人正常合作能挣100元，不挣钱就是0，亏的话也就100元。跟道哥合作，挣100元，防他还得额外花费100元，甚至是150元，到头来，不挣钱反而亏100元或150元，再亏的话，可能就是250元，哪怕真挣着钱了，刨去防他的成本，那也是亏啊，更何况这钱拿在手里,也睡不踏实——心累。

我跳槽去了董小姐那边。曾找过道哥给老牛的项目站台,不花钱还办了事,看着好像我们占了便宜,实际上道哥看中的是董小姐身后的大平台,互惠往来,指望着以后能派上用场,下回轮到道哥找我们办事了,还得还了这个人情。在道哥这里,没有免费的午餐,哪怕一顿,连喝一口汤都不行。

市场动荡,加上道哥口碑严重下滑,后面再有项目找人合作,合作条件腰斩一半,也没人愿意接手。此前,道哥势头好的时候,他跟一家合作方签了合同,拿到全额的预付款,一直拖到遥遥无期,不知最后双方怎么协商处理的。

再听到道哥的最新消息,说是连办公室都退租了,开始不务正业,在朋友圈做微商,卖力吆喝自己的绘画习作。

对了,还有老牛的画作。

哥俩好,商业互捧。

鲍哥的脾气

1

"你们把我放眼里了吗？啊?!"

话音未落，就听到啪的一声巨响，有什么东西重重地摔在了桌上。——鲍哥又在大发雷霆了！他的办公室虽然关着门，中间还隔着一个弯道走廊，但动静大了，还是能传到大厅般宽敞的办公区，偶尔能听清一两句。

谁要是不把鲍哥放在眼里，那是跟自己过不去。谁敢啊?!

大家噤若寒蝉，继续埋头干活。身在外面，我们都感受到了雷霆之怒的余波，那身处风暴旋涡之中的当事人，滋味可想而知。

没多久，一阵脚步声传来，前后走出了三个人：鲍嫂阴沉着脸，老徐面无表情，同事乐乐一副气冲冲的样子。

还没等大家反应过来，鲍嫂突然折回鲍哥的办公室，甩了几句狠话："以后你的破事我不管了，公司的事我也不管了，你爱找谁找谁，爱骂谁骂谁！"临出门前，重重地摔上了办公室的门。

大家面面相觑，老徐躲回自己的办公室，没再现身。

事后，乐乐私下跟我吐槽："鲍哥把我们叫过去，质问项目文案里的一个感叹号怎么没了。"乐乐是项目负责人，正常审核过程中，她确认过没问题，找老徐审核，老徐看完签字，最后一个环节是鲍嫂也顺带看看。乐乐记得文案里的那个感叹号一直都在。

这个项目是老友委托给鲍哥的，鲍哥十分看重，亲自动手改文案，这个感叹号就是鲍哥加的，起着重重强调的作用，并特地交代了不要删。实际操作过程中，乐乐没删，老徐也没删，最后到鲍嫂这里，鲍嫂看了一眼，说这么难看，留着干吗，乐乐交代这是鲍哥特意要求保留的，但最后还是被鲍嫂以审美问题咔嚓删了。鲍嫂经手的事多，说不记得有这回事了。

这也可能是实情。

鲍哥一般不轻易改项目文案。我很好奇，特意看了他改后的文案，加了感叹号，确实是点睛的神来之笔，删了后黯然失色。这个感叹号估计是鲍哥最为得意的，在老友面前少不了大吹特吹，现在没了，自己没法暗爽，老友知道了也不爽，因此更让鲍哥心里不痛快，非得揪出罪魁祸首不可！

乐乐很委屈，这明明是鲍嫂的责任，又是领导，又是一家人，怎么能甩锅给下面的员工呢？她不记得了，也不关我的事啊，我接受不了这种污蔑，大不了辞职。乐乐的老公跟鲍哥关系熟，因为公司缺人，当初是鲍哥主动叫她过来上班的。现在闹到这个份上，也顾不了这么多了。

当天下午，我找老徐例行汇报工作。

谈完了工作，老徐说先坐一会儿吧，聊着聊着，就说到了这个事。我知道老徐的意思，一来是为自己辩解。乐乐还吐槽当时站在旁边的老徐，作为她的直属领导，不替她说话，只推说他也不记得了。事后，老徐得不露痕迹地辩解几句，免得寒了其他下属的心，以后不好带队伍。二来也借我的口把事情真相说出去，不想替鲍嫂背锅。当面跟乐乐说不清，她也不愿意听他说……

"对了,乐乐怎么样了?"

老徐问了一句,没等我回答,他自顾自地继续说下去:"我知道鲍哥对这句话最为得意,感叹号去了效果确实大打折扣,也确实是鲍嫂删的。但当时的情景容不得我说真话啊,鲍哥脾气暴躁,正在气头上,指着鲍嫂的鼻子骂,说要是她删的,现在就直接把她扔到窗户外面,亲自动手,摔死她!……我不敢啊,更不能明说了,只说原来都在,最后不知怎么给删了,也不知谁删的。我能说实话吗?火上浇油,当时说实话那可是要死人的啊,乐乐还不懂事,情绪激动,一口认定就是鲍嫂!"

老徐聊完了,我事后也没敢跟乐乐说起这些。

2

我以为,感叹号事件仅仅是一个单纯的业务事故。

后来发现并非如此。鲍哥、鲍嫂一手创办的公司被大集团收购,集团派了老徐来北京担任业务副总,说是协助鲍哥的工作,做项目的总把关,另外派了财务总监接手公司的日常运营,同时随行的还有两个项目监管,负责公司所有项目的审核把关。这一来,习惯了独断专行的鲍哥浑身上下都不自在,虽然鲍哥、鲍嫂还是公司的高层,但处处受掣肘。奈何已被招安,官宣之后没了回头路,只能你进我退,或你退我进,平衡博弈话语权。

老徐呢,一副清风徐来的逍遥派,平时也都笑呵呵的。他知道集团派他来的用意,也知道夹在中间难做人,但上有任命在身,明知不可为也得为之。他常在我们面前说,鲍哥平时发脾气,那都是因为工作上的事,私下不影响他俩多年来的个人感情。后来,集团董事长还曾想让鲍哥在集团挂个职务，被鲍哥婉拒了，他本身就不自在，更不愿意在集团里被高高挂起。

有一老同事煞有介事地分析了一番，说感叹号事件只是一个被引燃的导火线，鲍哥的做法，点了这把火，就是想逼走集团外派来京的一些人，最好都走了，无人派驻最合适。

城门失火，首先殃及两条池鱼，一是鲍嫂，事发突然，当她被叫到鲍哥办公室当着下属的面挨骂的时候，脸上的气愤装不出来，提前串通好的苦肉计达不到那种效果。事后，夫妻俩回到自己家里，关上门，枕边话该说得说，该哄得哄，小手手该握得握，鲍嫂自然能体会到鲍哥的用意，他们本来就是同一阵营的。二是乐乐，她完全被蒙在鼓里，就事论事，据理力争，她没有做错，她为什么要承担这个责任，事后也不会有人跟她解释这一切。

过了两天，感叹号事件的处理结果出来了：鲍嫂和老徐作为领导各罚款 5000 元，乐乐作为项目负责人罚款 500 元。

大家相对无言，风平浪静。

3

没过多久，派驻北京的两个项目监管要回集团了。

公司组织了隆重的欢送宴，选了一家金碧辉煌的高档餐厅，主管级别的同事都去了，大家推杯换盏，一团和气。饭局上，乐乐还端起酒敬了鲍嫂，鲍嫂脸上笑眯眯地与她碰杯。

轮到我敬酒时，随口问了其中一个项目监管，怎么不在北京待了？

她说不习惯北京的干燥，风沙也大，还是回去好。

习惯不习惯,我一听就笑了。她俩刚来北京时,曾抱怨公司租的两室一厅条件不好,跟公司反映了要求换个房子,说了也没下文,奈何自己不愿再掏钱另租,只得将就着。也听鲍嫂发过牢骚,在北京房租这么贵的地方,能有地方住就不错了,要跟自己家里的条件比,那肯定事事不如意。

她俩一走,不知算不算是被殃及的第三条和第四条池鱼。

都在酒里了,每人单独敬了一杯。等喝完第三杯,我就扛不住了,连被谁送回家的都不知道。

来北京后,这是我第三次醉酒。

以言举人

"你还是留下来吧,啊?"

此刻,我坐在燕儿姐的办公室。燕儿姐说这是鲍哥的意思,他委托她找我聊聊,原话是"想真诚地挽留你",让我再考虑考虑。

我没吭声,脑子里想的却是近来发生的一些事。

事情的导火线缘于一家合作方的女老板催项目款,电话直接打给了鲍哥。鲍哥的脾气大家都知道,他挂了电话,立马打给我,质问:"这到底是怎么回事,你最近怎么老是出错?"

唉,说来这个合作的项目还真是折腾人。

当时的项目负责人小顾,因为跟合作方沟通不到位,反复折腾,合作方女老板投诉了。于是,小顾被鲍哥叫进办公室,不到一分钟就出来了,我看他坐在对面的工位上抹眼泪,这就是传说中的"一分钟把人骂哭"。后来,小顾辞职了,说要回老家考公务员,这个项目移交给了我。我接手后,前期沟通还算顺畅,没想到,到了后面付款环节,财务结算项目款严格按照合同来,没到时候自然不会提前转账。女老板急于资金周转,因为合作的次数多了,她知道底下人做不了主,直接催鲍哥才管用,管用归管用,她不知道后果是连累我们挨了骂。

鲍哥很生气。他觉得丢人啊,公司是没钱了还是咋的,怎么给客户的钱都不能及时付出,非得催到他头上才能办好这事,他要脸面,受不了这个。而我是他一手提拔的人,怎么这样不得力,无论部门员工小顾还是其他项目,最近老出问题。

他刚在电话里说了我一通,我下楼去取快递,意外地在电梯里碰见他上楼,叫了一声"鲍哥",他不吭声,扭头就走,可能还在闹心。

我心灰意懒,想着:这又是何苦呢?

当初何苦要提拔我做主管?我记得被鲍哥叫到办公室,当时还是蒙的,以为项目上出什么状况了,鲍哥说想提拔我做主管,因为我的项目业绩好,让我考虑一下。能被认可,本身是一件高兴的事,没等我怎么考虑,第二天鲍哥直接找到我说,部门主管的事就这么定了,一会儿公司发邮件通知全员。

当时,我一直不愿意带部门,只想一心一意地跑业务,做项目是自己最擅长的,也是最享受的,像工匠一样打磨项目的每一个细节,沉浸其中,乐在其中。可一旦带了部门,一堆人一堆事,很多都是自己无法掌控的,自己说了不算,其他同事有过不少这样的经验教训。哪怕我愿意,我做项目没问题,不一定带部门就不出问题。一个方面的好,不代表放在别的方面就好,或者是别的方面也行。鲍哥只想着用人,立马派上用场,没考虑这中间的缓冲和成长过程。

坏也别人的一张嘴,成也别人的一张嘴。

我在做浦兄项目的过程中,因浦兄质疑其中一项指标,为了解疑答惑,我找来几家同行的同类项目,对比分析了好几个案例,力证我们在这项指标上算得上是最优方案,通过这一番功课,不仅让浦兄心服口服,自己也长了见识。

直到第二天,在公司大会上被鲍哥点名表扬了,我才知道背后浦兄替我美言了几句,他在鲍哥面前提起此事,夸我专业、敬业,鲍哥觉得很有面子,于是提拔我。

因别人的评价受益，也因别人的投诉受罪，好也是别人说了算，坏也是别人说了算。一种强烈的挫败感突如其来。

再加上那段时间家里有事，占据了我大量的时间和精力。单位、家里两头跑，疲于奔命，有时候熬夜弄项目，熬到后半夜一两点，人困得实在扛不住了，第二天还得照样爬起来去单位。这样的状态持续了一个多月，最后实在熬不住了，我提了离职。

先跟直属的领导老徐谈了，他劝了我，没用。

于是，鲍哥授意身为总裁助理的燕儿姐来劝我。燕儿姐劝了很久，又说涨工资的事，又展望公司的远大前景。当时，我脑子里就一个要走的念头，王八吃秤砣——铁了心，打死都不吭声的那种固执。

后来，燕儿姐急了："你怎么一句话都不说，我巴儿巴儿地说了这么多，就问你一句，为啥要走啊？"

我好不容易憋出一句话："刚开始做什么都是，现在做什么都不是。"

我经常被鲍哥呲，燕儿姐看在眼里，有时候就在旁边听着。听我这一说，燕儿姐突然叹了口气，当着我的面点了一支烟……她好久没有吭声，我抬头一看，吓了一跳：燕儿姐哭了，眼泪顺着她苍白的脸庞无声滑落。

燕儿姐没搭理我，自顾自地说着：

"你难，我也难啊。

"我刚来的时候什么都好，现在什么都不好。

"我天天加班，半夜了还得陪领导喝酒，买单，还要送客户回家。

"白天看不着人，晚上见不着面，同在一个屋檐下，我妈连续半个月没跟我打过一个照面了。

"我离开原单位那么久了，老领导童总还经常想着我，逢年过节时不时还给我送一份小礼物，这里谁念着我的好啊？

"……"

后面的时间,只剩下燕儿姐一个人边哭边说,顾不得举止仪态,当着我的面,把一张张抽纸哧的一声扯出来,用完了揉巴揉巴、团巴团巴,扔满了废纸篓。

最后,燕儿姐说了一句:"你走吧,我不劝你了。"

多年后,再回想起这事,我自己都觉得过意不去:第一是不该把燕儿姐惹哭了,第二就是打死都不吭声的沉默,水一样的无缝,油泼不进。现在想想,我本来就内向,平常不爱说话,当时铁了心要走,更不想争辩了。

老天爷是公平的。这么多年过去了,当我混到了燕儿姐这地步,给死鸭子嘴硬的一个同事做思想工作,那一瞬间,我突然理解了燕儿姐的崩溃——不管我在说什么,你总得回应一两句吧,打死都不吭声,我都不知道我说的有用没用,对面的同志啊,你知道吗?这会让我很难堪,就感觉自己说话像在放屁,不顶用,还又长又臭,还显得自己特别蠢……

世道好轮回,你问苍天饶过谁。

小鹿乱撞

1

在吗？

看到前同事小鹿这句留言的第一眼，感觉很奇特：问了一句，余音袅袅，没有下文，半天找不到人影，只剩空谷回声。

当然，不仅仅是一句"在吗？"的问候，小鹿这两天还给我的朋友圈点赞了，怒刷一波存在感。想起一朋友吐槽，说每到逢年过节前一两天或者当天，好久没有互动的客户争先恐后地在你的朋友圈下面点赞，发一个，赞一个，疯狂暗示，就差锣鼓喧天、鞭炮齐鸣地提醒你了——节日快到了，是不是忘了什么，比如发红包、该送的礼物，孝敬之类的事宜。

这个点赞功能的内涵，恐怕是微信开发者当初没想到的吧？

今天不是节假日，小鹿并非我的客户，不用猜，那就是有事找我。这是小鹿的一贯作风，有事了就找你，关系亲近得不行，没事了离你远远的，好像空气一样，她不离你的左右，而你却感觉不到她的存在。

离开原单位八年有余，我俩都还在北京，各自找了新单位上班，却一直没再见过面。没有例行的节假日问候，平时没有互动往来，没有共同的话题可聊,也不是同学,按照省份归类才勉强算是老乡。在原单位共事时,关系并不亲近,部门之间相互配合还行,平常在办公室里见着了,有事才说话。

她找我能有啥事?好吧,问到了不好不理,驳了人的面子。

我刚刚回了一句"有什么好事找我",小鹿那边立马有了动静,估计一直在线等着吧,也不好电话催我。她借坡下驴说真有事找我,说她老公的表弟刚刚毕业,想来北京找工作,让我帮忙推荐一下。她现在算第二次跨界就业,从我们的同行跨到教育培训,然后再跨到现在的交通路政。她老公的表弟打算进我们这个行业发展,她说能想到的靠谱的人就是我了。

话都说到这个份上了,我不好拒绝,说先把简历发过来吧,等他来京了再约时间。

2

刚去鲍哥的公司,我印象最深刻的就是小鹿:做事风风火火,雷厉风行,一个人兼了两个部门的主管,能干得不得了,看着比我还小,不说同龄人,很多老资格在她面前也都是服服帖帖的。这种做派,放在协调其他业务部门的工作上,就显得有点咄咄逼人,老主管大李子实在看不过去了,曾当面痛斥过她一次,说大家都是打工的,别把自己搞得像老板娘一样!

这之后,小鹿才收敛了一些。

也私下见识过小鹿的另外一面,场面的面。

有一次同去香港出差,早上才出了酒店的大门,小鹿的手就很自然地挽着男客户的胳膊,走着走着,整个左胸大部分面积靠在了对方的胳膊上，几个同行的人看见了，赶紧移开视线，假装什么都没看见。

等到后面亲身经历了，成了当事人之一，才知道什么是真正的场面。

有一天晚上，合作过的大平台领导童总说要请浦兄吃饭。当天下午，我正陪着浦兄参加活动，作为随行小跟班，也被叫上了。参加这次聚餐的还有小鹿，她是下午活动的组织者，另外还有公司的财务主管，以及负责组局的燕儿姐。燕儿姐曾跟着童总干了几年，邀请浦兄吃饭的事，就是童总委托她来协调时间。

吃饭的地方在市中心的一个高档四合院里，不仅消费高，还得预约。我们到了后，被领到一长条桌位前，一行六人寒暄后，分两边坐下：做东的童总居中坐下，我和小鹿分坐在他的左右首；浦兄坐在童总的对面，他的左右首坐着财务主管和燕儿姐。

开始点菜，童总把菜单推给浦兄先来，浦兄客气了一番，仍然坚持让童总做主。于是，童总左手翻菜单，右手顺势把手机放进右边口袋里。

我百无聊赖地坐等着。

这时，旁边走过的一名服务生不小心蹭掉了一张餐巾纸，我赶紧弯下腰去捡，餐巾纸捡到了手。可就在侧脸起身的一瞬间，我突然看到了不该看到的一幕：餐桌下，借着桌布的遮挡，童总的右手正放在小鹿的大腿上来回摩挲。

那一瞬间，我感觉血一下涌上了脸，他怎么会这样?! 他怎么可以这样?! 他怎么能这样?!

可能是第一次看到这样的事，我一时还接受不了，当时的第一个念头就是：以后要是有了女儿，只希望她永远都不要经历这一幕……我不敢弯腰多看，捡起餐巾纸放回餐桌，坐正了身子。

童总若无其事，左手一边翻着菜单点菜，一边还征询浦兄的意见，右手也不耽误，继续放在小鹿的大腿上来回动作。当时天热，小鹿还穿着一条短裙。可能小鹿经历了不少这样的事，并没有跳起来甩他一耳光，脸上见怪不惊，只是不知桌子底下双方如何掰手劲，毕竟是单位的大客户，毕竟浦兄还坐在对面。

可能后面童总实在太过分了，小鹿借口打电话，起身去了外面。

过了几分钟她才回来，不情不愿，继续坐回到童总的身边。

那天晚上，我感觉自己比小鹿还要煎熬，无心打量餐厅优雅的环境，吃进嘴里的美食也索然无味，记不起他们在餐桌上聊了什么，脑子里一直想着桌布下时刻在进行的那一幕。对面的三个人浑然不知，仍然谈笑风生。

饭局结束后，小鹿说要跟浦兄一起回酒店，还要沟通协调明天的活动事宜，童总自己开车离开的，剩下我们仨各回各家。

第二天早上，我去酒店接浦兄。趁着四下无人，我忍不住说了昨晚在餐桌下看到的那一幕，浦兄听后叹了口气，说也是事后才知道。昨晚饭局散了后，童总问小鹿住哪里，说顺带送小姑娘回家，当时小鹿拉着浦兄的胳膊悄悄捏了一下，他看她一脸的不情愿，隐约猜到了怎么一回事，顺着她的口吻说要商量明天的活动，才一起脱身离开。童总当时没招，也不好强拉硬拽。等回到了酒店，小鹿才一脸委屈地跟他说起这过程。我跟童总认识了那么多年，大家都是成年人了，不好多说他什么，只能假装一切都不知道。

当天晚上，鲍哥、鲍嫂做东，拉上公司的中高层例行聚餐。饭桌上，燕儿姐当玩笑话说了这事，说昨晚吃饭，小鹿被童总摸了大腿。浦兄自然不会跟燕儿姐说起这事，估计小鹿当晚找燕儿姐诉说委屈，本来想着找个知心姐姐求安慰，没想到这姐姐……

我在旁边都替燕儿姐尴尬，这事怎么能说得出口？燕儿姐好歹也算公司的高管，当着领导和同事的面说这个，她脸上不臊吗？更何况，她也是一名女性，难道不会站在女同胞的角度替人想一想吗？小鹿看了燕儿姐一眼，没说话。

鲍哥不吭声，鲍嫂也只是礼貌性地笑了一下。

饭桌上的其他人，假装没听见，黑不提白不提，这事就算过去了。

哦，忘了说一个事：自从燕儿姐来了单位，接手小鹿原先带的宣发部，小鹿就专心带领自己的业务团队。

3

摸腿事件后，又过了一个多月，小鹿突然被调到行政部门，作为一名行政专员负责日常的琐碎事务。大家都蒙了，这可不是简单的杀鸡用牛刀，不仅跨部门调动，还从主管领导岗位撸成了一名普通职员，看着问题相当严重，不会是变相逼人离职吧？

后来，公司里流传一种解释，说小鹿飞扬跋扈，得罪了公司的大客户，使得公司损失惨重，所以鲍哥才会痛下决心，从重处理，以观后效。

不知这其中内情如何，无从证明。

有用的时候，她就是王熙凤，要风得风，要雨得雨，弃之如敝屣了，原本的雷厉风行就是飞扬跋扈、嚣张惯了。果然没多久，小鹿主动辞职走了。

再后来，我也离开了公司。一次聚餐，老同事开始八卦，聊到小鹿时，说了一个我们都不敢相信的事：传闻小鹿跟鲍哥有一腿，被鲍嫂发现了才有调岗的事。小鹿是公司多年的老员工，要辞退的话，补偿金额过高，所以公司才会出此损招。

这事要是真的，其他很多事就能说得通。难怪大李子骂她真把自己当成老板娘了，对所有同事咄咄逼人，估计心里真把自己当成了半个女主人，再管事管人自然另外一副神态。同龄人的那些事，对她来说就是小儿科，她经历得多，哪怕摸腿事件，她也能在其他人面前神色自若地处理好。最让大家感叹的是，小鹿的内心得多强大啊，天天在鲍嫂面前晃来晃去，找鲍嫂汇报工作时，聊完了还能谈笑风生。

当时，小鹿也有男朋友。一次出差，她男朋友来车站送行，看着挺不错的一个小伙子，我们几个还起哄说啥时候发喜糖啊。现在想想，她男朋友平时都知道小鹿在公司忙什么吗？对于经常出差加班的这个女强人，他又真正了解多少呢？

小鹿悄无声息地离开了公司，没跟任何人道别。离开后，我俩之间的联系也少了，只是偶尔看朋友圈，看到她晒出课堂上的合影，才知道她跨行去了教育培训领域，后来又换成了搭桥铺路的宣传视频。

慢慢地，小鹿晒结婚照、晒娃。她老公是新面孔，偶尔才入镜。

直到小鹿为她老公表弟的事找上门。

我约这个小男孩过来聊，他各个方面都有点勉强，公司没有录用，我如实告知了结果，一句毫无感情的"谢谢"之后，小鹿就像在空气中消失了一样，滴水入海，完全看不到她存在的痕迹。

和熟悉的朋友聊起这事，我还是感叹小鹿一如既往地势利，有求于人的时候亲热得不行，办完事了或者没办成，就跟不认识你似的，这样的落差，一般人还真接受不了。

朋友替她辩护了几句，说她努力上进，工作之余还坚持拿到了在职研究生的文凭，靠着自己一个人的能力养家，妈妈在老家，弟弟还在读书，从没听她提起过爸爸。同龄人都在为工作发愁的时候，她已经在北京买房、买车了……

不知真假，无关痛痒。

小妹正青春

1

"你还记得小安吗?"

"哦,他啊,还曾经帮我搬过家呢。"

搬家?雪小妹坐在我对面,平常自然地道出这事,我一听,感觉平地一声雷:她怎么又让男的帮她搬家了?!前段时间刚刚听说,有一个男的可喜欢她了,上赶着去帮她搬了一次家,这男的还曾向别人打听她的情况。可她不喜欢这男的。

她怎么老喜欢找男的帮她搬家,免费劳动力?

"我都想不起他长啥样了。"雪小妹又来了一句。

真是无语了。想不起来别人长啥样,还记得帮她搬过家。别人喜欢她,动用免费劳动力去搬家,而且她还不自知这有什么不妥,一而再,再而三,小安也这样"被搬家"过,唉……雪小妹不怎么厚道啊。

之前共事,大家都看得出来小安喜欢雪小妹,她现在还在质疑这个。

"就因为我坐在他旁边,平时他跟我聊得多一点,这就叫喜欢我?"

"坐在他旁边的还有别的人,他只看上了你,喜欢你,才跟你聊得来。"

"他是不是那种跟谁都聊得来的北京小孩?"

"他要跟谁都聊得来,在公司那么长时间,为什么最后只跟你说得多?"

"大家都看出来他喜欢我,为什么我自己觉得正常呢?"

"只有你才觉得正常,大家都看出不正常了。是个人都知道他喜欢你。"

…………

我主动聊起小安的一些近况:他不擅长做项目,最后还是离开了单位,继续回培训机构教书,他喜欢这个,从高中起就以各种形式帮老师代课,到了讲台上,他如鱼得水,还颇受重视。

偶尔听小安说,他跟爸爸的关系不是很好。我一提这个,雪小妹说她也知道,他现在跟着妈妈过,雪小妹觉得他比自己小很多,家里又没啥钱,加上单亲家庭,担心未来在一起生活,跟婆婆相处不好……

看来他们聊过家里这些事,更加说明两个人的关系走得近,因为一些现实考量,她才没有接受小安吧,再加上不是那么喜欢他,不如小安喜欢她多一点。

我问了一句:"你们还有联系吗?"

"好久没联系了,也没了联系方式。"

看来觉得跟对方没戏,雪小妹把联系方式都删了。现在个人问题形势紧迫,不错过任何一个人,不放过任何一个机会,回头草该吃也得吃,何况小安还是喜欢她的。我给雪小妹做了一番思想工作,把小安的微信和手机号重新给了她。

雪小妹说先加他微信吧,怕万一不接电话,或接了电话不知道说啥,多尴尬啊。

我问:"通过了吗?"

她有些患得患失,说没有啊,不会都忘了她吧。

我说估计在忙。

过了一会儿,微信验证通过,雪小妹松了一口气。她先编好微信,说刚刚聊起了他,问他最近怎么样之类的一大段话,让我看了确认稳妥后再发送。

小安的回复很迅速,问了一句:哪位?

她回复了自己的名字,之后就如石沉大海,一直没有下文。

她有点焦虑:"不会真把我忘了吧?"

我说哪里会,人家曾经那么喜欢你,这会儿收到你的信息,说不定心里起了波澜,一会儿波涛汹涌,一会儿惊涛拍岸呢,让人家心里先汹涌一会儿,拍一会儿岸。

雪小妹叹了口气,说你就强扭瓜吧,错过了就是错过了。

2

雪小妹说,这几年她都不知道怎么把自己给耽误了。

这次来了新单位,参加户外拓展活动,有一男孩对她有好感,不敢直接跟她说,通过别人来侧面打探,她自己呢,不回应、不吭声,不好意思主动表示。后来后悔了,因为她对他也有好感。

我说人家都表示好感了,你就稍微表示一下,说可以加个微信相互了解了解。他已经迈出了第一步,看你没反应,自然默认你是拒绝的态度,所以就不敢有下文,怕再次自讨没趣。我是男的,换作我也会这么想。

她说就是啊,错过了,这都是去年5月份的事。

她后面没再提这个男生，不说他找到新的对象没，或是结婚没，错过了就再也没关系了，同在一个单位，相互之间，谁也不会再去关心彼此的情况。这就是现实的人生，也是残酷的现实，不需要对谁做道德绑架，没必要把谁放在火上烤。

说到个人问题，我建议她抓紧了。

同年龄段条件好的男性基本上都结婚了，要么自己挑别人，要么别人挑自己，没结婚的剩下的都是歪瓜裂枣，或者其他方面条件不如意。同龄男性里条件好的，还有一种情况，那就是离过婚的，他们都开始了第二茬人生，但拖儿带女的有负担；年龄层面往下走走，比你小的男孩啥也不懂，他年轻玩得起，谈个两三年，你的青春耗不起；年龄再往上走走，比你大的男人大多是离婚有娃的，孩子还得分担爸爸的爱，他也得分心，以后他老得比你快，照顾不了你，你反而还得照顾他。总之一句话，选择面会越来越窄，碰见合适的，不管年龄大小，都得抓紧。

她说别人也介绍过一个离婚的男人给她，那男人手头有两三百万，但是有两个孩子，她不愿意见，觉得两个孩子要分担他俩相处的时间和精力。还有别的离异男看上了她，她都没继续发展。一些太年轻的男孩，她也碰到过，不以谈婚论嫁为目的的谈恋爱，都是耍流氓，她都不愿意接触。

雪小妹现在的情况有点尴尬，都40岁了还单着，在北京这样的一线大城市还算能够接受，要是待在老家，少不了周围人的指指点点，说什么嫁不出去的老姑娘。在大城市不会有人说你，但也不会关心你，你自个儿爱咋咋的，也得自个儿受着，没有压力的逼迫，反而会在日复一日的日常中消耗时间，耽误了自己。

如果她就打定主意单身一辈子还好，偏偏她还想成家。

为了能在北京积分落户，雪小妹花了很长的时间和精力准备考研，结果没通过。这么多年攒了一些钱，选择在临近北京的河北燕郊买了一个小房子，她说老家回不去了，不会回去找对象，不会回去考公务员，年龄和心态都不允许，要说还有啥目标，就想找一个稳重的、有钱的男人。

听得我内心莫名地沉重，换作我是她，这个年龄段，在这个城市，工作还不稳定，下一步去往哪儿，该如何面对……莫名地有一种水雾般的迷茫和绝望。

3

我俩是认识十余年的老同事。

第一次做同事是在鲍哥的公司，她后来离开，中间没有过多的联系，不知道她去了哪家公司，中间又换了几家公司。六年后，我俩在德哥的公司第二次做同事，相互都不知情，去了才发现彼此在不同的部门。待了一年，她跳槽到第二家公司，之后跳槽到第三家公司，因为有业务来往，今天约了见面，此刻正在他们单位的会议室聊着呢。

这么多年，雪小妹一直在频繁跳槽，跳来跳去还是基层员工，在不同的公司做项目，没有话语权，没有自主权。她自己也意识到了这种苦恼，正跟我吐槽呢，说这里的直属领导不懂业务，领导的助理是个90后的小姑娘，啥也不懂，在那里瞎指挥，还管着她呢。雪小妹带了一个项目助理，才刚毕业一年的新手，经验不足，为了完成考核指标，瞎签了一些不靠谱的项目，她也头疼得很。

于是，雪小妹又动了跳槽的念头。她看中了一家公司，偷偷问我那边的情况，权衡评估一番后，暂时不敢乱动，也不知下一步要去哪儿，纠结迷茫中。

说到这儿,两个人都感慨时间过得真快。

她还记得进鲍哥的公司时,我曾经面试过她,问了一些常规的业务问题,第二天就通知她过来上班了。我对此毫无印象,只记得她被分到了燕儿姐的部门。

我问她:"你跟燕儿姐有啥深仇大恨,为啥你走了后,她提起你仍很生气?"

"别理她,她就是一个疯子,不能讲理。"雪小妹没再往深了说里面的是非。

本来雪小妹的小助理也参加了业务见面会,谈完正事后,她让小助理先走,说还想跟我聊点别的,于是聊着聊着,又说到了德哥的公司,说到了小安。

4

我很意外,当时没想到在德哥的公司能够碰见雪小妹。入职后,我在新工位上一坐下,就发现了斜对面坐着的她,顿时有一种"人生何处不相逢"的感觉,圈子真小,兜兜转转、来来回回就这些老朋友。

她也意外,说刚来德哥这边没多久,问我的部门还需要人手不,她正考虑申请换部门,反正知根知底的老熟人,做人处事都好。我当她开玩笑呢,也笑着应道没问题。

没想到,她真找我聊了这事。

她周末给我打的电话,明确说想换到我这个部门。我想着老同事了不用磨合,加上她工作能力也不差,自然欢迎,不过我下意识地问了一句,"你跟原来的部门领导老罗说好了没?",她说"已经说了,老罗同意"。我以为这就成了板上钉钉的事。

等到周一上班，我找到了老罗，一提就露馅了——她根本没跟老罗说过，自己觉得这个事老罗会同意就先跟我说了，哪怕我这边也同意了，她都没及时找老罗说起这事。我一问，啪啪打脸了。

这时，雪小妹才告诉我实话，吐槽老罗不好相处。

通过换部门这个事，看出她不会办事。这事得先跟老罗说好了，确认没问题再找我说。当然也可以理解，为稳妥起见，先跟我确认愿意接收，她再去跟老罗说也行，在她说之前，也得提醒我注意，暂时不要去找老罗。对我来说，她是另外一个部门的人，我当然得跟她原部门领导说一声，哪怕表达一下虚情假意的感谢，打个哈哈，也得吱一声。我不能从头到尾都不吭声，像个没事人一样，得考虑一下老罗的感受。下属从自己的部门离开，本身就是对自己的一种变相的否定，作为同僚，于情于理，于我于他，都得考虑面子上的事。

最后，换部门的事没成，她两头不落好，还碰了一鼻子的灰。

后面老罗再怎么对她，我不太清楚。我不会生她的气，只是觉得她这么不靠谱，在我这里基本没了翻盘的机会。

5

没多久，雪小妹又干了一件让人脚趾抓地的事。

她亲自下厨做了一大桌菜，盛情邀请一些老同事来家里聚餐，都是她自认平时玩得好的，其中就有因离职而跟公司闹得不愉快的小帅。估计雪小妹也没想到，小帅跟她相处得不错，并不代表小帅跟其他同事关系就好。她只是把大家聚到一起，没有考虑哪些人合适、哪些人不合适，小帅当然知道来的都是老同事，愿意过来增进感情。

其他同事没想到还邀请了小帅,雪小妹也没提前告知。

结果就尴尬了,一顿饭下来,大家都放不开,没人愿意跟小帅交流,还有意识地躲开他。小帅想找大家叙旧,可面前就像有一道透明的墙,看得见却不得其门而入。

雪小妹呢,没有能力缓和大家的这种尴尬,以及因为这种尴尬而给自己带来的进一步尴尬。不止一个人背后吐槽,好几个去吃饭的老同事都在嘀咕这事。

她怎么办的事,这可怎么办呢?!

晚上想起加小安微信的事,我又问了雪小妹一句进展如何,没想到她那头反应激烈:他就没再回复我了,都是你撺掇的好事,你过来,我保证不打死你!

隔着手机屏幕,我都能感受到她的难堪,以及随之而来的气急败坏。我心里叹了口气,下午见面还聊得好好的,她还说感动来着,解决婚姻大事今年就指望我了,结果不成,反过来又埋怨我。我给她出主意,本身也是为她好,在旁边看着着急,看不下去了才说几句,没有故意捉弄她的动机。在接受我的建议之前,她得想好了自己能否采纳,一旦落实了能否承担这个后果,不管好坏。不能成了才感谢,坏了就指责别人,要是这样,连感谢都不要了。

小安为啥不再回复,不用想都知道:被雪小妹伤透了。她知道自己的心意,不仅漠视这一份感情,还继续利用他搬家,再看到雪小妹,哪怕她的名字,跟她相关的一切的一切,等于又看到了自己无处安放的喜欢,憋屈和窝囊,被按在地上揉搓的不值一文的自尊心,都是伤疤,都是男人无声的泪。

我还指望她能想明白这里面的弯弯绕绕呢。

算了,洗洗睡吧。

04 看不懂的德哥

老哏

1

谁都没想到事情会捅到德哥那里。

"小帅是怎么一回事?"德哥问了一句。

坐在旁边的财务总监于姐小声赔笑:"这孩子不懂事,我也是最后一个才知道。"

"于姐只管财务,跟人事招聘没关系,也不接触项目部门,德哥怎么质问她呢?"旁边有同事嘀咕了一句。于姐是小帅的表姐,是她推荐小帅过来上班的。难怪单位那么看重小帅,因为他有做项目的能力,也因了这一层的推荐关系,处处关照他。

"你们平时不是老说他怎么好吗?怎么还走了?"德哥看了一眼对面的德二哥和副总元姐,慢条斯理地问了第二句。两人不敢吭声,德二哥身为公司执行总裁,得对身为董事长的德哥负责,哪怕是亲兄弟,在公共场合都得如此。整个大包间里,一个可坐十余人的大圆餐桌坐满了公司的中高层,只能听见轻微的碗筷、饭勺磕碰之声。

德哥不说下文,没人敢吭声。

德哥怎么知道的,到底是谁捅给德哥的,于姐是不是真的是最后一个才知道的人……这些都不重要了。

事情说简单也简单，就是小帅辞职了，跳槽去了另外一家公司；说不简单也不简单，小帅辞职的理由是要出国深造，德二哥信了，元姐也信了，还以公司的名义洋洋洒洒地写了一封热情洋溢的邮件，抄送给公司全体员工，有对他在项目成绩上的认可，有对他出国留学的鼓励，有学成归来的热切期盼，还有全体同人对他的殷切祝福……

作为全体同人之一，我还记得当时看到那封邮件的复杂心情：这封邮件就像电影《饥饿游戏》里回荡在原始森林上空的那一声炮响，每当一个选手冲关失败身亡，都会有一声炮响，宣告着一个生命的终结，这种告别的仪式让人感怀，电影里一声炮响的宣而告之，就是现实里一封离职邮件的群而发之。莫名地对这些来来往往有些伤感，也在想哪一天，我要是离开这家公司了，转身的那一瞬间，其他还留下来的同事能否收到公司群发的一封关于我离职的邮件？……渐行渐远，身后的炮声不绝于耳，余音袅袅。

结果辞职的第二天，就有人知道他去了另一家公司。

圈子太小，想不知道都难。小帅还是把这个事想得太简单了。

他没想过自己说走就走，把推荐他的亲表姐置于何种境地。为了自己的美好前途，也顾不了这许多？还是提前跟表姐说了这事，表姐权衡利弊再三，也不好拦着，只得硬着头皮担着？或者他只跟表姐说了离职换工作，没有如实告知自己找了何种借口？

他有想过表姐被德哥当众质问，感到难堪的这一天吗？

他有想过德二哥和元姐的感受吗？

想走就直接说，实在无法挽留，领导也能理解。现在好了，自以为聪明，找了一个借口顺利溜了。有想过领导知道真相之后的心情吗？平时在公司那么看重他，还热情洋溢地写了一封给全体同人的信，并不是所有员工离职都会发邮件，也不是所有员工离职都会给这么高的评价，现在啪啪打了领导的脸，这样做真的好吗？是离开了单位，领导管不着了，可圈子这么小，山不转水转，三十年河东三十年河西，以后指不定还有机会再碰面，不论何种形式，现在这样做不是自绝后路吗？

他有想过同行知道了会怎么想吗？再去下一个单位，下一个单位的领导会不会想，他以后要辞职，会不会也来这么一手？同行知道他嘴里没实话，连帮他的老领导都敢摆一道，谁还敢跟他合作，谁还敢跟他做朋友？

…………

他想过这些后果吗？真的有认真在想吗？

2

小帅刚来单位时，被分在了分管领导大鹏的部门。经过一段时间的磨合，小帅做项目的能力有，但老自以为是，不服从领导，很是让人恼火，大鹏原本想辞退他，都已经找小帅谈话了。没想到另外一个部门的主管老耿欣赏他，于是将他调到了自己的部门，调整之前，小帅说喜欢老耿部门的业务方向，结果换了之后，依然我行我素，做项目坚持按照自己的想法来，老耿说什么都不听。后来，终于做成了一个大项目，小帅越发认定自己的行为，觉得公司给不了更多，跟老耿的分歧也越来越严重，于是考虑离开。

颇具戏剧性的一幕是，大鹏原本要辞退小帅，未果，结果大鹏倒先离开，跳槽去了一家新公司。小帅做成了大项目，炙手可热，于是，大鹏把他挖到了自己所在的那家公司。真是此一时，彼一时。

我还以为出国留学的哏，小帅只是初犯，没想到，偶然一次拜访老同事吉吉，无意中戳到了真相。吉吉和夫人黛黛从德哥这里辞职后,先结婚后创业,有人投资开了新公司,项目越来越多,人手不够,小帅就是这个时候进了吉吉的公司。

"你不知道吧?小帅原来也在我这里干过。"吉吉主动说起了小帅,可能听说了他辞职的事。

"真的吗?"我一愣,真是抬头不见低头见。

"他当初从我这里辞职,也说要出国留学呢。"吉吉说到这儿笑了,一脸无所谓。

小帅真可以!他还真敢啊!第一次跳槽用这样的借口,换了单位再跳槽还是这个配方,等到从第三家单位离开,他还要玩出国留学的哏吗?自以为是,自作聪明,真够可以的。

吉吉说:"小帅去了德哥那边,我才知道真相。他上下班路过这里,有时候也会上来坐坐,坐坐就坐坐呗,也没啥。"

关于出国留学的事,吉吉不问,小帅也不提,成年人的世界就是这么默契。

小帅原先在吉吉这里干得不错,吉吉挺看好他,听说他要出国深造,平常那么抠的吉吉破例攒饭局为他送行,难怪心伤如此,难怪无所谓地笑笑,难怪坐坐就坐坐呗。吉吉嘴里说的也没啥,自然不会跟小帅有下文,哪怕小帅迫切地想回来,吉吉也不会再考虑,无所谓,意味着什么都不是了。

后来,小帅上门的次数多了,自己也觉得没趣,就不再来了。

自己作,把退路都堵死了,旁人看在眼里,自然不愿沾惹。难怪在雪小妹的饭局上,大家都不搭理他。

不知小帅在这家公司能待多久,再换工作,谁还敢用他?自己挖的坑很难爬上来,无论大小、深浅。

小帅辞职不到一个月,公司真有一次出国考察学习的机会,最后安排了老耿。要是小帅还在,可能会优先考虑他,可惜走了,假的说着说着就成了真的,这么好的机会却轮到了他看不上的老耿,小帅要是知道了,心里肯定得起波澜。

再后来,听说元姐准备写邮件夸小帅时,就已经知道了他去大鹏那边公司的内幕消息,知道出国留学是借口,但邮件还照发无误,这是故意为之的一步棋,明面上是夸他,实际上就是为堵死他的后路,让他无颜吃回头草。

不知道这是元姐的强词夺理,一发马后炮,找回一点面子,还是事实本来就如此。真相只有他们自己知道。

3

我跟小帅不熟,唯一的交际只有两次:一次是他,一次是他老婆。

小帅没离开时,有一次问我做项目的事。我详细分析了一番利弊,给出了一个中肯的建议,但最后看他还是按照自己的主意来,同事的建议都很难听进去,何况是领导的强制管教。看来小帅还是比较固执的。此后,我俩再没说过话,走的时候没告别,去了新单位也没打一声招呼,更别说其他。

等到小帅老婆绕了好大一个弯找到我,那时我已离开德哥的公司。

有一天,老同事找到我,说有个小姑娘想要联系莲姐,问我能否帮忙给牵线搭桥。因是首次找莲姐合作,为谨慎起见,我要求小姑娘发一些资料介绍,先帮莲姐把把关。

咦?这里面怎么有德哥公司的项目?我问了一句:"你们有合作吗?"

小姑娘说是啊，一直有业务往来。这两年忙着结婚生孩子，耽误了。

　　聊着聊着，她说她也认识公司的小叶，之前还推荐合作过项目。

　　认识小叶，那自然也就认识小帅，他俩平时常在一起玩，离开单位了也一直有联系。我顺带问了一句："那你认识小帅吗？"

　　小姑娘立马回复了一个捂脸的表情："我老公。"她说现在的公司就是他们一起创业开的新公司，问我住哪边，回头约个时间，叫上小叶一起来家里坐坐，让小帅亲自下厨。

　　我以为小姑娘回头会告诉小帅，小帅也会借此机会跟我寒暄两句，无论是老同事叙叙旧，还是为了以后的业务开展，结果呢，没有下文；小姑娘呢，自从通过我联系上莲姐后，再没我什么事，说好的回头约吃饭呢，好像也忙忘了，估计就随口一说，并没当回事。

　　我想多了。

一叶沉舟

1

无事不登三宝殿。

小叶突然说过来看我,可聊完了,他走了,我都没琢磨明白他为什么而来。

一天中午,小叶突然发信息给我:下午在家吗?有个朋友去台湾出差回来,送了一点茶叶给我,我给你带点过去。

没法约中午聚了,赶上饭点,预订不了合适的地方,再说见面也不为吃饭,可能有事,想找个安静所在聊聊。饭店里吵闹,也怕人来人往碰见老同事,于是,约了下午2点,他来我的住处。

原来在德哥这边上班,为避免来回长途奔波之苦,我就在附近小区租了个一居室,步行不到10分钟的路程。后来离职了,去了新单位,仍然没挪窝,有时还能找小叶他们聚聚,下班了,大街上还能经常碰见以前的同事。

我已离开单位一年多,平时跟小叶聚会,一般都是三四个人一起,像这样单独见面还是第一次。他还特地来我住处,肯定不是送茶叶这么简单,大热天的中午何苦跑一趟,再说也不急,完全可以等到下班了再过来。

幸好，我这两天在家休息。

下午见着面了，泡上小叶带来的茶叶，边喝边闲聊，说到单位同事的现状，聊了一些行业的发展，不咸不淡地扯了一通。他最近一切正常，我也没什么状况。等到他走了，我还在琢磨，他今天找我什么事。

唯一提到的事，也是很久之前与包包姐的误会。小叶提到这个，没明确说让我帮忙在中间协调，再说他和包包姐都在一个办公室，天天都能碰着面，当面不好说的，彼此还可以打电话、发微信，何苦找我绕一个大弯？

包包姐其实比我还小。刚来德哥这边时，听到大家都叫她包包姐，我也跟着叫习惯了，等到混熟了，我一说自己的出生年月，她说你以后可别叫我姐了，你比我还大呢，怎么受得起，但一直没告知她的真实年龄。

至于他俩的误会，早在小叶之前，包包姐就找我吐槽过。

德哥想把小叶独立的部门合并到包包姐的部门，并由包包姐直接领导。就这么一个简单的事，德哥分别找他俩谈了话，问了两位当事人的意见。按照包包姐的叙述，德哥先找的小叶，聊完了才问包包姐的意见。当天晚上有人告诉包包姐，说小叶在朋友圈指桑骂槐地说她了，她一看，虽然没有指名道姓，但实际上说的就是她——小叶说有些人手伸得太长了，外行都要管内行，简直岂有此理！

包包姐觉得冤啊，德哥找她谈话之前，她都不知道有这么一回事，之前也从来没提过只言片语，而且还是德哥先找小叶谈，谈完了才找她说的这事。而小叶从德哥的办公室出来后，就一直没跟她提过，直到看了朋友圈才知道小叶的真实想法。轮到德哥征询她的意见，她当时就觉得不合适，建议保持原样。并不是因为小叶不高兴了，才这样说。

小叶听德哥说完这个事，以为她事先知道，跟德哥串通好了挖的坑，平时那么好的私交，也不提前跟他说一声。小叶为此很生气，再加上身边的老罗撺掇，少不了煽风点火，没找包包姐问过一句，就先在朋友圈夹枪带棒。

而最让包包姐气愤的是，在小叶发朋友圈之前那么长的时间，他有空听人说闲话，都不来问当事人半句，进一步验证事情的真伪，就给她泼脏水，枉费她平时对他那么好，不仅仅在业务上给予强力支持，还在情感上充分信任。

这是包包姐无法接受的。

老罗是什么人，他不知道吗？她竟然连老罗都不如？包包姐气坏了。

当天晚上，包包姐打电话问小叶朋友圈是怎么回事，小叶各种躲闪，嘴里一直否认。也因为这一通电话，才知道双方在这件事情上闹了误会。

小叶最终还是删了那条朋友圈，但包包姐仍然心存芥蒂。

包包姐说："你也不用劝我，不要跟他提，假装什么都不知道。"

我默然。

2

四人饭局又开始约时间了。包包姐和小叶还留在德哥的公司，我和同事靓仔先后离开，可每月一次该聚的，照常进行。

餐馆定在原单位附近，我和靓仔最先到达，他俩离得近却没看到影子。坐着等了一会儿，才看见包包姐和小叶一起进来，我当时愣了一下：他俩不是闹矛盾了吗？怎么还一起来了？

继而，我被自己的想法逗乐了。他俩在同一个办公室，要去的是同一个地方，非得一前一后来才正常？虽然有了矛盾，但该做的表面工作还是得继续做，至少维持表面的一团和气吧。

四个人的饭局，小叶跟包包姐闹了矛盾，他以为我不知道，靓仔也不知道；包包姐私下告诉了我，让我在小叶面前假装不知道，也不要跟靓仔说；靓仔被蒙在鼓里，是真的什么都不知道。合着这一桌，我和包包姐是两个全明白人，小叶是半个明白人、半个糊涂人，靓仔则完完全全不明不白、不清不楚。这次见面，包包姐和小叶的互动少了，我们仨还像以前一样逮着靓仔开玩笑。

吃完饭，大家分开走。靓仔独自一人赶地铁，我们仨还能同走一段路，经过一家药店时，包包姐说感冒了想去买点药，小叶说也进去看看。我站在门外，隔着玻璃门，能看到小叶正在热心地帮包包姐选药，旁人还真看不出来他俩闹过矛盾。

看得见的裂痕能愈合，埋在心里看不见的芥蒂，或者不想让对方看见的裂痕，想找机会也没缝可钻，那才是真正的隔阂。

出了药店，我们仨又同走了一段路，在下一个红绿灯路口分开：我回小区，他们俩继续回单位，收拾一下再回家。远远看着他俩一路同行的背影，心里感叹，不知道还有多少次再聚首的机会。

3

公司人事动荡，现在新晋上位的执行总裁大饼哥，是德哥的大学同学。老罗平常跟大饼哥走得近，由原来的部门主管提拔为总经理。小叶随大流，只能抱着他俩的大腿，混的时间长了，老罗混到了总裁助理的位置，而小叶没得着什么好处，还继续蹲守在部门主管的岗位上。没办法，没退路，小叶只能硬着头皮继续混下去，不然怎么办，只有离开公司这一条路。

听包包姐说，小叶现在在公司的地位有点尴尬。他自己不思进取，继续吃老本，新项目一拖再拖，经常不来单位，有事来一会儿就走，部门里的人经常找不着他。慢慢地，上行下效，部门管理就这样垮了。而部门之外的竞争非常激烈，小叶一直引以为傲的立足之本根基不稳，其他两个部门眼红他的既得利益，纷纷挤到他这个赛道的项目开发，都想分一杯羹，且后来者居上，渐渐有动摇小叶优势地位的危险。

这还不算，雪上加霜的是，原来辞职的墨墨又回公司了。墨墨是这个赛道的高手，也是小叶的部门主管，后来墨墨离开了，小叶接手了这个部门，才算有了出头之日。现在的局面呢，形成了对小叶的三方围剿之势，其他两个部门横插一杠，加上墨墨的回归，小叶的优势地位岌岌可危。

不知小叶对此有什么考虑。

小叶曾错过两次很好的机会：一次是来自杭州一家工作室的邀约，这是一个行业大咖的个人工作室，需要精通业务的人手，有熟人先过去工作了一段时间，觉得机会难得，也想劝他过来。他私下问过我的意见，我说可以去试试，哪怕最后不成，他还可以回到这个行业，而这一段工作经历也是难得的镀金机会。万一能扎根，扎稳了，以后离家更近、更方便。

他说容他再想想，一拖再拖，最后不了了之。

还有一次机会，来自跟他合作的项目小伙伴。

对方很认可小叶的人品和能力，也靠着小叶的不懈努力，取得了项目上的进一步成功，所以想拉小叶一起开发项目的周边产品，开的年薪很高，唯一不好的是需要离开北京。老婆全职带娃，每天接送上下学，虽然没在北京买房，他还是舍不得这稳定的一切，没勇气跑到南方打拼。

他犹豫不决，问我的建议，我觉得这是极其难得的机会：其一，合作伙伴是你熟悉的人，踏实可靠，不用担心被骗，不管是去那边，还是在今后的合作中，你都有一定的话语权；其二，给你很高的年薪，哪怕干一年不成了，不需要你来承担风险，经济利益上不受损失；其三，他们做的这些项目周边开发，都是你想去尝试的事，而在德哥的公司没资金、没渠道支撑，现在有了这样的机会让你放手去做，哪怕失败了，都是宝贵的经验，对你一直在开发的项目方向也是很好的补充完善，何乐而不为呢？

最后，他还是没能成行。

优柔寡断，这可断断使不得，会耽误了自己。

4

小叶磨叽的毛病一直就有，不是今天才知道。

他有能力，也能做事，得需要有人在后面推一把，还得时时盯着、催着、推着，一点都不能懈怠，才有临门一脚的效果。我与小叶共事了一年多，对此深有体会。

当时有一个大项目，按照年初规划，三个月后就得完成。一个月过去了，没见动静，我找他了解情况，他说在忙别的项目，公司临时加塞的活，这也是实情，我不好说什么。忙完这个，再追问，他说准备启动一个新项目，我赶紧拦住，先把计划里那个大项目完成再说，新项目不着急，那个大项目虽然不是着急的活，但很重要。

于是，我开启推一把的紧锣密鼓模式：三天一小催，一周例行催,半月加油催,一月一大催……紧赶慢赶,虽然超出计划半个月,但小叶还是高质量完成了大项目,恰巧赶上了市场的好时机,效益立竿见影。

事后盘点,小叶说要按照他的节奏来,还得耗三个月,还不一定能够完成。我趁势临门一脚,夯实了效果。我说你现在完成了,剩下的什么都不用管,争取到的这三个月,天天看着项目出效益就行,多好的一件事。所以,以后项目推进还得继续这样。

靠着推一把的鞭策,小叶那段时间做出了不少成绩。恰好墨墨准备离职,部门需要有人领头往前走,我提议让小叶接替部门主管。第一次找德二哥没同意,说他的工作进度还不是最理想的状态,先考察一段时间再说。

隔了一个多月我再提,德二哥还是犹豫,旁边坐着的元姐也摇头,不甚看好小叶。这个时候,换作别人早就知难而退,这不是自己的事,小叶也不是自己的亲朋好友,没必要费劲争取,反而因此在领导面前落个不识好歹的印象。而且部门主管的人选,内部没有合适的,公司还可以去网站发招聘广告。

小叶来单位四年多了,一直是基层员工,再不往上走一步,不进则退,更得落在新人后面,一步赶上趟,踩到点上,才能步步高。抱着能帮人一把是一把的想法,我还是努力了:从公司用人的角度考虑,分析外面招人的劣势,小叶目前上升的势头,还有很大的进步空间,加上他后面陆续上市的项目,也能完成任务……一番掰扯下来,两个领导终于同意试试。

我没跟小叶说这里面的过程,只说报上去领导批准了。

不需要在人前卖乖,他要是知道你的用心和努力,自然会领这个情。要是不懂事,你提拔了也不会认为是你的努力,只会说他有这个能力,你不提拔换了别人也会提拔,今天不提拔明天不提拔,能力和成绩摆在那里，日后自然会提拔，只是迟早的事，自己争着去当这个贵人，凡事变了味，自然不合适。

在后面的工作中，我和小叶相互配合还算默契，他也愿意在工作之外，私下跟我多聊聊。慢慢地，时间久了，我、同部门的小叶和靓仔，加上其他部门的包包姐，聊得来的四个人常常凑一块儿聚餐，哪怕离开了单位，还能常常约到一起。

只是没想到，小叶和包包姐之间这么快就产生了隔阂。

5

没多久，包包姐又组局。

这次小叶出差了，在我们三个人的饭桌上，包包姐犹豫了很久，最后还是把闹矛盾的事告诉了靓仔，并一再提醒不要告诉小叶。靓仔听完了，说没想到，也没看出来。

饭局散后，看着靓仔走得很远了，包包姐还拉着我聊，说："靓仔会去问小叶吗？"我劝她不要顾虑这些，反正你已当面跟小叶把话说开了，靓仔说不说都不影响你的态度，只是靓仔知道了这事而已，只是他告诉小叶他才知道而已，只是通过靓仔的嘴，小叶得知了我早知道这个事而已，反正都有了隔阂，也用不着谁来劝了。

这之后，才有小叶来找我喝茶，说到了误会包包姐的事。

我主动问了一句，需要我找包包姐说说这个事吗？

小叶说不用了，没说自己找她聊，还是怎么处理。

除了包包姐的事，我真没猜到小叶找我喝茶有啥事。当时上门，以及事后离开我都一再确认，他都笑笑说，真没啥事。

事隔一年多，有次见着面了，偶然提到那次上门喝茶的事，小叶才老实告知我,他当时听人说了我家里的变故,虽然事隔很久才知道,而我从来不会在他们面前提及我的私事。他只想着过来看看我,因为纯属我的私事,不能明着问,也不好多聊,只能过来看看坐坐,聊表心意。

时隔多日,听完我仍觉得心里一暖:工作之外的情谊,十分难得。

搅屎棍

1

今天的项目会有点不一样：其中一个项目三个人竞标，都是同一个办公室的女同事，德哥听说了，还破例列席旁听。

项目会一开始，我就不自觉地被带了节奏，脑子里自动调频到体育赛事频道："中央电视台，中央电视台，现在为您直播的是……"

首先上场的是我们部门的跳跳。她当仁不让，慷慨激昂，项目陈述得一点也不含糊，算是开了一个漂亮的头。她来公司有半年多了，有做项目的激情，虽然有些方案不够成熟，但有闯劲。

接着陈述的是冯姐。她是公司的资深员工，现在在别的部门当主管，也是做这类项目的老手，有过成功案例，所以对现在竞标的这个项目说得头头是道。

最后发言的是老耿部门的小鱼。她是刚进公司的新人，光有热情，对项目的理解中规中矩，大家对项目方案的一些质疑，她无法给出有力、有效的说辞，顾左右而言他，话说不到点上。

一轮下来，三个人高下立判。

这个先后发言的顺序，不是领导的特意安排。对冯姐来说，无论先后，她都不慌，而小鱼怯场，作为新人不敢抢先发言，跳跳大胆泼辣一点,抢了先。

三个人里面,最吃亏的是小鱼,不论先后出场,她都逃不了被按在地上来回揉搓的命运。刚进这个行业,没有职场经验;对项目的理解不如冯姐经验丰富,甚至连项目陈述,都不如同为新人的跳跳精彩;公司里没熟人,会场上没有帮她说话的人,哪怕有,看着她对项目的理解不到位,优势不如其他人,也不好睁眼说瞎话。

因此,小鱼项目竞标成功的概率低,基本出局,属于陪跑。

到了投票环节,跳跳特意站起来做了最后的陈述:"我觉得我的项目方案没有冯姐的好,愿意放弃,投一票支持她。"整个会场哗然,大家都有点佩服她呢,说放弃就放弃,还有欣赏对手的磊落胸襟。

跳跳坐下前,狠狠地瞪了对面的小鱼一眼——就是那种我宁愿放弃也轮不到你来做的架势,一点都不掩饰,有点近似于羞辱人,明显是针对小鱼。

就这样,小鱼毫无悬念地完败。

投票一结束,小鱼抢在第一个冲出了会议室的大门。

工位上没见着小鱼的影子,她过了一会儿才进来,眼圈红红的。

小叶紧随其后,不远不近。有一点可以肯定,小鱼躲外面哭了,要说安慰人这事,应该是老耿的活,小叶跟小鱼不是老乡,不是同学,不是朋友,平时看两人交流也不多,看这情形总觉得有点奇怪——能有啥情况?

他俩一前一后走过面前,旁边的跳跳瞪了一眼,脸上全是不屑。小叶坐在跳跳对面的工位,两人不属于同一个项目组,虽然低头不见抬头见,但平时没啥来往,刚来公司相互没啥矛盾。这又是啥情况?

没多久,办公室里传开了,说有人看到小鱼躲在楼下树荫里哭,旁边还站着小叶呢,看当时情形小叶正在不停安慰她,他俩是不是有一腿啊?

怪不得，跳跳有一段时间的QQ签名写着：油腻中年男在办公室里男盗女娼，不要脸。我还以为她是讽刺运营部门的光头张总来我们办公室撩骚呢，原来是指桑骂槐，落脚点在此。事后，我找跳跳谈话，她声明跟小叶和小鱼都没私人恩怨，纯粹就是看不惯。项目会上大义凛然支持冯姐，跳跳明说了她是故意的，就是想让小鱼难堪。

情况趋于明朗，可这事还没完。

2

嗞的一声，导火索点燃了。

第一个被无辜牵连的就是小凤。跳跳号称对于看不上的同事，都不愿意多说一句话，倒是跟小叶项目组里的小凤聊得来，两人经常一起下馆子，平时聊得也多。

于是，小叶找到了小凤。

"你跟跳跳很熟吧？"

"我们是经常在一起。"

"那她说我骂我的事，你知道吗？"

"啥事啊？我不知道。"

"就是那个签名的事。"

"我不知道啊，她也没跟我说。"

小凤跟我说起这事，很是冤枉："我是真不知道，小叶一口认定我知道，一口认定我知道了还不及早告诉他，说他作为部门主管，枉费他平时对我那么好。"

小凤夹在中间，尴尬极了，忍不住提醒了跳跳一句，说以后这些事不要再跟她说。跳跳脾气暴，知道小叶说了小凤，又跑去找小叶骂了一通。小凤原本好意提醒，这样一来更加难堪，小叶以为是她在中间拱火，反过来责怪小凤不厚道。小凤觉得快要待不下去了，找我辞职。

我找到小叶了解此事，他对跳跳的莫名发作愤愤不平，说他也没招她惹她啊。作为同事，小叶有跳跳的QQ，自然能看到她的签名，开始不知道说的是谁，后来听说这签名是针对他的，他才火了。小叶在我面前主动提及自己安慰小鱼这一节，说同事之间很正常，大家传开了就传呗。

他没说跟小鱼之间的关系怎么样，我也不好多问。

没想到，这事把公司高管大李子拉下了水。

一天晚上，大李子突然打电话找我，问小叶怎么回事，怎么连小姑娘都欺负，简直就是混账！大李子为人不错，跳跳原来就是大李子部门的员工，后因大李子辞职离开，他部门的下属人员被拆分到各个部门，于是，跳跳被随机分到了我这里。我没想到，跳跳竟然找了老领导替她出气。

我就自己了解到的情况简单通报了一声，也劝慰了大李子几句。

我没因此跟大李子置气，因为共事多年，知道彼此的性情，我来德哥这边上班还是大李子推荐的，他跟我也不见外。这事要是放别人身上，为了底下一名员工，前任领导找现任领导要啥说法，你是觉得我这个事管不好呗，你都离职了还跑到我这里指手画脚，管得还真有点宽。到最后，陷入难堪被动的可能是大李子，所以，这就是跳跳的不懂事了。

第二天，小叶找我诉委屈，说大李子昨晚莫名其妙地打电话骂他，真是神经病。我劝小叶不要再跟跳跳纠缠，她真的有点缺心眼，就像一根搅屎棍，搅得天翻地覆、臭气熏天而不自知。

老耿难得人间清醒，没搅浑进来。他说项目会没竞上标，确实是小鱼准备得不好，业务能力问题，跟其他人没有关系，至于她跟跳跳的纷争，那算是私事，只要不过分，保持中立即可。他还算是明白人。

后来，小鱼申请换了部门，搬离原来的工位，坐在离小叶和跳跳很远的位置，但大家还在同一片办公区。小鱼换部门，可能是想远离是非之地，也有点抗议老耿身为部门领导不护犊子，老耿竟然同意了，没挽留，内中情形不得而知。

平时小鱼见到我也就点头示意，工作没交集，私下没沟通。我庆幸的一点，是她没像跳跳那么闹，跑来质问我为啥不管好自己部门的人，放任跳跳这样来欺负她之类。

过了两天，跳跳也换了工位。没提前向我申请，更别说同意了，直接搬到冯姐的部门，她给出的理由是特别想参与冯姐竞标的这个项目。跳跳的新工位就在小鱼附近，进出都要打个照面的那种距离，这就存了心硌硬人。

关于跳跳换部门的事，我没有较劲。

跳跳说她迟早要走，等做完了手上的项目就走，说了一个大概的辞职时间。上次项目会之后，她说想去冯姐的部门过渡一下，最后再辞职。她没跟我打招呼哪天搬过去，看着小鱼搬了，她也动了，如附骨之疽。而冯姐呢，应该知道跳跳准备辞职的事，也知道跳跳跟小叶闹矛盾，所以项目会上才会给她投了支持票，当跳跳提出要来这边过渡一下，估计冯姐也不好拒绝，只能说好吧。

我才不会为了所谓领导面子跟冯姐置气：你怎么挖我部门的人，没有经过公司层面的协调，没经过我允许，私自做主接纳了她，我作为一个前领导，传出去还怎么带队伍，在同事面前多没面子……其实，这面子谁要谁赶紧拿走，跳跳主动退出，我还省心了。

谢天谢地，阿弥陀佛，我的个乖乖。

3

最后,跳跳事件尘埃落定。

小鱼辞职了。这是跳跳想要的结果,她说哪怕被公司辞退,也要把这个小妖精赶走,不过得在自己走之前,先把她弄走。她说这番话的时候,义正词严,简直就是正义与道德的化身。终于,跳跳得偿所愿。跳跳不愿再待了,不想在同一片办公区看到小叶,于是辞职走了。身为闺密,小凤因为跳跳的事跟小叶关系弄僵,最后不得不选择辞职。我不知道她走了之后,是否还跟跳跳保持联系。跳跳跟小叶的关系弄僵,毋庸置疑。小叶跟大李子的关系弄僵,属于躺枪那种。

没有遭受波及的:老耿置身事外,小叶没对我有抱怨,我和大李子的关系没受影响,我跟冯姐的关系没有弄僵。相互理解到彼此的不易,只能呵呵一笑而过。

至于小叶和小鱼之间到底有事没事,当事人一直没说,真相无从得知。那段时间,小叶背包里一直放着一根短棍防身,他说害怕下班路上被大李子打,整天提心吊胆,一点都不是人过的日子。

我庆幸的一点是,按照跳跳这般义愤填膺的个性,见不得男盗女娼,我要是对她存了见不得人的心思,骚扰了她,指不定得闹成啥样。幸好我不是这样的人,也没发生这样的事。

4

跳跳事件过去了半年多。

一天晚上,我坐地铁经过北京西站时,意外碰见了小鱼,她可能是来接人的吧,她的旁边还站着一年轻大姐,脸部轮廓与小鱼有点相似。

"这是你姐姐吧?"

"不是啊,这是我妈妈呢!"

"天哪,真年轻,看着就像姐妹俩。"

听到我这么一说,她和她妈妈都很开心。小鱼说接妈妈来北京住一段时间,她现在换了新工作,在国贸附近上班。匆匆同行了几站,我们挥手告别,就如一朵激起的小浪花,旋即没于水面,水平如镜,无影、无踪、无痕。

地铁带着她俩渐渐远去,隐入隧道。

这一幕让我想起《千与千寻》里,千寻在水上等小火车,有人上车,有人下车,火车起,火车停,水面总会荡开一圈圈涟漪,然后消失于水平面下。我脑子里闪过在水面上驰骋的小火车,就如隐入隧道里的地铁,那一瞬间,我莫名有一种忧伤,不为其人,不为这事,为这次相遇,为可能不会再见。

再见,都不知什么时候了。

时过境迁,这事发生后的第四年。

一次老同事聚餐,老耿和包包姐都在呢。聊起从前,又提到了跳跳,老耿说她路见不平一声吼,仅仅因为小叶把部门的项目负利润都算在她身上,因此生恨,眼里更容不得沙子。

这么一说,我才想起来,在分到我的部门之前,跳跳是被安排在小叶的部门,待了不到一周,她就申请直接调到我兼管的另外一个部门,没说具体原因,我也没深究。没想到,她跟小叶的因果在此。

项目负利润的结算,这事可灵活操作。每个部门都会把负利润算在新人头上,因为新入职不到半年的员工都不做利润考核,哪怕做项目产生了负利润,到第二年年初考核会自动清零。这个缓冲周期的设计，本意是为减轻新人的业绩压力，没想到大家都用来偷奸耍滑，只要不影响公司的整体利益，德二哥他们也是睁一只眼闭一只眼，毕竟这样灵活处理过的数据，呈送给董事长德哥看，看着也漂亮。

看来这棒子要打，只能打在小叶身上。他或是忘了跟跳跳说，或者小叶说了跳跳没明白，或者跳跳不得已而接受了，小叶没考虑到跳跳的感受并安抚好她的情绪。

于是，一个疏忽扯出一堆事，波及一群人。

交换生

1

"靓仔找你借钱没?"小叶突然问我。

"没啊,可能我俩私下的关系没好到那一步吧。"我开玩笑地应了一句。

小叶说自己没钱,刚刚做了投资理财。我无法确认这话的真假,是真没钱了,还是找一个借口,反正无钱可借,没借钱给靓仔。末了,他让我问问包包姐,看看靓仔找她借了没。小叶不好意思自己去问,因为两人最近闹矛盾,产生了隔阂。

我问了包包姐,她说打电话找她借了,说是要买房子,还差10万元,这家两万元那家两万元的找大家凑凑。包包姐没借给他,她也没说任何其他原因,反问我一句,我说没找我借,听小叶说才知道靓仔借钱的事。

包包姐说靓仔早在山东老家盖了新房准备结婚,不存在买房子的事,他和他的90后小女友在北京上班,平常一起租房住。小女友还想以后拉他一起回成都老家安家,他不愿意跟过去。当然,北京房子这么贵,他们买不起也不打算买,突然说要凑10万元买房子,这是唱的哪一出?就算在北京为自己买房,这10万元连首付的零头都不够。看来买房只是借口，不知道他一下借这么多钱干吗？

我们仨没琢磨明白。

靓仔分别找小叶和包包姐借钱，以为我们都不知道，结果小叶找我打听，还让我问问包包姐，我在中间来回串通，这一下，我们仨全知道了，但还得假装彼此都不知道，也没问靓仔借钱到底干吗。

这事还不算完。

没过一周，我去798拜访合作的小伙伴。聊完工作上的事，她主动问起靓仔最近怎么样。还没等我说话，小伙伴主动说起靓仔找人借钱了，不是找她借，而是找了一个他俩都认识的女孩，那女孩没敢借，赶紧过来先问她，靓仔最近啥情况？

"是说买房子需要钱吗？"我赶紧问了一句。

"不是这个理由"，女孩说他告知的是另外一个由头。小伙伴才反应过来："哎，他也找你借钱了？"

"倒是没找我。"我才告诉她靓仔最近找人借钱，可能从我们这一拨没借到，才找到女孩子这一拨。我有些迟疑，问了小伙伴一句："找你了没？"

"没找我。"

我正要替她庆幸，没想到她说了一个更意外的情况："这次没找我借，之前问我借了一笔钱一直没还，都在一个北京城里，好久没见着他了，上次我还说约他见面聚聚，先明确说了见面不为还钱的事，他说不好意思，还是算了吧，所以我不知道他最近发生了啥事，遇到了啥情况。"

我俩都好奇，这些年他的钱都干什么用了。

没啥不良嗜好，比如赌博之类的恶习，没有大手大脚买东西的习惯，身上的穿戴跟正常人一样，没买过什么奢侈品，也不投资理财。最多好一口小酒，花不了多少钱，大家没见着靓仔在喝酒上花过大钱，喝得最多的就是青岛啤酒。

2

在北京这些年，靓仔的工资也不低，扣除日常开销，手里应该有一些富余。就因为他的不定性，东跑西跑错过了一些挣钱的机会。靓仔比我们都先来德哥的公司，当时做完一个项目，刚刚有了起色，他跟着原来的主管跳槽去了另外一家公司，等到项目大获成功，奖金跟他没半毛钱关系，完美错过了一笔原本属于他的丰厚奖金。在新公司那边，他原本想做点成绩出来，结果不好不赖地混了两年，又继续回到德哥这边，分在我的事业部。

平时聊工作，发现靓仔做项目有一些局限，不清楚自己的定位，想到哪儿做到哪儿。靓仔还想着把原来成功的那个项目重新包装，在德二哥都不看好的前提下，他依然坚持推向市场。寄予了厚望，却不一定有好的结果，遭受打击的靓仔觉得没劲，第二次辞职。

先是雄心勃勃地跑到一家公司挣快钱。靓仔拉了一些企业家做项目赞助，要是混得好，不会在三个月后跨行去了另一家影视公司，没到半年时间吧，他又跳槽到了一家拿基本工资混日子的国企，钱少图个安安稳稳，就这样待着了，平时有空再挣点外快。

有时，大家看着都替他着急。换工作怎么能一家不如一家呢，怎么着也得为以后的发展考虑，不管、不顾、不问，不能有单位愿意要就去。再说了，现在在这家国企混着，户口落户没戏，退休了没啥福利，平时本来就挣钱不多，还要考虑结婚的话，这样下去何时得了?!

靓仔陆陆续续聊过不少谈女朋友的事。

最早说到大学第一次失恋，发了狠，一个人从学校走到火车站，然后再从火车站走回学校，天就亮了。我们仨听了，当时还调侃他意志坚定，步伐稳健，续航待机能力超强呢。

上班后谈女朋友，中间分了手，有时候还忍不住去找对方，经常被前女友痛骂。分不清靓仔说的这事，是有了90后小女友之后，还是找到90后小女友之前。他没说这个前女友，是特指某个人，还是前女友堆里的其中一个。

说到这个90后小女友，我们都好奇他作为80后，两个人相差近10岁，是怎么谈到一起的。他说就谈呗，她上大学的时候就谈上了，等到她大学毕业后让她来了北京。靓仔第二次回德哥公司上班，就近租了房，90后小女友也在附近找了一份工作，巧了，两人竟然在同一座大厦上班，靓仔在B座，小女友在A座。

我们仨无聊极了，纷纷做出羡慕嫉妒恨状：哎哟喂，早上小手拉小手一起去上班，到了大厦一楼大厅，小手方能松开，一个向左走，一个向右走。中午到饭点了，还能一起找地儿吃饭。晚上下班了，约在一楼大厅碰头，牵上小手，又一起小手拉小手回家，你洗衣我做饭，你炒菜我刷碗，饭后小甜点，楼下小树林，小日子赛过神仙眷侣啊！

说得靓仔嘴角都是掩饰不住的笑意。

靓仔第一次正式带90后小女友亮相，大家边吃边开玩笑，不管有的没的，话题时不时引到他的前女友那里爆一个雷。靓仔知道我们在逗她，笑笑也不介意。小女友个子不高，大大的眼睛，人开朗活泼，对这些事倒是大方自然，嘴里说着晚上回家让靓仔跪搓衣板，上了好吃的菜，还时不时给靓仔夹一点。

一顿饭结束后，我们仨私下在小群里好一顿夸，郑重其事地说小女友不错，赶紧收收心结婚得了，靓仔笑笑，不置可否。反而着急的是我们呢——这么好的姑娘,为了他一个人从成都跑到北京来,还就着他上班的地方找工作,对他挺好的,有好吃的心里总想着他。还年轻漂亮,别挑花了眼,就是她了!

后来,靓仔第二次离开德哥的公司,换了新公司上班,暂时没有搬家,但大家见面的机会就少了。小女友的工作暂时没变动,有时候上下班路上,等红绿灯时还能经常见着一面,点个头打打招呼,倒也没有深聊。

3

搬家前,靓仔把我们仨叫到家里,亲自下厨做了几个菜。

靓仔跟人合租,两人住在三居室里的一个大开间,厨卫公用。我们到的时候,靓仔正在厨房里炒菜,好一通忙活,小女友收拾桌凳、碗筷。饭桌上,我们照样打趣,说:"小女友这么贤惠,赶紧结婚娶回家,还犹豫啥呢?"

"不着急,还没想好呢。"靓仔漫不经心地应了一句。

小女友跟了一句:"反正我也不急。"

不知谁提了一句:"还不带回家给老人看看。"这一提,倒引得他俩像唱双簧似的,来回斗了一圈嘴:

"他倒是带我回他老家了,红包还替我收着呢。"

"我这不是怕你把钱花了嘛,我收着你收着不都一样,左手倒腾给右手的事。"

"是,这钱进了你手里就不会出来了,明明是你爸妈给我的红包……平时买菜你也不出钱,都是我自己掏腰包。"

"买菜买米那都是小钱,红包里的大钱先攒着,预备以后派上用场。"

"哼,好大的钱?!我到现在都不知道,这个大红包里有多少钱。"

....

到最后,我们仨忍不住起哄,靓仔也没老实交代红包里到底有多少钱。

后来,我刚好遇着了靓仔的90后小女友下班。她说已经搬家了,为了离靓仔上班的地方近一点,她自己每天骑共享单车,半个小时的车程,来回就当锻炼身体了。

再后来,有一次出差回来,靓仔约我们聚聚,他还买了几瓶当地的好酒。喝醉后,在饭桌上说这酒不错,回头给前女友打个电话,送她一瓶。

再后来,靓仔说跟90后小女友分手了,她收拾行李回了老家,还坚持让他跟着一起回去,他没有回话,两个人就这样分开了。没有离别的痛苦和伤感,分了就分了,彼此都不以为意,就像吃完这一道菜,撤了,再上下一道菜一样自然与平和。

之前,两人养了一只猫,靓仔工作忙,没空照顾,暂时送别人家寄养了一段时间。再去接猫的时候,他笑说那猫看他的眼神,都是一脸的嫌弃与疏远,最后不得不办理航空托运,寄给了回到成都老家的90后小女友。

嗯,小女友又成了前女友。

4

没多久,靓仔自己抱养了一只小猫,说长得可爱,准备周末约一个辽宁女孩撸猫呢。我们都感叹这动作太快了吧，他得意地掏出手机，大家看了看照片，女孩确实漂亮，就像小明星一样。"你们以为我养猫干吗的呢，醉翁之意不在猫，是要一起喵喵喵。"

靓仔没再继续汇报自己撸猫的成绩，估计跟辽宁女孩没成吧。

随着跳槽到四惠附近的一家公司，靓仔又开始了第三次搬家。

等到我们再聚，靓仔刚刚完成了第四次搬家。四惠那家公司没干几个月，靓仔就觉得待着没意思，除了能见到不少漂亮的女孩和男孩之外。于是他换到了平安里附近的一家国企单位，上班钱不多，闲着的工夫，他也能时不时赚点外快。

靓仔说他又谈了一个陕西女孩，平时大家工作都忙，只有周末有空了，双方才有机会见面。他说这个女孩年龄也不小了，想着以后回陕西。

"那你们干吗还在一起？"我们都不理解。

"可能在北京一个人都孤单吧，找个伴呗。"靓仔轻描淡写。

"之前的90后小女友挺好的，也带回老家见了父母，干吗不跟她结婚？以后回成都也是不错的选择，是嫌弃人家还不够漂亮吗？还是现实一点好，考虑别人现实一点，考虑自己也要现实一点，不要等着别人拿着现实问题来啪啪啪啪打你的脸。再说找女朋友不能照着影视公司选女演员那样，就光顾着漂亮了，那也不能当饭吃啊……"

包包姐听不下去了，快人快语说了一通。

靓仔没吭声。

没看出靓仔有啥改变现状的意思，该玩还继续玩。不知是心大还是心野，还是有别的打算。靓仔年过40岁，工作先混着，还在北京租着房，没有多余的存款，还四处问人借钱，再往后，女孩只会越来越现实，越来越没人愿意陪他一起喵喵喵……这样的日子，何时是个头。

这次聚餐，我们仨老友都在认真劝他，是该找一个女孩踏踏实实地结婚了，这一天天、一年年，时间过得很快，越拖对自己越不利，甚至出了个馊主意，让他找一个北京女孩，哪怕郊区的，也能解决以后孩子的户口和上学等问题……

饭桌上，大家的车轱辘话来回说了很多。

5

上次去798见完合作小伙伴，没两天就是周末。

上午场电影结束了，我才发现有靓仔的一个未接来电，没有再拨第二次，没有短信，没有微信语音，没有QQ留言，可能也是找我借钱吧。靓仔很少给我打电话，无论工作上还是私下交流，所以不会是他拨错电话，发现错了马上就挂掉的那种，可能是抱着试试看的心思打的这个电话，等了一会儿没接，觉得没戏，也就没再费工夫。

没承想我在电影院，手机调成了静音模式。

估计靓仔实在没辙了，身边的朋友都借了一个遍，就像割韭菜一样。就我所认识的这些朋友里，包包姐和小叶是第一拨，合作小伙伴说的那个女孩是第二拨，借到我这里就算第三拨，连自认关系不够亲近的人都伸手借钱，我不知该算是庆幸，还是悲哀？

看到这个未接来电，我想了想，没再回复。

既然猜到了大概，我也不打算借，就没必要回过去假惺惺追问啥事，到时他再开口借钱，我又找借口说没有，我为难了，他难堪了，何苦来呢。再说，他要真有着急的事找我，会留言或者再来电话，真有啥大事需要江湖救急，按照亲疏远近排序轮着数，从他的亲朋好友开始算起，还真没轮到我，这是事实。

事后，我也告诉了包包姐和小叶。

没多久，又到了例行聚会的时刻。还是约在单位附近，我们仨离得近，早到了一会儿，大家统一口径假装不知道他借钱的事。饭桌上，他以为我们仨彼此都不知情，为着面子好看，我们也没让他看出来，三个假装糊涂的明白人和一个假装明白的糊涂人，还是照常吃吃喝喝、开开玩笑，这也挺好的。

这次借钱事件之后，又过了很长一段时间，差不多快过年了，小叶找到我吐槽，说靓仔又借钱了，不是打电话，不是发微信，而是直接语音留言。可能借出经验了，这样操作也是为了避免双方的尴尬吧。

看到小叶发来的截图，语音留言转成了文字，令人有些哭笑不得：小叶啊，我是急用钱，你那儿有多少的话，先帮我凑一点呗，哎呀，其他的话就不多说了……

无法想象靓仔那头的语气情境如何，光是看这个，我都有点替他臊得慌，近似于叫花子上门，多少打发一点吧。做人何至于此，何故至于斯！

唉，烦不胜烦呢……别人过年怕债主上门要债，我是怕靓仔开口借钱啊。朋友处成这样，那就没意思了。小叶有些烦躁，他没说上一次是否借了钱，没说借了多少钱给靓仔，也没说最后啥时还，或者还了没有。

我这才说了上次在798见人听到的事，建议小叶不要借，如果磨不开情面，不得不借，也要做好借了不还的思想准备，就当友情支援。我打趣小叶，这是靓仔自认私下跟你关系亲近，逮住你一个人薅了。

后面情形如何不得而知，小叶没再提这事。

6

小叶还遭遇过戏剧性的一件事。

部门新来了一个小男孩,他的上一家单位正好就是靓仔现在待的国企。小男孩和靓仔没有交集,从不认识,可他办的事更让小叶苦不堪言:这家伙不知道是喜欢乱花钱,还是染上了赌瘾,刚来单位时表现得还算正常,没多久就开始借钱,先找小叶应急,说这个月没钱吃饭了,等发了工资就还。结果发完工资,小男孩好像忘了自己说的话,小叶也不好意思催,反正天天见面的同事,都在同一个办公室。

结果,公司其他同事找小叶打探小男孩的情况,一问吓一大跳,好家伙!小男孩等于借了一个遍,先是部门同事,然后轮到整个公司的女孩子,可能女孩子心软脸皮薄,不好意思拒绝吧,男同事不吃这一套。

没等还上大家的钱,小男孩实在没地方可借了,竟然动了歪心思,拆东墙补西墙,发展到挪用公司的项目预付款,幸好没造成不可挽回的后果。为了还上这一笔项目预付款,公司还不得不让他继续上班,以期从每个月的工资里抵扣欠款。

没等还上这一笔钱,外面高利贷催债公司的电话打到前台找人了,弄得一地鸡毛,没办法只能将他开除。小男孩借的那些钱别想要回来了,公司的一些女孩子只能自认倒霉。

这家伙嘴硬,问他每个月那么多钱,借了那么多人,钱都花哪儿了,旁敲侧击,就差严刑逼供了,打死都不说。小叶自嘲了一句,别人都是好事成双,我是祸不单行,小男孩从那家国企跳到我们这边,靓仔呢从我们这边离开,辗转进了那家国企,他俩就像交换生一样,轮着来祸祸我。

包包姐也被靓仔借钱的事弄得神经兮兮的。

有一天,包包姐突然没头没脑地给我发了一条信息:你会借钱给我吗?

可能是由靓仔借钱想到的,人人对他避而远之,有一天要是换了她,还会有人愿意借钱给她吗?我能理解包包姐的小心思,说别逗了,你还需要问我借钱,我这穷得不上班就没钱的人,我不问你借钱就算好的。

包包姐继续逼问:我就问你借,你说行不行吧?

我回:可以。

她说:真的?

我说:借!要多少?

包包姐不说话,发来一个露齿傻笑的表情。

我说:多了真没有,到底借多少?

她没吭声,我还奇怪她受啥刺激了,赶紧打电话,一问才知道实情:她确实受靓仔的事影响,换作有一天她到了没钱的地步,想试试身边的朋友还有愿意借钱的没。她不仅问了我,还拿这个问题问了小叶,我们都愿意借,她说为有我们这样的朋友感动,也很知足。

弄得我很无语,只能呵呵一笑。

不要开口借钱,不要试探人性。

这不仅仅关系能否借到钱,还需要有勇气面对残酷的真相。

包包姐的口头禅

1

"我跟你讲咯!"

这是包包姐的第一句口头禅,后面跟着的就是一顿吐槽。

包包姐一直说要考虑辞职,离开待了十余年的单位。

包包姐是德哥一手带起来的骨干。公司创立之初,包包姐从最基础的业务员做起,很快就能独当一面,成了德哥的左膀右臂。等到升为部门主管,直属领导德三哥跟她不对付,两个人经常因为业务问题战起来,她说干不下去了,动真格了要辞职,德哥反而迅速开掉德三哥,虽说是自己的亲弟弟,一点也不徇私包庇,回过头来又安抚包包姐,别提辞职了,在家休整一周再上班。

后来,包包姐业务能力突出,升到了德三哥原来的位子,做了公司的副总。而同样身为公司副总的元姐眼红嫉妒,开始挖坑,打小报告说包包姐老公在外面注册了一家公司,私下承接公司的项目,低进高出赚差价。另外一位主管领导飞总也趁机煽风点火,落井下石,两人一唱一和,联手黑她。

于是,德哥单独找时间请包包姐夫妇俩吃了一顿饭。

夫妇俩,一个是德哥的大学同学,一个是追随他多年的女下属。

饭桌上少不了嘘寒问暖。包包姐当时没想那么多,只是奇怪平常那么忙的德哥,怎么突然有空请他们吃饭扯闲篇,还说家里要是有困难可以跟他说,子女就近学区上学的事有问题,单位也可出面帮忙解决,她心里老感动了。

等到第二天上班,飞总把包包姐单独叫到会议室,当面质询她老公开公司的事时,她才明白过来:她跟飞总没有私交,上班时间当面质询这个事,肯定代表公司行为,自然也是德哥知道并授权。

原来如此?!

德哥以为她缺钱,听信了别人的谗言,认为她因此安排老公私下注册了公司,搞小动作,昨晚请客吃饭,你好我好大家好,一派和谐的局面,敢情这是鸿门宴啊。德哥顾虑熟人的面子,不好直接问她对吧,安排另外的狗腿子来质询,竟然怀疑她是这样的人,红脸白脸都用上了,这是要干啥啊?!

"你听我讲!"

这是包包姐的第二句口头禅,她爆了粗口:"我都要原地爆炸了!"

包包姐又羞又怒,羞的是兢兢业业做事,踏踏实实做人,还被怀疑人品;怒的是德哥,老熟人当面不说,背后安排宵小之辈来质询。包包姐眼里揉不得沙子,当场就跟飞总发飙了。

"你说这家公司是我老公开的?好,我现在上企业查询平台问清楚!"

"你说这个人就是我老公?好,我马上给他打电话!"

两通电话,都是当着飞总的面开免提。

事情就是这么寸,那家公司的法人代表跟她老公重名。要怪就只能怪飞总他们前期功课没做到位,查到这个同名同姓的人名后,就欣喜若狂,如获至宝,准备当作重磅武器扳倒包包姐,结果一记重锤砸到自己脚上。

除了重名之外,那家公司法人的身份证信息和联系电话跟她老公的不一样,包包姐拨通了她老公的电话,抑制住愤怒的心情求证这家公司的事。电话那头的老公被问得莫名其妙,先是蒙了,继而愤愤不平,以为包包姐联手同事给他挖坑:"你是不是以为我在外面有了小金库,要养小三了?!"

飞总当场尿了,吓得落荒而逃。

包包姐掉转枪头,咚咚咚砸开了德哥办公室的门。德哥又把飞总叫来,当场臭骂了飞总一顿:"我当初是怎么交代的,叫你们跟包包姐谈这个事,我说的是确认,而不是质询,更不应该秉持怀疑的态度,对不对?!"

飞总倒是放得下身段,事前张牙舞爪,事后当着德哥和包包姐的面,苦苦哀求,痛改前非,大骂自己瞎了眼,就差跪下来抱住包包姐的大腿,叫一声我的亲娘啊!

而最先挑事的元姐一直躲着包包姐,不见面、不承认、不道歉。

这两个挑事的人,事后也没受到任何处分,说到底还是德哥的不信任。自然,德哥少不了安抚包包姐一番。经此一闹,包包姐心凉了,想要辞职。

这个时候,走也不是,不走也不是:在同一个单位待的时间长了,就像被圈养的羊一样,习惯了舒适区,不敢出去也怕出去。时间长了,对单位也有一份独特的情感,就像婚姻一样,时间久了,哪怕没了爱情,也会有一份亲人般的牵挂在里面。身为老员工,哪怕像正常人一样有一点脾气,也很容易被领导认为倚老卖老。要是辞职离开,又会被说自己只认钱。

微妙的是,在单位里,德哥他们兄弟几个再怎么吵架翻脸,也都是一家人,打断骨头连着筋;包包姐只是单位的一员,就像一名扈从，你拿了一分的钱，干了五分的活，单位和领导都觉得还不够，应该是干十分的活才对。你得到的东西不是靠混日子得来的，永远都是你自己努力付出的劳动所得，不存在亏欠公司。

聊到最后，我说万一哪天德哥落魄街头，连一顿饭都吃不上了，他可能第一个想到的还是你，你也会毫不犹豫地伸手帮他。

可是他疑心重，连自己的亲兄弟都干翻了，何况对你呢？

2

他们亲兄弟反目，闹得沸沸扬扬。

事情还得从头说起。德哥在美国设立了一家办事处，名义上是开拓业务，实际上就是移民陪读，他和老婆常年待在那边，陪着孩子从出生到上学，一年难得回国两三次，公司的事索性都交给德二哥管理，让他做了执行总裁。之前被开除的德三哥也被叫回公司负责别的事务，公司运行一切正常。

事发突然。

在一次例行的总结大会上，刚回国不久的德哥突然闯入大会议室，当着所有中高层的面严厉指责德二哥，说他背着自己做项目，事后也不告知，造成公司资产的严重流失，说完这几句话，摔门而去。这种指责莫名其妙，近似于人格羞辱，当时，德二哥气得浑身发抖。

第二天赶上周末，德哥临时通知大家到了公司，召开紧急股东大会，要求投票罢免自己亲弟弟的执行总裁一职。在公司里闹得不可开交，回到家里，老父老母拉上兄弟几个召开家庭大会，也没法调和矛盾，最后德二哥、德三哥、大李子和元姐先后辞职离开，另立山头，开了一家新公司。

德三哥看着心寒,想到大哥对含辛茹苦操持公司的二哥都这样,自己也没奔头,干脆走吧,他用自己的行动力挺德二哥。而大李子是那个项目的负责人,当时会场上德哥指责德二哥,大李子看不过去,仗义执言说了一句公道话。等到股东大会讨论罢免之事,他是重要股东,也投了反对票,德哥为此严厉训斥了他一顿,于是大李子干脆也跟着一起辞职。

那段时间,公司上下人心惶惶,同行议论纷纷。

有人开玩笑说德哥经常不在国内,媒体采访和上级政府视察企业的接待,抛头露面的机会都给德二哥霸占了,德哥看着心里不舒服,借机找个事出气呗,真假无从考证。

还有人猜测这一出兄弟失和,是不是联合上演的苦肉计,唱完双簧,方便德哥转移公司资产,不然德二哥开新公司哪里来那么多钱,而且新公司的业务跟老公司一模一样。

兄弟反目后,同事都在猜到底是谁向德哥告的状,很多人第一时间都想到了包包姐:因为她是德哥一手带起来的人,跟随时间最长,德哥最信任她。德哥半路出国后,德二哥才来接手公司,资历不如包包姐,再说她平时不是跟德二哥也有矛盾吗,老在一些项目上跟德二哥抬杠。

对此,包包姐大喊冤枉,百口莫辩。

我劝她静观其变,坐等水落石出的那一刻:谁是最终受益者,谁就是那个打小报告的"奸臣"。

事情很快就有了结果:德二哥辞职后,公司不能没人领导啊,再说德哥还要回美国,也不能直接管理公司,于是,一个新任命的执行总裁闪亮登场,他就是大饼哥。

大家这才恍然大悟。大饼哥跟德哥、包包姐老公都是老同学,他从公司创立时就在，也是德哥可以信任的人，他的资历比包包姐还要深。德哥指责德二哥瞒着做的那个项目，是大饼哥的业务方向，他知道里面的套路和底细，才能知道怎么跟德哥汇报，外行人根本不懂，包包姐也说不清。照着最终受益者的标准去衡量，他得到了，而包包姐没有。

大饼哥成了执行总裁，简直就是平地一声雷。

大饼哥没接触过公司主营业务，他一个外行怎么去管理公司的内行？他最多算老资格老员工，默默无闻地在公司待了这么多年，一直在基层扎实做业务，没带过部门，更别说管人。其他同事的上升路径由业务员到经理再到部门主管，最后混到总经理就算熬到头了，他是火箭式被提拔，直接从业务员提拔成执行总裁，底下人怎么服他，有这个渐进式管理的能力吗？……

这些到了最后都不用担心。大家虽然私下嘀咕，但当面该找他汇报工作的，还得找他，该叫大饼哥的还得叫他大饼哥，就连他原来的部门主管老马都迅速调频，平时"大饼大饼"地叫着，现在一口一个"大饼哥"地喊着，可亲热了。从前他是大饼哥的顶头上司，现在大饼哥成了他的顶头上司，老马一点都不觉得尴尬，连之前大饼哥在他手下做项目被打压的事，好像相互都忘得一干二净。

德二哥可能都没想到背后捅刀的人是他吧，平时看着人畜无害的老好人，怎么扒了皮会是这番模样，除了大李子破口大骂大饼哥是跪着舔骨头的狗奴才之外，大家好像也慢慢习惯了大饼哥的领导。

同时上位的还有财务总监于姐。她被提拔为副总裁不知是出于稳定考虑，因她在财务的重要岗位上，钱袋子安全重要，还是打小报告也有她的一份，所以才有指责德二哥的项目造成了公司资产流失的说辞，实情不得而知。

最后，公司的局面变成了两个外行管理内行，且两人无法齐头并进，还因为分权开始钩心斗角、争权夺利。其中，包包姐和另外两个部门主管直接向于姐汇报工作。这俩主管心无斗志，天天混吃等死，工作上尽耍坑蒙拐骗的手段。而于姐看不出里面的门道，有问题了也是捂着，跟德哥报喜不报忧。包包姐管不了，看着也焦心，他俩不作为，所有的业绩压力宛如千斤重担都压在她一个人身上。找到大饼哥呢，公司有问题他解决不了，说要汇报给德哥，但又怕挨骂，有时就硬着头皮耗着、拖着、混着。

上行下效，最后大家跟着混，凡事拖。

德哥也有不得已的烦恼。他说："我不是不知道大饼哥业务不行、管理不行，可你们有几个人像他那么听话，我是没人可用了，才不得不让他上的。"当着大家的面这么说，当着大饼哥的面还这么说。

大饼哥不吭声，他无路可退：去国企根本没戏，再去别的民企，年龄大了也干不动了，思维僵化更没人要。他也快退休了，且只能在这里耗到底，唯有死死抱着德哥的大腿，才是唯一的出路。

3

只有包包姐十分焦虑，想着赶紧辞职走人。

她想拉着我一起创业，因为是信得过的朋友，我最后还是婉拒了，不想因为以后有了分歧，闹到连朋友也做不成，也不想继续原来没有前景的项目开发模式，我想往前走一步找出路，而这个包包姐没想过，也许这不是她擅长的。

我还牵线有此意向的老朋友丁丁跟她见了面。饭桌上没聊啥实际的东西，彼此先打个照面，后续的事宜就让他俩直接联系。半个月后，我还问了丁丁，你们有啥进展没，他说包包姐想着要创业，自己又不主动出面找人谈，想等着事情都弄好了再说，创业哪有这样的好事。

原先两人约好讨论前期的筹备工作，也没了下文。

其间，有一家大公司想高薪挖包包姐。前后谈了两轮，包包姐顾虑家里老小没人看顾，不想每天跑那么远上班，还说那家大公司的领导不懂业务，她不愿意过去，我说不懂才要找你，她说再考虑吧，就这样一直放着。

丁丁分析过包包姐的心态。她在一个单位待的时间长了，不了解外面的情况，对自己的优势与定位分不清，以为现在有人愿意找她谈合作，全因看中她本人的能力，其实很大一部分有背后单位的功劳，一旦离开了，没有大树可乘凉，所谓话语权和优势，很多都成了泡沫。

丁丁断言，她适合跟着老板开疆拓土，不适合自己创业。

大环境不好，兜兜转转聊了一圈，包包姐继续待在公司。

没多久，听说包包姐被提拔了，接手于姐之前管的那一摊事，那两个部门主管向包包姐汇报工作，两人倒老实了，不敢在业务上弄虚作假，可做业务的水平也就那样。于姐职务没有调整，还是只管自己的老本行。

这次提拔，倒把包包姐弄得有点郁闷：好像自己说要辞职，倒成了要挟提拔，整得不明不白。可提拔也是事实，虽然话语权更大，但以后公司业绩完不成，真得靠她一个人扛。都已是既定事实，也不能矫情到拒绝，不为贪权夺利，没了话语权，要做事寸步难行，被提拔了哪怕难受，她还能继续往前走，掌控一些事。

后来，于姐和大饼哥两人斗得鸡飞狗跳，渔翁之利落到了包包姐头上，她首次被提为公司的轮值总裁，即德哥不在国内的这段时间，包包姐掌管公司的一切,直接对德哥负责。这算是德哥最后的一点清醒认知,他知道包包姐不会坏事,这是他在大饼哥之外一种无奈的选择,他只剩包包姐可以信任。

擎天柱的角色安排给了包包姐,凡事都得顶着,只能顶着。

看来,包包姐要想跳出德哥这个坑,难上加难。

不在场的喧宾

1

"订饭了没?走,一起蹭饭去!"

电梯口碰见包包姐,她拉上我,说中午有人请客。行政部卫姐的朋友来公司考察业务,想找几个业务部门的人了解情况,卫姐拉了包包姐,包包姐考虑到业务关联,先叫了小叶跟卫姐的朋友聊了聊,出了会议室的大门,在电梯口又碰见我,于是五个人呼啦啦地同去。

楼下餐厅的包厢里,大家把门一关,开始天南海北地聊起来。

卫姐的朋友是个面善老实的大叔,坐上尊贵居中的客位后,他简单地自我介绍了几句,说想要跨行寻求别的业务合作,大家由此开始闲聊。

此后说的话,跟实际业务一句都不相干——说行业不好干了,很多人都转行去做别的领域,说到项目,说到人事,说到了一直想去鸡哥的公司而未能成行的大李子,最后说到了最近风头无两的鸡哥身上,他签了一个大咖的项目,以此作为谈判筹码,引进了南方财团的上亿元投资,又成立了一家新公司。

"那个朦朦不就在鸡哥那边吗?"不知谁提了一句。

"哎哟喂,可了不得了。"卫姐接了一句京腔,"她现在可是鸡哥新公司的总裁,我还真看不出来,她刚来咱们公司的时候就一小姑娘,还站在楼梯间跟我打招呼呢。"

不经意间,一个新鲜翠绿的瓜砰的一声落地,话题围绕着朦朦说开了。

起初,大叔偶尔还能插上一两句话,一旦转到朦朦身上,话语权和舞台就自动属于包包姐、卫姐和小叶。他们仨,你一言我一语他一句,就像梭子织布一样,来回穿梭,勾勒和相互印证朦朦这走过来的一路。

我和大叔完全成了两个吃瓜的人:我是感兴趣,闻所未闻,时不时在他们仨聊的过程中穿针引线,诚心诚意地发问,抓住一个又一个八卦的话头,引导着精彩继续,做一个忠实、本分、称职的听众;而大叔,完全被动、尴尬地听着,隔行如隔山,朦朦对他来说就是一个不熟悉的小姑娘,再说他对穿开裆裤的小屁孩的那点事不感兴趣,只是碍于社交礼貌,不忍扫了大家的兴头,选择在一旁默默地听着。

我在一旁看着大叔这样,开始也有一些不忍。

后来想想,他是卫姐带来的朋友,论私人关系理应由卫姐关照,可能卫姐觉得,相互了解的老朋友了不用介意这些,自由自在一点好,或是无暇自顾,这会儿听着八卦笑得合不拢嘴,哪里想得起大叔。再往下论,还有跟大叔聊过业务的包包姐和小叶,于公,关照好大叔也得他俩来,轮不到我落个不忍,我只是过来凑趣蹭饭的一分子。

有时候,社交场里常常有一些微妙的情形:卫姐大大咧咧,没想起来关照;而包包姐和小叶想着这是卫姐的熟人,卫姐都不关照好,关他们什么事啊;我呢,想着有前面两拨人关照他,自然轮不到我,哪怕没关照好,也不关我的事。就这样,三不管,大叔被晾在一边,默默无言。

最后，我管不了那么多，顾不上想那么多。

不管不顾，好戏开幕。

2

原来，朦朦在德哥这边也干过一段时间。

刚开始，朦朦做业务专员，专门负责对接合作的网站，仗着年轻漂亮，去网站平台做线上活动，自己客串主持人，采访公司的一些大咖，比如名人名家之类的。她多了一个心眼，每次活动结束都要合影留念，及时更新朋友圈，说这个是自己的好友，那个是敬爱的长辈，还有哥哥、姐姐、妹妹之类地叫着，不管男女老幼，合影都紧紧挽着对方的胳膊，身体保持了亲密无间的姿势。

这样做了一段时间，业务没见多少起色，朦朦倒攒下了一堆丰富多彩的合影素材，这也算是她的收获。朋友圈里还真有人吃这一套。

后来调整岗位，安排朦朦做了德哥的助理，也因为她年轻漂亮。

朦朦从来不在同事面前提及家事或家人。有一次，她的堂姐有事过来找她，跟着一起打的去活动现场，当时前排还坐着随行的同事，她堂姐说啥话都被她拦住，一句也不让说。刚来公司上班的那会儿，还经常见着一男孩每天开车接送朦朦上下班，听说都准备结婚了，不知怎么分了手。

不知德哥安排朦朦做助理有几个意思，或是为了充门面，或是有别的想法。工作倒是不累，她还是继续晒晒晒，买个啥高档包啦，去了哪个高档场所啦，见了哪个大咖啦，一点也不低调。德哥怕惹事、怕坏事，也怕同龄人笑话他怎么带了这么一个人出来，干了没多久就把朦朦辞退了，传出来的原话是"这个妹子什么破事都要发朋友圈，受不了了"。

后来,朦朦跳槽去了鸡哥那边。听说两人配合默契,签了一个大咖的项目,拉来南方财团上亿的投资,成立了新公司,于是朦朦成了最年轻的美女总裁,开启风生水起的节奏。

包包姐还拿这事调侃德哥,你看你把多好的一个人放走了,现在人家成了行业里最年轻、最有前途的美女总裁,看看人家老板,多会用人。

德哥笑笑,没吭声,不知是后悔还是不屑。

当然,天下事因利聚,也会因利散。有人出了高价,准备挖走新签的大咖项目,鸡哥苦口婆心、绞尽脑汁、费尽心思,谈了一天都没成,实在没办法了,最后安排朦朦出面挽留,可能四两拨千斤,不知怎么就摆平了,算是立了大功。大家继续和谐共处谋发展,逢年过节,大咖哥哥"又发了大红包",朦朦截图发了朋友圈,力破合作不稳定的谣言,估计还有人不死心,蠢蠢欲动想挖大咖的墙脚吧。

鸡哥待朦朦不薄。听说她父亲生病住院,家里没钱,鸡哥出了做大手术的钱,还垫付了一大笔后期护理费用,跑前跑后忙着张罗。这一切的努力最终没能留住朦朦的心,后来,朦朦还是离开了鸡哥,听说朦朦去南方参加豪华游艇派对,结识了更厉害的大佬,给她投资开了新公司,自己如愿做了老板。

从此,人生更上一层楼。

可能吧,谁也无法阻挡朦朦前进的脚步。不恋过去,不畏将来。

朦朦开启别墅豪车的生活。一些当年一起来北京打拼的小伙伴想约她出来聚聚,发现被拉黑了,气愤至极,说好的苟富贵,勿相忘呢,说好的一起哈(喝)啤酒吃蛤蜊呢。可能他们想不明白,对她来说,没有价值的人和事,她都会远远地抛在身后,现在眼里看得见的,就是朋友圈那些有钱有势的哥哥、姐姐之类的,什么企业老总美好祝愿，什么电视台主持人姐妹情深……

脚下华丽的高跟鞋，一步一步踩着的是更高的台阶，步步高。

大家都好奇传说中的投资大佬是谁，朦朦自己反倒在朋友圈里间接坐实，转发了一条大佬做慈善的头条新闻，还不忘点评："干爹就是心好！棒棒的！"毫不避讳"干爹"这个词，是不懂江湖流传的干爹内涵，还是为了彰显彼此的亲密关系，不得而知，可能也无所谓。

朦朦做了老板，台前秀，另外拉了老同事负责项目，两人分工明确。

有人八卦说朦朦跟老同事是否有绯闻，知情的人都说不可能，合伙人不是她喜欢的那个类型，还长得老成，有家有室的不会惹是非。朦朦看中的无非是老同事的业务能力，因为在德哥那边共处过，相互了解，关系处得不错，不然也不会拉他过来。

这算是办了一件明白事。

后来，朦朦去了美国读书，不知是干爹托人运作的，还是她有了别的渠道。所谓读书，就是在纽约大都市培训，合影里跟这个老板是学长学妹的关系，跟那个老总又以兄妹相称。还真能蒙住她朋友圈里的一部分人，就像一个来自三四线城市的小妹在长安街的北京饭店拍个照，弱弱地配文：我正在参加高端培训呢，忙得我呀，只能见缝插针发个朋友圈。

朦朦一直很忌讳自己的大专学历，这会儿在美国纽约镀了金，自由女神的无限光芒应该能遮挡很多，瑕不掩瑜，甚至可以直接选择无视。

…………

我们边吃边聊，气氛活跃，简直就是唾沫星子四溅。

其间，我还时不时侧眼看看大叔，他肉眼可见的尴尬啊，本想提醒卫姐，可见她也乐在其中，几次跟老朋友端杯敬酒也不见外。最后聊得差不多了，趁着歇气的空当，包包姐把话题拉回现场，注意到大叔的存在：哎呀呀，不好意思啦，光顾着聊了，没照顾好您，这个同事我们都熟，一聊，忍不住说多了，她的故事太精彩……

这可能是我参加过的最不可思议的饭局。

居中而坐的客人，硬生生地熬成了局外人。

喧宾夺主，喧宾只有一个，还不在现场。

3

后来，我辞职离开了。

有一次，我回去找包包姐办事，她说德哥正好回国了，此刻就在办公室，说我要不顺便看看大老板。德哥见了我很热心，听说我最近在做新项目，马上推荐了朦朦的微信名片，觉得说不定她能给我分享一些好的经验。

哦？我一时竟有些意外，没想到他俩还保持着联系，更没想到德哥会把她推荐给我。当着面，我不能不识好歹，于是加了，并在验证信息上注明"德哥推荐"，当然我也好奇大家传说中的朦朦朋友圈，天天都在发啥，名人大咖合影到底有无其事。

加上后，我俩相互客气了几句，说以后约时间见面，就再无下文，到现在都没见上一面。不过，倒真是见识了朦朦的朋友圈，就像看西洋镜一样，偶尔翻翻，就当调剂心情了。

最荒唐的一次，朦朦转发了一条百度的新闻，捎带一句"祝贺李总"。

我不确定李总是否认识她，并相互加了微信。如果不认识，她这一波蹭热度的操作，可以给个90分，不知情的人还以为她的人脉往来无白丁,谈笑皆鸿儒。我个人倾向于她根本没够着李总,要是认识的话,早晒了两人的亲密合影,并长期置顶,说不定还会把相互简单的日常问候截图,大晒特晒,宣称是来自前辈的贴心鼓励。

这才是朦朦压抑不住的天性。

新认识的合作伙伴总在我面前大夸特夸朦朦,说她年纪轻轻很厉害的哟,一次两次,第三次再夸,我忍不住把大家传的八卦告诉了她,并一再叮嘱:"这事我也是听说的,姑妄言之,姑妄听之,出了这个门我就不认了,你也别说是我告诉你的,你说了我也不会认,到时一旦对质的话,我反而还说你诬告……算了,我憋不住还是告诉你吧,免得你以后掉坑。"

憋住会死吗?不会,会憋得慌,憋得相当难受。

"是真的吗?"合作伙伴一脸的不信,"我前段时间还见着朦朦了,当时她陪着那个投资大佬的夫人一起吃饭,饭桌上谈笑风生,两人逛街还挽着胳膊,可亲密了。"

这……这……什么情况啊?

夫妻档

1

　　黛黛想要离婚,问包包姐怎么办,包包姐没招,跑过来问我。

　　关于离婚的事,黛妈妈不同意。老一辈人的想法还是宁拆十座庙,不拆一桩婚,何况自己的亲生女儿,外孙女还小,她不希望女儿任性胡闹,跟谁过不是过,能过下去的话,相互将就着过吧。自从黛黛闹离婚,外孙女身上的明显变化之一,就是原本活蹦乱跳的小女孩逐渐内敛,开始不太爱说话。黛妈妈更加不愿意看到这种情况恶化。

　　当初,他俩选择在一起,黛妈妈不同意。吉吉有妻有儿,女儿就因为自己喜欢这个男人,就因为他对自己好,不管不顾地非要介入,她还是主动方。离了婚又结,这个男人以后得负担两个家庭,作为过来人,黛妈妈觉得女婿没上进心,天天吃吃喝喝。如果女儿坚持要选,就不要后悔!

　　吉吉也不同意跟黛黛离婚。方方面面,黛黛的条件都很好,离了她,到哪里再去找这样的好媳妇,前妻都比不上她,所以他才离了婚,一心要跟黛黛结婚。

　　黛黛自己呢,百般纠结,一会儿觉得吉吉有点拿不出手,佝偻着身子又略显老气,同学聚会都不好意思带上他,一会儿又舍不得他对自己的好，每天打水给她洗脚按摩，什么都听她的，"耙耳朵"属性，她很受用。

说起来，他俩原本就是同事。黛黛刚来单位时，就在吉吉的部门，一来二去认识了，觉得他对自己好，一个出差的晚上两人就在一起了。看着他跟前妻折腾分家产，她没想过，自己有一天也会走到闹离婚这一步。

过不下去了，这一次，黛黛依然选择主动。

"他俩这可咋整啊？"包包姐叹了口气。

"要我说吗？我的建议是离。现在的吉吉就是一个黑洞，黛黛再怎么优秀，往前走一步要后退两步，所有的能量都会被这个黑洞抵消和吞噬。"

2

黛黛确实手握一副好牌：要样貌有样貌，要身材有身材，要气质有气质，业务能力也强，场面上本就是风生水起的人物。可现在越混越差，牌越打越烂，很大一部分原因是她老公拖了后腿，这也是她的选择。

最早开始做同事，吉吉是黛黛的部门主管，可黛黛业务能力强，后来者居上，不仅独立出来带部门，还做了一些市场反馈不错的大项目。从德哥这边辞职后，有大集团公司看中黛黛的业务能力，给她投资组建了一个新公司。吉吉跟着辞职，进了黛黛的新公司，组成夫妻档。

我见过吉吉两次。

第一次见面，是他通过朋友要找我聊小舟的项目。那时，才知道他原来在德哥这边干过，约我去他们的新公司坐坐，去了一趟，也才听说小帅原来在他那里待过，也才知道小帅跳槽拿出国留学当挡箭牌的事。跟吉吉一番交谈，看得出来，他的业务能力确实不如黛黛。

第二次见面，是几个朋友组的局。饭局上也有老谢，他说再叫一个朋友过来，到了才知道是他。饭桌上，吉吉开始吹嘘在德哥那边的一些辉煌过往，甚至说德哥在某些重大事情的抉择上还采纳了他的意见，我在旁边听了，明白这是耍嘴皮子功夫，看破而不说破，敬而远之，鲜有联系。

后来，有一家上市公司看中了黛黛新公司的商业价值，上门谈收购。黛黛提了一个附加条件，要求带上吉吉，对方看中的是她本人，对她老公不感兴趣，也不认可他的能力，更不希望他俩的夫妻关系干扰到商业合作。因黛黛的执意要求，收购的事搁浅了，对她是一个沉重的打击。

新公司投资方因为股份的利益冲突，跟他们俩掰扯不清，或者也因她的执意坚持导致收购失败，利益进一步变现失败，最终导致决策层领导把夫妻俩都踢出了公司，立马换了新的职业经理人。

没办法，黛黛拉上朋友做项目运营，结果朋友翻脸不认账，摘了果子跑路。

事业上的打击接二连三，吉吉无法替黛黛分担一二，或者想帮忙，也没这个能力，一天到晚无所事事，成了吃软饭的一分子。端水洗脚的好，也成了黛黛眼中的一块鸡肋。

事业受挫，波及生活，两个人的感情渐生嫌隙。陷入泥潭的黛黛想挣脱出去，两人闹离婚期间，她又跟初中老同学纠缠不清。老同学是个理性的人，有稳定的家庭，收入不错，跟她在一起叙叙旧、吃吃喝喝可以，离婚不可以。平时为她花点钱没问题，想要花大钱投资开公司，哪怕打借条，都不可以。

有时候，气急了，恨极了，她常拿自己跟朦朦对比：同样是女人，同样长得漂亮，我业务能力比她还强，长得比她还要高，为什么我混得不如她?!

午夜的街头，这一声声嘶喊有不甘，有无奈，也有破罐子破摔的绝望。

3

项目运营黄了，黛黛夫妻俩自己开了一家公司，准备拉包包姐入伙。

我建议包包姐不要搅进去：

首先，公司里有了他们夫妻俩这种关系，很容易公私不分，更何况他俩还在闹矛盾，到时你无法独身自处，抽离旋涡。

其次，他们嘴里说有所谓资深大拿入股，不足信。对方要真是大拿，应该广为人知，早已完成圈地创业，早有资本找上门，早就事业有成，不可能跑到这里拉大家凑钱做什么合伙人。至于公司第一年获得行业协会颁发的"最新锐和最有潜力的公司"之类的奖项，别当真。所谓行业协会，就是几个老朋友自立、自封、自嗨，没有官方认证，只是相互在熟人圈、朋友圈里转发的那种。

最后，业务方面，没有一根定海神针能镇住。他们几个合伙人都不懂公司的业务，而黛黛呢，擅长的也不是这个方向，吉吉能做这块业务，可只略懂皮毛，那个资深大拿也不懂，只想整合一下自己的人脉挣钱，至于人脉几何，还得打个问号。期待他们能够找到一个业务骨干，不现实，找到了也做不长。哪怕高薪招来了业务骨干，一看跟公司决策股东汇报业务，等于鸡同鸭讲，还没决定权，业务骨干同样需要获得认可和尊重，需要做事如鱼得水，而不是步步维艰。这种状况，哪怕给再多的钱，业务骨干最后也会跑了，都不好意思说自己曾在这家公司干过。他有独当一面的业务能力，为什么不去大平台拿高薪，为什么不自己创业当老板，非得跑这里来？

所以，他们的设想都不现实。

"哦，可他们说新公司一个月能挣 100 万元呢。"包包姐还有些不死心。

此话能当真?! 我给她分析了一番：按照一个月挣这么多钱计算，一年不得上千万元的利润，挣大钱了他们还要找一个人来白白分钱，这是跟自己过不去吗？这一个月挣的钱，说不定是之前攒了多久的积压款才到的账，凑一块儿了。再说了，"一个月"得看怎么理解，确实是有一个月挣了这么多钱的，那剩下的十一个月呢？挣钱了吗？肯定没挣钱，才想着拉你入伙，看看能否起死回生。最关键的是，他们的业务底子不行，你再有十八般武艺也使不上劲，到最后这事若不成，说不定还让你背锅。

"能做朋友，就不要做仇人。"我说的最后一句话，包包姐听进去了。很多朋友合伙闹僵的事，也不是没有，一直没停过。

我只见过黛黛一次。那时还在德哥的公司上班，有一次在走廊上碰到包包姐，她正在跟一高挑女孩说事，见我走过，包包姐拉住我，说这是做大项目的那个黛黛，让我俩认识一下。包包姐原本好心，我俩互加了微信，后面再无联系，日常没有互动，可能都不熟吧，都不好意思互删微信。

没过多久，听说黛黛的新公司又散了。

夫妻俩离婚的事，不了了之，一直耗着。

黛黛的朋友圈设置，从半年可见到一个月可见，再到三天可见。

危墙

1

"墨墨翻车了!"

"啊?真的假的?"

听包包姐这么一说,还真吓了我一跳。当然不是真的遭遇车祸翻车,而是人人八卦的翻车现场。开始还以为是说她的整容,或者天天P图的事呢,她的朋友圈里天天晒美美的自拍照,硬生生活成了网红,实际上在单位里跟谁都不来往,不管原来的老同事,还是新来的同事。要说翻车,可能有人看了朋友圈里的她,顿生爱慕之心,一定要来单位看一看本尊,办公室里现场翻车,这是有可能的事。

包包姐说都不是,她被单位开除了,因为跟项目合作方在微博上开撕。

事情很简单,墨墨第二次回德哥的公司上班,她签的一个项目在结算费用时,合作方说她克扣钱了,双方因为这个事情争执不休,才扯出背后的内幕——墨墨私下注册了一家公司,以自己公司的名义先签下合作方的项目,然后再转手签给德哥公司,这么一转手,中间商赚一点点差价。而她同时还在德哥这里上班拿工资,照常做项目经理该做的事。这事因此被踢爆了,公司自然无法容忍这种行为,事发当天,墨墨直接被开除。

墨墨还打电话找包包姐,想要德哥的新手机号,解释一下这个事。

包包姐委婉地拒绝了,说自己刚刚还跟德哥吵架了呢。事后跟我说起这个,还吐槽墨墨搞不清状况,公司开除她,德哥自然知道这个事,而且是经过他同意并授权执行的。事情既然已发生,不论是她作为中间商赚差价,还是她被开除这个事,已无法挽回了,就不要做无谓的挣扎,那样只会让人更加反感。尊严已经掉地,想着的应该是怎么自己捡起来,而不是在无形有意中去阻挠自己做捡起尊严的事情。德哥对墨墨的这种行为很反感,包包姐不想因为告知手机号,而遭受德哥连带的反感。

这微博开撕的中间细节不得而知。

不知是墨墨的这波操作没有告知合作方,双方统一好口径,还是仅仅因为经济利益纠纷受损,双方私下的结盟分崩离析,相互拆台……不管是哪种情况,墨墨都没做好承担最坏结果的准备,也没有处理最坏结果的能力,最后弄得一地鸡毛。

墨墨被开除了,当月的工资没拿到,这是小的损失。最大的损失是声名狼藉,绝了自己的后路,以后在外面混不下去了,想再回德哥这边完全不可能,这事传开了,其他同行谁敢用她啊?

第二次回来,没想落了个被开除的结局,谁都没想到。

公司高层最后出面安抚,合作方删除了微博,答应继续跟公司合作。这个合作方曾是墨墨的老朋友,之前还在微博上感恩墨墨是自己的贵人,比较讽刺的是这条微博没删,不知是时间久远了,合作方自己忘了,还是根本没注意到。

墨墨不是第一次这样操作。

之前她跟小帅合作也存在这个问题。小帅拉了投资开公司,看中墨墨的业务能力，盛情邀请她加盟。墨墨答应了，在小帅的公司拿着一份工资上班的同时，也是先把项目签给自己的公司，然后再转手签给小帅的公司，当然，还是她全盘负责运营项目，小帅也接受了——可能公司创业初期需要得力干将，小帅看中她的业务能力，这些项目哪怕有了中介费也能挣钱，只是钱多钱少而已。再说增加的这部分成本不需要花他口袋里的钱，最后还是投资方来承担，对他来说无所谓。这番操作不知是惯着她，还是害了她。

等到小帅的公司干不下去了，墨墨才第二次回到德哥的公司。

去小帅那边之前，墨墨也在黛黛的公司干了一段时间。没多久，两人就闹翻了。黛黛邀请墨墨来管理项目，墨墨有能力做好项目，但不善于处理人际关系，更别说带团队。项目组里的几个小姑娘经常找黛黛告状，项目经营也不尽如人意，最后欣赏墨墨的人反而成了仇人。于是，她才来到小帅的公司。

去黛黛那边之前，墨墨在德哥的公司干了好几年，等到我跳槽过去，她才归属在我的事业部。那是我第一次跟墨墨接触，看过她做的一些项目，平心而论还是有能力、有想法的。接手部门后，我例行找她谈话，她说继续做项目没激情，做完手上的活就辞职，想找点新鲜的门道试试，因此我给了她最大的自由。

平时，墨墨跟同事基本没啥来往，大家都说她挺孤傲的。

2

也因为是老乡，我单独请她吃过一次饭。

饭桌上，她聊起爸妈身体不好，还有一个弟弟需要她照顾。闲扯到最后，她说其他男的对她有想法，要求见面聊聊、吃饭之类，她一般都不参加，话里话外，我听她的意思以为我对她也有想法，自此再也不单独请她吃饭，聊工作只在办公室，私下一直保持距离。

对于她不善于跟人相处，我算是领教了。

后来，听说她跟一个北京男孩闪婚，相处不好，正在闹离婚。

有一次在办公室谈完工作后，墨墨偶然提到了这些。她说自己生病，动手术也没人陪，一个人孤零零地躺在医院里，那男孩不去看她，也不打个电话问问情况，也没说煲点粥带到医院。问及离婚这个事，我倒是诚恳建议，就冲这一点决不能跟他在一起。再后来，北京男孩又想跟她复婚，我说连你做手术都丝毫不关心的人，不要回头。

相处时间长了，站在旁观者的角度，确实觉得墨墨有些问题。

墨墨长得微胖，算甜美可爱的类型，非要赶时髦整容，垫高了鼻子，削尖下巴，活脱脱成了网红脸。有一段时间，墨墨老请假，来了办公室也是下巴包着纱布，有经验的女同事八卦，猜她的整容手术出了问题，需要回炉改造吧。

最后，墨墨还改了一个时尚、高雅的名字，可能嫌原来的名字普通，还有点土吧。她给出的说法是找大师算过，原来的名字不适合自己。

爱美之心，人皆有之。可一个人无法面对与接受真实的自己，连这点勇气都丧失了，改头换面之后的自信又从哪里来？旁人只能摇头叹息。

说到底，墨墨连自己想要什么都没想明白。在一份感情里，不知道自己想要啥，才会闪婚又闪离，工作上不满足于仅仅做项目，有向上提升的野心，却不知如何带团队，心高气傲，无法跟周围人好好相处，连跟人交往都成问题，如何跟人合作，如何成事？

微博事件后，墙倒众人推。

其他合作过的小伙伴纷纷吐槽，说墨墨困难的时候，曾经借给她几万元，后来看见墨墨买了新车，催问还钱，她却说没有。小伙伴很生气，质问她买车都有钱，怎么没钱还？——对于这样的小伙伴，我常常保持警惕，能在背后这样说她，那以后也能在背后这样说我呢，看见别人得势时夸捧，一旦失势了，踩得比谁都狠。

墨墨一如既往，继续精彩地活在朋友圈。

她挂着自己公司 CEO 的名头，经常参加一些女性创业论坛，还有收费高昂的总裁培训班。不得不说这些所谓论坛和培训班，把女人的那点心思琢磨得透透的，找一家豪华的大酒店，富丽堂皇的大吊灯，铺上一长长的红地毯，整一个精彩飞扬的签名墙，弄出了好莱坞明星走红毯的感觉。看墨墨发过这样的照片，大冷天的穿着裙子露大腿，挎着一个时尚小包包，手里拿着一支签名笔靠在签名墙上，风姿绰约，再冷也要保持一张神采飞扬的笑脸。拍照的人估计得趴在地毯上仰拍，才能拍出她想要的大长腿效果。

每个女孩子都避免不了虚荣，或多或少。

墨墨的朋友圈悄悄发生了变化，一直都是全部可见，她还特意发朋友圈说那种三天可见的人，就是明显地不自信。没过多久，她也把朋友圈设置成了三天可见。

唉。

3

墨墨自第一次从公司辞职后，一直没联系过我。

虽然我曾是她的顶头上司，关照过她，可过年过节连一条问候的短信都没有，平常陆陆续续听身边的同事说起她的一些近况，我没啥事找她，很少想过要联系她。就这样，她一直作为朋友圈通讯录上的名单之一存在着。

隔了两年零三个月又十三天。

墨墨突然给我微信留言："还在单位附近住吗？我住在不远的小区，有空了约起来，请你吃饭啊。"

我回复还没搬家，也感叹"好久没见了"。

没想到，倒像打开了墨墨的话匣子："怪我一直没有问，关心太少了，应该多走动。好久没见你了，挺高兴的。"她还说，"今年我买车了，可以当司机送你，先主动提一声，免得误会我高调。"

于是，开始约时间，她提议说这周末，我说已约了人办事，那就下周。

第二次，我提前一天确认时间，她答应了，后来没多久又说忘了跨年，有其他约会，改时间吧。

第三次，我这边临时有事，又往后推时间。

第四次，她那边有闺密失恋了，临时要过来找她哭诉，改时间。

第五次，终于约定了，晚上8点，约在墨墨租住的公寓楼下咖啡厅。

从开始联系约时间，到最后见上面，前前后后经历了半个多月的时间。其实没啥要紧的事，就是聚聚，她身边没啥可以想得起来的人，就想找我聊聊，了解一下做项目的近况，看看有无合适的发展机会。我呢，纯粹好奇，经历了那么多事之后，她是怎么想的，以后怎么打算的，想当面听听她自己怎么说。

见面第一眼，看出她脸上还带着妆容。

我倒是一点都不意外，没有什么落差。见过她素颜的样子，见过她整容前的照片，见过她整容失败下巴包着纱布的情形，见过她在朋友圈里发的美颜照片，见到真人了，自然毫不奇怪——这事跟我没关系，朋友圈不想看可以屏蔽，不共事不用天天打照面，不跟她谈对象朝夕相处，要是实在觉得惨不忍睹，连偶尔见面聚聚也算了。

墨墨说起刚去了一家单位，那边领导对她工作一点都不信任，虽然她按时交周报月报，领导还老问她最近在干吗，急功近利想看到成果，她懒得解释。入职前，她就跟领导说了住得远，上班晚到一会儿，早上迟到几分钟或半个小时也是常有，"我都说了正常考勤扣款就行，可领导还来找我聊这个事"……

看这情形，待不长久。每个单位的领导都不会由着她的性子来，早到、晚到涉及公司的整体管理，一个人带了坏头，后面就不好收场，工作上的事不可能按照她自己的时间节奏来。

她自由惯了，这对她来说就是一种束缚。

墨墨的这份新工作，应该是老耿推荐的。她现在在行业里声名狼藉，很多同行单位，她自己都不好意思去碰壁，老耿还算欣赏她，虽然平时来往不多，但有困难了问到了，老耿还是愿意拉她一把。恰好这家单位的领导跟老耿有业务往来，推荐工作只是举手之劳。

她这一通抱怨，我都不好再提中午刚跟老耿见过面。

最后，墨墨表达了想换一家单位，我提到有一家公司可能会有这样的招聘意向，但没说认识里面的朋友，没敢推荐给她，也不会推荐给朋友，怕了她。

她现在的路越走越窄，上班不跟同事说话，同行慢慢疏远，得罪了合作的小伙伴，众口铄金，一点点崩塌，被身边的人自觉不自觉地慢慢排挤到边缘，直到被完全挤出这个圈子。看得出来，她不想在这个行业继续干下去，但也不至于把自己的退路堵死。

我和老耿都是她无路可走才会想起的人——虽然平时疏于联系，但还欣赏她的能力，心地不坏，不会在她落水的时候踩一脚，也会力所能及地拉她一把。

墨墨是这些同事里能力最强的人，到头来混得最差。她怎么没想过从自身找找原因，难道天底下的人都跟她一个人过不去？

如果我不知道她的过往种种，我会尽可能地帮助她。照着现在这情形，我不会借钱给她，不会给她推荐工作，不会跟她做朋友，不会告诉她这些真实想法，平时保持距离。她不珍惜，不懂得，不值得，现实就是这么残酷。

聊起过往，墨墨提到了去黛黛那里待过，跟小帅合作过项目，第二次回德哥这边又跟合作方闹掰了，都是一句话轻轻带过，没说具体缘由。最后说到闹掰这一节，多说了一句："连最后一个月的工资都没发！"

临走前，墨墨带我来到路边的停车区，抱怨公寓楼的停车费比较贵，只能选择停在路边，每个月省点钱。她从后备厢拿出了两三样礼品，递给我："这些东西都是别人送的，我也不要，你拿走吧。"

只是借花献佛，转手再送一道，并不是她特地准备的礼物，没有诚意，而且还是她不要的东西才拿来送人，最无语的是她直接说了出来，我俩的关系还没亲密到那种随便的地步。看来她还是一点都没改，不知道怎么改，没人会提醒或愿意提醒，难怪会把人得罪光。

我心里苦笑，没吭声，配合地接了过来。

看着雪地里她慢慢走远的背影，才想起见面前，她主动提的一句"今年我买车了，可以当司机送你"，她自己说的话都忘了，我自然不会再把她这个司机喊回来，两手提着礼品袋走了一段路，才打上车。

捧着双手哈了一口热气，关上车门的那一瞬间，我心里闪过一个念头：以后不会再见了。

4

世界很小，圈子更小。

我原来住在看丹桥附近，有一小男孩发传单推销健身卡，我办了一年的会员卡，小男孩帮我争取到了一些附加的福利。为表达谢意，我特地发了一个大红包给他，没多久他就在自己的朋友圈晒了出来，炫耀自己的业绩，客户的高度认可，给领导看的，给同事看的，也给家里人或其他潜在客户看。

一年多后，我去公益西桥办事，又碰见了他。我叫了一声小帅哥，他看见我有些意外，叫了一声"哥"。遇见的那一瞬间，我替他庆幸，他幸好没做啥亏心事，比如携客户的钱款潜逃之类，他要是在北京被对方碰见了，可麻烦了。

我也以为跟墨墨彼此不会再见，没有动机，没有意愿，没有企图。

没想到，半年后我还是跟墨墨见了面，以一种意想不到的方式。

有一天，我正在办公室跟子公司的老总皮皮聊业务，人事小姑娘过来找他请示工作，临时想起了，问我一句："认识墨墨吗？"人事小姑娘说她曾在德哥的公司干过。

我愣了一下才反应过来，才把这个新名字跟墨墨本人对上号，说我知道啊，原先在我的部门。

"她人咋样？"旁边的皮皮问我，原来他们安排了墨墨的面试。

看情形他们还不知道墨墨的过往，我没必要提，就说能力不错，见面聊聊就清楚了。

皮皮看出了我这一瞬间的犹豫，笑着问："有啥不好说的事吗？"

我说确实没有，拿出另一个无伤大雅的实情来搪塞："就看她有没有心思做项目，她一直在积极尝试做点别的事。"

"看她的照片,人长得不错呢。"人事小姑娘问了我一句:"你觉得咋样?"

我无声笑了一下,小姑娘看出门道,也被逗笑了:"难道是P的?"

我说还行吧,女孩子都有那么一点虚荣心,你们见了面就知道。

旁边的皮皮也笑了。

他们约的是下周面试,我记错了时间,中间还问了一次。

那天,皮皮刚面试完她,就过来找我旁敲侧击打探她的情况。我如实告知她确实做了不少好的大项目,也有那个能力,还是坚持那套说辞,就看她能否静下心来继续做项目,只要踏踏实实,还是能做出一些好的成绩。

我俩正聊着呢,人事小姑娘过来找我,说跟墨墨聊完了,问我有空没,临走前墨墨想打个招呼。小姑娘说完正事,又八卦了一句:"她还是没照片上好看,我终于知道上次您为啥笑了。"说完小姑娘自己都乐了。

旁边的皮皮也不厚道地笑了。

我赶紧去会客室见墨墨。她今天算盛装出场,下身穿着皮裙,上身穿着深V低领针织衫,还算不过分,室内暖气充足,她那件白色貂毛外套搭在椅背上,整个人看着比半年前胖了。

见了面,彼此寒暄一通。

哦,忘了说一句:上次见面后,墨墨陆续请教过我一些项目上的操作事宜,我顺带告诉了她现在上班的单位,也发了名片给她。她这次投简历没跟我说过,上次人事小姑娘问我之后,在她来面试之前这一段时间也没找过我。

不知是人事小姑娘刚刚多了一句嘴,告诉了她我在这边办公,还是她想起了,来都来了,至少应该跟我打个招呼。

果不其然，上次那家老找她谈考勤的公司，她待了没多久就离职了，现在在一家互联网企业上班，搬离了上次那个公寓楼，这次过来面试先看看情况。在这期间，她还回了一趟老家，经营了一段时间的民宿，手里的存款花得差不多了。

简单聊了一会儿，前台通知我约的人到了，我借此机会送走了墨墨。

约了下次再聚，这对我来说就是一句客气话。

最终，墨墨没过来。她对这边给出的待遇不满意，人事质疑她跳槽到互联网公司又继续换新公司，每家待的时间都不长，可能只想找一个安身之处，并不能静下心来做事，不靠谱，没戏。

此后，听说她离开了北京，回了老家，结婚生娃。

我们再也没见过面。

翻脸逻辑

1

我要有先见之明,就应该在满姐叫嚣着项目预付款再不到账就解约,在她不依不饶的那个瞬间,手起刀落,一刀两断,趁势解了约,多好!

手里拿着一堆要签字的手续表格,我站在电梯口等电梯。一会儿跑财务部,一会儿跑领导办公室,一会儿跑外联部,楼上楼下来回折腾了好几趟,说真的,替自己的亲娘跑腿办事,都没这么用心过,算是碰到了一个祖奶奶!我心里那个后悔啊,真不该看在老乡的分上,真不该心软她没钱交房租,真不该答应她签了合同可以转一笔预付款。

唉……世界上要有后悔药可吃,不用等,立即、马上、即刻,抓一把,硬生生干咽了。

一个偶然的机会,我看到了满姐的项目,觉得不错,想找她谈谈合作。也提前了解了她之前一些项目的运营情况,做了一定的功课。于是,我们约了见面,在三元桥附近的一家高档咖啡厅。印象深刻的是,从门口进去左拐右拐,绕到一个大柱子后面才看到她。

咖啡厅里三三两两坐了一些人，不算高峰期，两个人虽然初次见面，聊得还算不错，她也有合作的意愿。一聊起来，这才知道我俩是老乡，就她过往项目的运营，我总结分享了一番，满姐认可我的意见。

初次见面，我还给满姐带了一份公司的小礼品。

聊到最后，满姐提了一个要求，签合同后能否预付50%，她说高档公寓的房租快到期了，急需一笔钱。我当时还有一点意外，她看着打扮得不差，在北京混了这么多年，圈子里这么多熟人，不至于这么窘迫吧，也有可能不好开口找朋友借钱。无论出于面子还是碍于自尊，更何况还是一女性，不能问闺密借钱，不好意思跟身边的男性朋友借钱，选择跟合作方要预付款，还是一个互不相欠的最佳选择。

对我来说，项目合作要求预付款是常有的事，看在老乡的分上，看在她实话实说、不介意说了急需付房租的分上，我能帮忙的就尽量拉一把。当时，我没把话说死，说可以跟领导争取。对我来说，能争取的事情一般都能做到，要是说看看情况，于公于私这事就基本黄了。

回到公司，跟领导一汇报情况，说可以接受。按照公司的财务流程，是公司把钱转到项目合作的第三方，再由第三方转到她的银行卡上。因为初来乍到，还没经手业务，这是我没想到的新情况，以为公司财务直接转给她，分分钟到账，所以签合同没考虑到中间这么折腾的过程，约定预付款到账的时间，这么一来显得很紧迫。钱转到了合作的第三方那边，他们的财务流程比较慢，要是按照正常节奏得半个多月，严重滞后，我又赶紧让外联部的卫姐协调。

着急忙慌中，接到了满姐的最后通牒：要是哪一天还没收到钱，就撤销合同！

收到她这条信息，我此刻正站在电梯口，手里拿着一堆签字表格，还得去另外的楼层找人补签字，心里正烦着呢。一方面想着赶紧给她把钱转过去，自己答应的事，白纸黑字还有合同约定；另一方面流程烦琐，跨部门协调，跨公司合作，我还得赔着笑脸，不能不耐心面对，同事们都是帮我忙，我也没法把脾气撒在他们身上。

她的最后通牒一到，气得我那个恨呀，恨不得当面啐她一脸：我替你考虑，争取预付，你就不能替别人哪怕考虑一下下吗？你没钱交房租，我体谅大家在北京都不容易，你说要的一个金额，按照正常预付不会给那么多，我也在领导面前做工作说通了。也说了涉及跨公司的财务汇款，流程有点慢，我一直都在协调。怎么就火急火燎到这种程度？没有我们这笔预付款，你就不交房租了？当天就要睡大街？看着你穿得好吃得好，身边连一个可以周转一笔钱的朋友都没有？……

等到情绪逐渐稳定了，我才给她回复信息：承认自己新来单位不熟悉流程，好心办了坏事，没想到出现跨公司转账这个意外，希望不要耽误，尽快协调，不耽误她那边用钱。

发完信息，我有一种沮丧极了的感觉，好像被一双无形的手强按着低下头，硬生生被逼着道了歉，我还得态度诚恳。当然，不至于因此愤而辞职不干，没到那个程度，公司没惹我，同事也在帮忙协调。也不至于跟她破口对骂，过了血气方刚的年龄，不想让自己那么跌份。

不过，我心里做好了最坏的打算，要是在截止日期前，第三方没有及时转账到位，延误了，违约了，那就按照流程终止合同，不合作也好，无所谓，我不会因为失去她这一个项目就饿死，公司也不会因为不做这个项目就要破产。

幸好，合作的第三方财务领导体谅我们的处境，终于在截止日期前一天办妥。那一刻，我并未因此松一口气，反而有一种倦怠至极的感觉。

我马上发短信告知，没收到她的回复，更别说一句感谢的话。

对，在她的逻辑里，这钱本来就是预付给她的，本来就是她的钱，我们没有及时转给她，还让她费尽心思来催我们，把她的心情弄得一团糟，她为啥还要感谢我？凭什么？我们应该反过来跟她道歉才对，因为我们工作的失职和失误……这么想想，也挺无语。

我当时没意识到，这种人，从一开始就不要合作。开始一点点事就找碴，后面麻烦更多。要是因为没有及时到账而终止合作，对我来说算是及时止损，当时这事黄了，就没有后面的一堆破事，没有窝火、吃瘪和绝望。

2

人难缠，项目也难产。

当年9月份签的合同，到12月份还没定下开发方案，连着开会讨论了三次，征求大家的意见，也没得出满意的结果。暂时搁置吧，项目遇到这种情况，一般都会这么冷处理一段时间。

接着，项目易手，中间换了五轮次的项目经理。

开始是我负责这个项目，后来实在忙不过来，交给了刚入职的小黄，她做了两个月左右，项目方案还没定，辞职回了老家，时间拖到了第二年的2月份。我继续接手，一直等到4月份准备离职，也找德二哥谈了，并把项目交接给小玉。等我忙完手上的收尾工作，很快到了5月份，由于各种各样的因素，我继续留在了单位，正准备带着小玉突击满姐的项目，这时临时接到大饼哥转给我的重点项目，这一忙又是两个月左右。等我腾出手来准备干活，小玉7月份辞职走人。

于是，这个烫手山芋第五轮次还是落到了我手里。

无巧不成书，事情就是这么寸。

实际情况就是这样，不是理由，没有借口。每次有啥变动，我都及时同步给了满姐，也如实反馈项目开发方案确实遇到困难，一直没确定下来。每次方案的调整和内部反馈，也都及时告知。

满姐开始翻脸。

我能理解她的心情，一个项目拖了一年还没开发，这是实情。项目开发过程中遇到这样的情况，也很正常，有的项目折腾一两年才弄完也是实情。满姐不是内行，没法理解这些。再说，这个项目对她来说是全部，对我们来说，只是项目计划表中的一个。

我们耗得起时间，她可等不起。项目启动前，满姐跟我提过她的父亲生病了，她抽不出太多的时间和精力参与项目。后来，小玉负责对接，满姐又表达了意愿，期待项目早日开花结果，作为一份独特的礼物送给病床上的父亲，让他开心开心。这个情况，小玉交接的时候忘了跟我说。

结果，满姐父亲因病离世，项目还迟迟没有启动。没承想因此惹了麻烦。

开始，小玉跟满姐沟通都还顺畅，还能好好说话。后来看着项目还没下文，小玉又说要离职，还得交接给其他人，再多说一句，发现被拉黑了。

我再度联系上满姐，她言辞激烈地提出了解约。

我说要是解约，需要退回这一笔预付款，要想打违约官司，她可以找律师，我们也可以发律师函。一切都按照法定程序来。

隔了一段时间，再问预付款的退款进展，满姐又开始反悔，说要是能把项目继续做完，不追究违约责任，可以不解约。我猜，那一笔预付款应该花得差不多了，她可能捉襟见肘，没钱可退，肯定也咨询了律师，从她的角度看赢不了官司，律师给出诚恳建议，只能继续把项目做完，不用退钱，还能再拿到一笔不少的尾款。

于是，项目继续往前推进。

后面有事再联系，发现满姐把我的手机号和公司邮箱都拉黑了。可能我的存在以及这个项目的任何情况，都在提醒她这个挫败的事实，无可奈何，又气急败坏。我换了个人邮箱再发邮件告知进展，她的态度毫无改观，发泄一通后，继续将我拉黑。

满姐这边项目的进展和她个人的任何动态，我都及时汇报给了德二哥，不想在公司里陷于被动的局面。事情就这么干耗着，下一步无论解约还是打官司，或是继续推进项目，满姐已拉黑所有渠道，断开联系，如何告知下一步？

做项目，结了仇，这是我没想到的。

后来，我辞职离开了。走之前的工作交接清单里，重点理清了满姐这个项目的前因后果和来龙去脉，特别咨询了公司的法律顾问，有图，有文，有邮件往来，留存备案。

后来，德二哥走了。

再后来，公司的法律顾问也走了。

3

自此之后，满姐这个项目再无人跟进。

小叶还留在公司，问过他两次进展，都说这个项目一直在那儿放着，没有开发，预付款也没退。这种遗留项目没人愿意接，老油条不愿意接，新人也能拒绝，不用怕领导不高兴，这都是得罪人的事，都是烂摊子，都得擦屁股。

我到现在还愤愤不平的是，满姐做得真是有点过分。

项目进展到什么程度，遇到什么困难，中间换了人，都是及时告知。连首次预付款要跨合作公司协调，无法及时到账，我都低头认错，道了歉。

我们并非不愿意做。这个项目拖了这么久，我们也身心俱疲，还要分身应付她这么一个难缠的人，所付出的精力比做项目耗费的精力过犹不及。再说了，项目做成了，对我们没有坏处，难道看着有钱不挣，故意跟自己对着干，故意跟自己过不去吗？

能体谅一点对方吗？她不！

从开始做这个项目，我们并非为了把项目赶出来，配合她作为礼物献给生病的父亲。从一开始就没有这回事，我们也没答应做到，那是她自己一厢情愿，不能搞道德绑架，因此全怪我们。当然，同事没有及时告知她给父亲献礼这个情况，是公司的责任，无法推诿，我也诚恳地道了歉。

项目没有成熟的执行方案，仓促上马，硬着头皮上，眼看着就是亏钱、打水漂的事，换谁都不会做，一个项目动辄几十万元的投入，而不能仅仅为了照顾她的私人要求就得赶出来。没有理由的事，不能这么任性、肆意妄为。再说了，哪怕解约，公司愿意承担违约的那一部分金额，其余款项要求如数退回，这个不过分吧？

她不愿意，拿到的钱不愿意再退回来，估计也没钱可退了。

作为当事人，我心里憋屈啊！

满姐有理了！你看合作的这家公司理亏，不敢找我退钱，我得了钱，还占理。就我了解到的情况，在没有书面解约、没有退回预付款的前提下，她把这个项目转手给了第三方。在她的认知里，因为我们未能及时做出来，这个项目自动解约，因为违约公司相应承担违约金，这一笔预付款自然抵扣，两不相欠。

而公司呢，没人出面，自动吃了瘪，让身为项目负责人的我，曾经的一员心里窝火，无处可说。先说钱的事，德哥对于员工的福利，每一分钱都抠得死死的，说要找个时间带着大家出门旅游，这不行那不行，实际上就怕花钱，平时还找各种手段克扣员工的福利，想开人，又怕承担违约金，经常找各种理由换岗，这招屡试不爽。如果能要回这一笔预付款，不说别的，拿着这钱组织大家出去旅游一趟，绰绰有余。

当然，对德哥来说，一码归一码。组织旅游的钱是一回事，这笔预付款是另外一回事，对员工抠抠搜搜的是一回事，顾虑跟满姐打官司的负面影响，又是另外一回事……欺软怕硬，孬包一群。

唉，这个蛮横的女人，这个窝囊的公司，这个憋屈的我。

这都什么事啊，关我屁事。

看不懂的德哥

1

你被德哥拉黑了吗？

不知道啊。

我刚离职就被他拉黑了，也不知道为啥。

真的还是假的？

快看看，你的微信会不会也这样了。

不会吧……

我赶紧打开微信一看，德哥的朋友圈显示一条直线，要么被对方屏蔽拉黑，要么就是被直接删除好友。我搞不清这是啥状况，在元旦前一天，终于办理好了离职手续，同一天离职的还有光头张，他跑来告诉我说他被德哥拉黑了，刚离职就拉黑，我说不会吧。

离职前，我能看到德哥的朋友圈。

当时我没发微信给德哥，测试到底删了没有，想着第二天就是元旦，再发也不迟。平常没啥事发微信给他干吗？都离职了，又不请示工作。发错了？发错了又撤回？也只有节日问候祝福，才说得过去。不然被看穿了多尴尬，自己平时也讨厌那种群发信息测试删微信的人。

元旦一试，我还真被德哥拉黑了：

×××开启了朋友验证，你还不是他（她）朋友。请先发送朋友验证请求，对方验证通过后，才能聊天。

发送朋友验证请求？才不！

当时我的第一个念头是：这事不能让大饼哥知道。

我自己肯定不会告诉大饼哥，严防死守还来不及，对光头张来说，这是丢人的事，再说了他离职了，人走茶凉找谁说去，不会跟大饼哥说。当然，德哥不会无聊到自己去跟大饼哥说把离职员工拉黑的事，再说我没犯什么大错，让他气急败坏到不行了，非得找一个人说道说道。

德哥不是专门针对我一个人，估计经常性拉黑人，他自己都习惯了，这次拉黑了我和光头张两个人。所以，没必要找德哥求证，或者和他对质为啥要拉黑我们，真没这个必要。

2

为啥不能让大饼哥知道，这事说来话长。

自从德二哥走后，大饼哥上位，对公司业务和人员结构进行了一番调整。等找到我进行一场委婉谈话后，我就知道没必要继续耗在这里，不管是否找到了退路。公司为了赶人走又不想赔钱，什么损人利己的下三烂手段都干得出来。听说为了裁人损到家了，把业务部门的人调到低薪的行政岗位，甚至直接调到后勤库房，说是优

179

化人员和组织架构，就问你去不去，不去自动离职。也有硬着头皮准备死磕到底的，干了一段时间，还是自己灰头土脸地走了，当然拿不到补偿金。

我直接跟大饼哥实话实说，4月份向德二哥提过辞职，因为遗留项目没人接手才留下，现在处理得差不多了，等扫尾交接，我元旦前还是要走。话都摊开说了，大饼哥没再说结构优化之类的场面话。大家都是明白人。

4月份辞职，那个时候，德二哥还是公司的执行总裁，大饼哥只是一个普通的员工。当时，公司长期合作的一个小伙伴推荐了一个大项目，因为是大饼哥的业务方向，德二哥先安排给他，项目弄了一段时间，德二哥对大饼哥提供的结果不满意，也怕大项目砸在大饼哥手里了，就这么一念间，项目从大饼哥那里移交到我手上。

没承想，原本辞职走人的没走成，还临时接了公司的一个大项目，更没想到项目挣大钱了，我还能拿到一笔不菲的奖金。

天上掉下来的馅饼砸到我头上了。

我担心大饼哥心里有些不舒服，暗里阴我，比如扣着这个项目奖金不给我。本来这个项目最早给了他，先不说其他的，要是继续拿在手里，这一笔不菲的奖金不就是他的了？项目开始前，大饼哥是一名普通员工，现在坐火箭似的被提拔成了公司执行总裁，他表达一下自己的不满心情，总可以吧？

所以，德哥拉黑我，这个事能让他知道吗?!

当然，也不能让财务于姐知道。大饼哥知道了，可以找理由扣着不给奖金，于姐要是知道了，可以找借口延迟发给我，虽然拖一段时间后最终也会发给我，可中间被吊着各种难受，也不是人受的滋味。

3

我是正常离职，不担心拿不到工资，反而担心那一笔不菲的奖金。

总得做点什么吧，至少保证奖金能拿到手。于是，和大饼哥谈话后，元旦离职前半个月，我正式写了一封辞职邮件给德哥，真的是煞费苦心。

首先，表明辞职的原因。公司通过熟人挖我过来，希望我能做好这个方向的项目开发，我想做一番事业，也很努力，虽然有一些成绩，但始终没有达到我的目标，客观的、主观的原因都做了分析，最后自谦能力不足，所以提出离职。

其次，这不是我第一次提离职。4月份第一次提出，公司领导竭力挽留。做好项目收尾，临时救急接了这个项目，画上一个圆满的句号，现在走正好合适。

最后，重点说了跟德哥的缘分。

我回忆说五年前，我刚从鲍哥的公司离职，当时公司的主管力邀，说德哥求贤若渴。还是在这栋大厦里，还是在这间大办公室，还是在这张大办公桌前，您当时坐在我对面，认真地跟我说："小伙子，欢迎来我们这里大干一场！"这句话我到现在还记得，当时出于其他原因没过来，没想到五年后，还是来了公司，缘分不断，也跟您学到了很多东西。

所谓"其他原因"，其实就是离得太远了没考虑，先去董小姐的公司混了五六年，最后还是来了德哥这边，兜兜转转，该来的总得来，这让我有点哭笑不得。

这封邮件，不是简单地表明自己辞职的态度，还得考虑方方面面的事。

我离开，不是被公司辞退或因其他原因被迫离开，是我自己主动要走，不止这一次，4月份就提出了。不能被德哥看扁了，认为我能力不行，传出去也不好听。当然，我没法明确说德二哥挽留过我。他们兄弟不和，我这时提德二哥的名字，等于往枪口上撞——我跟德二哥是一伙的，还是同情他们？

说到跟德哥的缘分，那只是跟他套近乎。德哥身处高位，高处不胜寒，大家怕他，无形中就疏远了他，没人说话也孤单无聊吧。这不是我猜的。有一次，我引荐两个客户过来谈合作，自然是跟德哥聊。对方老总比德哥年龄小一点，也在美国买了房，一聊发现两家人的住房离得还算挺近，德哥很开心，主动约了回美国再聚。接着，德哥吩咐我拿来一堆项目成果，我忙前忙后。

看德哥当时的神情，像极了小朋友约人来家里玩，好不容易有小伙伴上门，为了巴结对方，搬出一堆玩具，将压箱底的好东西倒了一地，都归你，都给你看看，你陪我玩，好不好？那个时候，我都有点可怜德哥了，寂寞无伴，需要人哄着捧着才行。

当然，我没法明说，这两次跟公司的缘分，都是大李子牵的线。我还记得，当初大李子跟大饼哥好得同穿一条裤子，一起约了在宾馆打牌，一起去德二哥家做客，我见证了他俩的友谊，也见证了大李子大骂大饼哥是舔骨头的狗奴才。

俱往昔，皆成往事。

写了邮件，算是官宣辞职，亮出了态度，也藏了私心。当然，同时抄送了两个关键人——主管业务的大饼哥和负责财政大权的于姐，得让他们知道，得让他们有所忌惮，免得大饼哥卡着那一笔奖金不给我，免得于姐扣着那一笔奖金拖着不发我。这才是重点。

我及时告知了包包姐。她不是我的直属领导，邮件没法同步抄送，只能我私下截图发送。我留了一个心眼，得让包包姐知晓我辞职的来龙去脉，就怕以后公司不给我奖金，我再找德哥说理，也能拉着包包姐帮我做证。她是没有利益瓜葛的旁观者，说话显得公正，再说她深得德哥信任，说话管用。

唉，我这一番小心思啊，想想都累。

4

邮件没有回复，倒意外收到了德哥发来的微信："我不小心找不到你的邮件了。很遗憾我们公司这块的项目做得不成气候，不能让你充分发挥作用。祝你好运！下周找时间一起吃饭。"

一起吃饭？我没想过德哥会请吃饭，离职了，不是啥值得庆贺的事，再说他那么忙，不一定有空。没想到他提出来了。为啥吃饭呢？他估计记不起几年前跟我见面的事，没想到我还记着，记着他说的那句话，总有一种故旧的亲切感，所以他想聚聚吧。

我只能往这个好的方面去想。

我赶紧应承，说"我请您，不过我临时要回老家一趟，等回来再看您的时间安排"。

德哥说找不到我的邮件了，我心里稍微有一点失落。开始以为他没看到，自己煞费苦心折腾了半天，他却没看到，可能邮件太多了，对他来说不是什么重要邮件，自然不放在心上。这是我专门写给德哥的辞职信，不过醉翁之意不在酒，重点在大饼哥和于姐身上，他们肯定第一时间看了，我敲山震虎的目的达到了。

后来一回味，找不到邮件不代表没看到邮件，他要是没看完我的邮件，就不会那样有针对性地给我回复消息。他找不到邮件，只是说明他原本想在邮件下面回复我，因为找不到只能给我发微信，仅此而已。不过，直接在对公的邮件里，他不好意思说请吃饭，只有在一对一的私聊语境下提出吃饭，才不显得突兀。当然，从效果的直接程度来说，回复邮件请吃饭，另外两位能看到，官方公开的信息，不用等到通过别人的嘴传到他们俩的耳朵里，万一私聊信息没传开，或者没传出去呢……

唉，没办法，在这种事情上，人很容易患得患失。

德哥主动提出请我吃饭，正好，又多了一重保险，效果加持。董事长请吃饭，底下人不得不琢磨琢磨领导的意图，不会为难我吧，不会故意使坏不给奖金吧。

我提前一天约时间，安排好吃饭的地方，征得德哥同意，另外叫上了包包姐和小叶。光我俩坐一起吃饭，剩下的就是尴聊，食不知味。人多热闹，我能叫到身为德哥心腹的包包姐，还有公司的业务骨干小叶，在德哥眼里我至少混得不差。吃了啥、说了啥，都不记得了，这些都不重要，重要的是这个饭局是谁提议的，吃饭的人都有谁，饭桌上聊了啥，让他们费劲猜去呗。

当然，这件事很快就会在公司传开，我要的就是这个效果。

辞职一事，我前后梳理一番，没有遗漏的环节：先公开给德哥写了邮件，表明主动辞职的态度，给德哥看，给公司的人看，也是给同行看。同时，稳住了大饼哥和于姐，也私下将信息同步给了包包姐，算是一种保险手段。而德哥主动请吃饭算意外情况，进一步稳操胜券，他给出的这一番态度让全公司人都看到了，自然包括于姐和大饼哥。邀请包包姐参加饭局，也算是一种明面上的见证，德哥不至于赖账。而小鬼难缠，真到了于姐和大饼哥要赖账的地步，我得拉包包姐帮忙，她明里暗里可是最清楚整个过程。

千算万算，没想到临了整这么一出，被德哥拉黑微信。

从得知被拉黑的那一刻起，到我真正拿到工资和奖金，说不提心吊胆，那都是骗人的鬼话，我一直战战兢兢地熬着。好不容易等着发了工资后，人事还提前找我核对确认，拿到了一笔完全超出我预期的奖金。

我给于姐发了一个吉利数字的大红包表示感谢，场面上该做的都做到了。没敢给大饼哥发，难道我还要提醒他这一笔本该他拿到的丰厚奖金被我半路截和了？后悔？埋怨？遗憾？痛苦？……怕刺激到他，想想作罢。

至于他心里是否会恨我，反正我离开了，两清了，无所谓。

微信被删，拿到奖金，我以为就这样了，跟德哥不会再有交集。

5

有一次，我有事找包包姐，回了公司一趟。

包包姐出于善意地提醒，说："德哥也在办公室呢。"

"那我过去打个招呼吧。"

我敲门进去，说："德哥好。"

"你好啊，最近忙啥呢？"

"和朋友一起出来创业，做项目。"

"哦，那个朦朦也做这个，要不我推荐你们认识一下。"

这是德哥主动提及，他怎么还会有朦朦的微信？不是德哥辞退朦朦的吗？之前，还有一个离职的同事小林去美国玩，主动约了德哥，德哥还邀请她去豪宅玩了一天。为啥对女孩另眼相待，单单拉黑我们呢，还是因为别的？想不明白。

"太好了！麻烦您把她的微信推荐给我。"

"好，那我先加你的微信。"

"德哥，我好像有您的微信……"

"哦哦，可能小孩拿着我的手机玩，乱删东西。"德哥脸色正常，补了一句。

我说有德哥的微信，并非故意让他难堪。本来，他热心推荐朦朦给我认识，我感激还来不及，哪会故意给他难堪，只是当时下意识愣了一下，这句话没过大脑，直接说出了口。

按说聪明人可以假装没有他的微信，再重新扫码添加，这事也就过去了。我没有揭穿小孩乱删东西的谎言，德哥的小孩删微信还知道定点删除，谁离职拉黑谁？再说了，那时德哥还在国内，孩子远在美国，怎么删啊？才三四岁的孩子就成了电脑高手？知道植入病毒，远程操作手机？真是咄咄怪事，岂非咄咄怪才?!

算了，不提这壶，再说他此时此刻正热心推荐呢。

就这样，我加上了朦朦，告知是德哥推荐。还是在他那间宽大的董事长办公室里，在那张宽大的办公桌前，站着跟德哥简单寒暄了几句，我就撤了。

转身退出，掩上办公室门的那一瞬间，我想要不了多久，他又会删了我。

果不其然，没两天，再看德哥的朋友圈又是一条直线。他这是怕别人窥探他的商业机密，还是家人隐私呢？真是服了，删了又加，加了又删，何苦来呢，再说我的面子没那么大。

想想，我都替他着急。

05

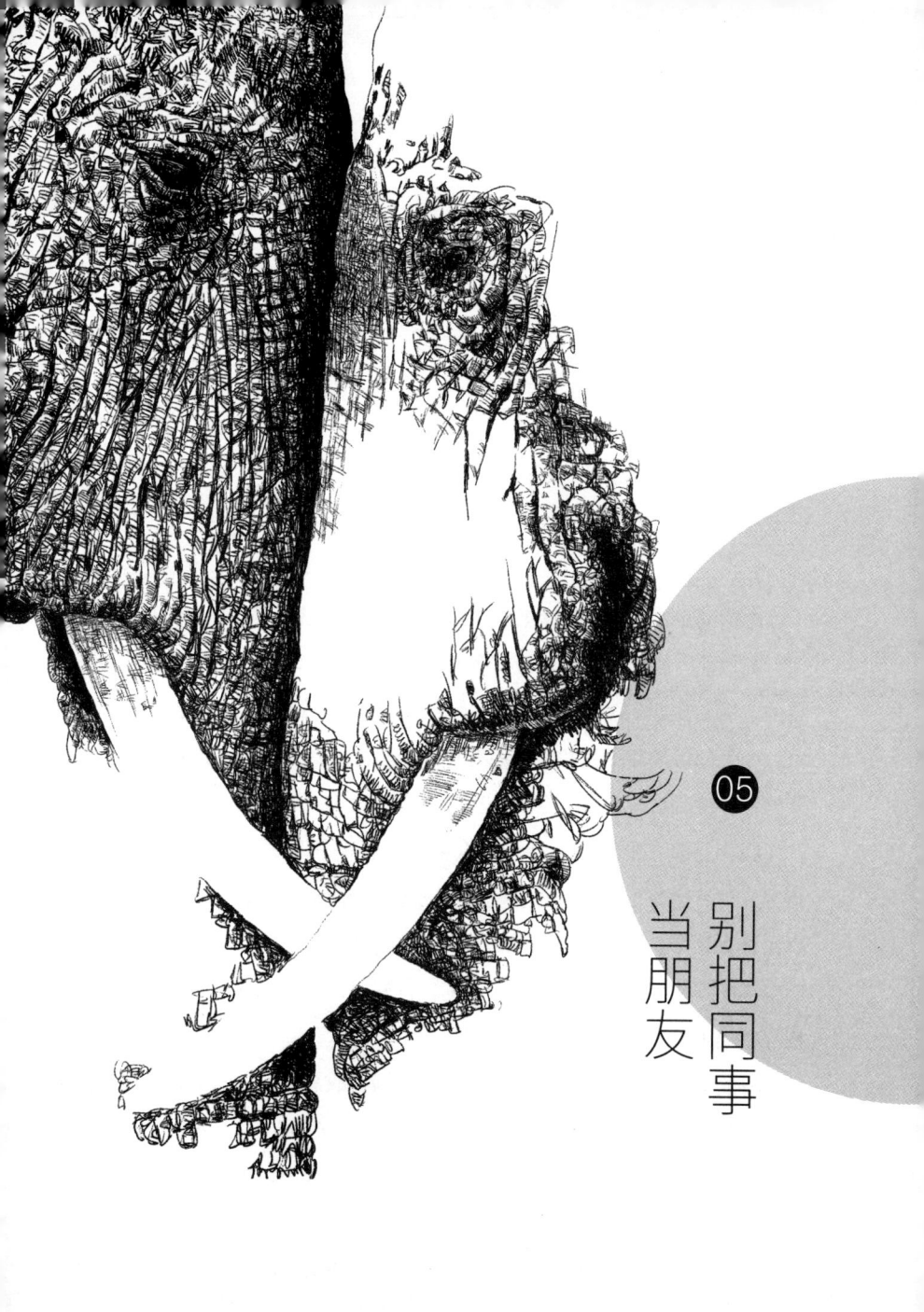

别把同事当朋友

鄙视链

1

吃饱喝足了,惠姐的脸上终于露出了满足的笑容,笑靥如花。

晚饭前,惠姐查看这附近有没有上档次的饭店,她说得找一个好点的,哪怕走远一点,反正今晚是你请客,最后好不容易才选定一家。今天的饭局除了我和她,还有月月和随行的女助理,人齐后,点菜的任务就交给了月月。

因为是多年的朋友,月月对着菜单故意跟我起哄,今晚大地主请客,可算逮着了,多点几个硬菜啊,惠姐在旁边应声说:"对对对,财主挣大钱了,可得好好请我们吃一顿大餐。"菜品陆陆续续上齐了,四个人吃不了多少,最后还剩了不少,打好包,让惠姐带回家,她没推辞就收下了。

等她俩都走远了,月月才跟我说,她刚才故意多点了几个菜,吃不完预备了让惠姐打包的,好饭店的菜带回家多有面子。实习的小助理还住学校宿舍,不方便带回去,我和月月各自都不做饭,打包自然给惠姐。我俩相视一笑。

自从听说我做大项目挣钱了,惠姐一直嚷嚷要好好请她吃一顿。其实,挣钱这事跟她没半毛钱关系,又不是跟她合作项目,她也没在这个项目上帮我什么忙,她就是有理:"你都挣钱了,不得请我吃一顿,挣那么多钱,还差我这一顿啊?!"

今天的饭局,我们四个能凑到一块儿,也是因为合作:月月的新项目委托给我,我找到了惠姐现就职的单位一起合作,平时月月比较忙,有啥事务性的工作交代给小助理来协调。饭桌上除了吃饭,大家简单盘点了项目的进展。

下午,我们仨去惠姐的单位找她开会讨论项目宣传。会场上,她抱怨推广部的同事工作不得力,这不好那不好,推广部的女主管毫不客气地撑了回去:"你老说民营单位做得比这好,怎么屈才跑到国企了?"

惠姐当时就哑火了。

看着惠姐嘴笨口拙被欺负,我在旁边都替她着急,本来就是对方的工作没做到位,结果因为她的抱怨,反而成了她的不是。看着别人欺负老实人,我愤愤不平,后来想想算了,惠姐自己都不知道如何反击,我能帮她一次也才一次,她还得在这个单位继续干下去,更何况我一个外人,凭什么干涉他们的内部纷争。我也有自己的小私心,不想因为帮她而得罪了推广部,虽然不至于当面起冲突,但项目事后的推广,稍微拖延一点或者被使坏,我无从得知,也无能为力,自然指望不上她来帮忙。

对惠姐来说,这可能是她的日常,或许他们就是这样的相处模式:心里不平,只是当面抱怨一下,发发牢骚而已,事后忘了也就忘了。我们觉得多大的一点伤害,可能她都没有放在心上。

她习惯了,单位里的人欺负她,也习惯了。

在这次见面会上,还发生了一件微妙而有意思的事。事后,我从月月和小助理你一言我一语的无情鄙夷中才得知,在惠姐面前,推广部的女主管是一张脸,而在我面前,换了另外一张脸——"绿茶脸"。

"有吗？"我愕然。仔细回想，女主管在会场上的一言一行、一举一动，没啥不正常，看不出极尽谄媚之能事，我平生最反感这个。

"有！"月月和小助理异口同声，齐刷刷地剑指女主管。一个80后，一个90后，不仅仅一个人看出异常了，可能只有女人最懂女人的那点小心思。

仅仅因为我是合作公司的男领导？我悚然一惊，看来看问题、想事情，还得跳出自身，当局者迷，旁观者清，恰恰我认为正常的，旁人要是不点破还真意识不到。

身边还得有人点破，还得有时不时能点破这种行为的人。

2

而被撑那么好的民营单位，就是我和惠姐曾经共事的德哥公司。

当时，我需要招一个部门主管，发动了身边的朋友，有人推荐惠姐过来面试。聊得还行，业务也算熟练，加上是信得过的朋友推荐，就留下她试用。那段时间，她经常需要下午早走去幼儿园接孩子，在我的争取下，公司同意并接受了她不用考勤的事实。

做了一段时间，才发现惠姐在业务上无法指导下属，常常把解决不了的问题推到我这里，底下员工也不服从她的管理。试用期结束后，我把她从部门主管调岗到项目经理。

做了一段时间的业务，我发现惠姐不仅业务开拓能力欠缺，甚至有一次还差点犯了一个不可原谅的致命性错误：作为一个有十余年工作经验的人，竟然犯了一个刚入行新人才会犯的低级错误，差点造成严重的经济损失，不仅她无法承担损失，甚至连我都有可能跟着变成穷光蛋。当时我把她叫到办公室谈话，如果她是男的，年龄比我小，我早就一耳光抽上去了。

看在她比我年龄大，得叫一声姐的分上，我还不能发火，还得和颜悦色地分析这个事情的严重性，少不了还要拿出上级的和蔼态度安慰身为下属的她，还得顾着朋友推荐过来的面子，硬生生把自己憋成了内伤。

后来，我真的受不了了，一改之前在领导面前极力维护她的态度，顾不得朋友推荐的情面，坚决要辞退她。这时，德二哥考虑招人不容易，加上大李子的部门需要人手，于是把惠姐调配过去了，这一番操作弄得我哭笑不得。

世界那么大，圈子那么小。

惠姐上一家单位的女同事找工作，也进了她刚去的那个事业部，两人算是二度同事，这个女同事却拉帮结派排挤她，还私下嘀咕惠姐在原单位的一些事。比我年长几岁的她竟然十分无助，可怜巴巴地找到我，说女同事说她的坏话，因为她是朋友推荐的，曾经归属我的领导，让我替她做主。

唉，我也是服了她。

再后来，惠姐终于辞职离开，不知是因为业绩没完成，还是受不了那个诋毁她的女同事，不过这对我、对她来说，都算解脱了。

至此，我招人再也不敢找熟人推荐。

3

这次找惠姐合作，我也在犹豫。

同时，我也积极接洽了另外一家合作单位。方方面面考虑下来，想着熟人吧，办事沟通方便。当然，这个合作不是白帮忙，她私下还要了回扣。别的合作单位少不了打点，就当拿这个回扣补贴朋友了。

刚开始谈合同，惠姐主动提到回扣的事，我还一愣。她去德哥那边上班，我算给她机会吧，上班期间关照她，甚至她调到别的事业部还照样关照，再说了，现在跟她合作，为她增加业绩，业绩上去了，单位该结算的奖金她照常拿，再说我们也不从里面分一分钱。

她竟然主动问我要回扣？

还一点都不客气？

后来想想，她的收益不高，加上还有孩子要照顾，开销挺大，她要的回扣不多，从帮我争取到的利益里多少匀出来一点也能够接受，好吧，于是答应了她。

当然，这不是她第一次问人要回扣。

之前，她在别的单位帮人做项目，为顺利立项她没少费功夫，双方都谈好了要给部分回扣，结果等到这个项目顺利结束后，对方不给钱，也不理她，打电话不接，发信息不回，她算是吃了哑巴亏。这种事都是私下约定，没法立字据签合同，白纸黑字可以约束对方，但也很容易成为她干私活的铁证，为单位所不容，她自然不敢拿上台面。对方拿捏住她的七寸，知道她没办法，直接就赖账了，反正一锤子的买卖，以后也不会再找她。

我们都以为，她要了回扣自然能把事干利落了。结果，本来是惠姐分内的事，她什么都不做，反而推到我们头上，等我们把事情做得漂漂亮亮的了，她一句都不提，反而拿着找领导邀功。而在内部协调方面，被推广部的人撑回来，我们还得教她如何化解，让项目顺利推进。

不仅仅如此，在工作之外，惠姐还逮着月月一通使唤。估计是抱着这样的心理吧，现在你有求于我，能用就用，反正你也不好说什么。月月对着这事，还真是没办法，得罪不起，还得搞好关系，毕竟惠姐还是合作的甲方呢，不怕她不成事，就怕她在中间坏事。

有一次，月月突然打电话给我，巴儿巴儿地说了一通才明白：惠姐这算咋回事啊，她委托我找人办事，我费了半天劲，帮她问好了，一问她，打电话不接，发信息不回，你能联系上她吗？

月月因为我才认识惠姐，我不找月月办事，也不是我委托给月月的事，找不到惠姐了，我还得帮忙联系。我打电话照样没人接，只能留了言。过了半天，惠姐才给我回电话，说忘了这个事了，出门没带手机，听她在那头一点都不着急，有点嘻嘻哈哈的，真拿她没办法。

有时候，我也在感叹，有些人为什么会越混越差，有时候竟然混到无容身之地，无立足之处，就因为他平时的一言一行、一举一动，被人看在眼里，知道了他的道行的深浅，为人处世的高低，不愿再有下一次，慢慢就疏远了。而此时，他还不反省，不自知，还在发牢骚："为什么老天不给我机会？为什么没人愿意帮我一把？"

事后月月吐槽，不仅仅这一件事找她，平时还有别的事情，找过她好几次，都是麻烦人的小事。惠姐倒不怕麻烦别人，不厌其烦地找她。

还有一次，惠姐急用一笔钱，想找我帮忙，我手头一时不宽裕，没答应借钱，她还有理了，跟我急上了："你有钱都不帮我……"

4

在惠姐的生存逻辑里，还存在鄙视链——对于她看不上的人，有求于她的人，她还有些不屑一顾。

比如说到小帅的事。

"……上一次，小帅的老婆联系我谈合作，我看了一下他们的项目介绍没啥好的,就没接茬。他老婆搞不定了,就让小帅出面来找我。平时不烧香,急来抱佛脚,原先在单位的时候,小帅可傲了,做了大项目,谁都看不上,我都入不了他的法眼,他现在来单位找我,我正常接待他,一谈,还是没啥新花样,小嘴还巴儿巴儿的,挺会说……"

说到这里,惠姐的鼻腔里轻微地哼了一声。

合作的项目终于完工了。结束后,惠姐找到我,还在电话里嘱咐别忘了那一笔回扣,估计她也怕我不给吧。给了,给了,都给了。不过,以后不会再跟她合作了,也不会把她当朋友。

一个认识的熟人而已,止步于此。

院长的饭局

1

我被王院长的孩子心性逗乐了。

同来摄像的老师傅一边调整机位,一边指挥着王院长一遍又一遍地写,提笔、运笔、收笔,反复折腾了好几次,就为了要那一幅书法最好的镜头效果,最后终于大功告成。收工的时候,摄像老师傅说:"写了这么多,一会儿走的时候送我一幅呗。"王院长面沉如水,完全没有了刚才在镜头里挥毫泼墨的神采,背过身去,嘀咕了几句:"我的字几万元一平方尺,怎么能说给就给呢?"

我站在旁边,被王院长的话逗乐了。

其实这也不是个事,就看王院长怎么看了。一方面,我不相信老师傅就是为了完事之后要一幅字,折腾他来回拍了好几遍,多写了好几幅作废的书法,没有这么深的心机,费尽心思就为要一幅字,我看到的是敬业和对细节的执着,以及老师傅被汗打湿的后背。当然,另一方面也可以说老师傅不懂行情,这字贵,送不起,不能随便开口送人,一旦开了这个口,现场还有其他人,大家都要,送谁,不送谁,都不好办。

会做人,办好事,全在王院长自己,我只能摇头。

过了一会儿，我看到王院长拉着随我来的小舟在一边嘀咕着，我没听清他们具体说了什么，偶尔听到的还是几万元一平方尺，小舟还时不时朝我这里看一眼，脸上全是为难和不自在。这老爷子太孩子心性了，不给就是，怎么还见一个说一个。小舟估计也不好评价这事，只能心里苦笑着，先嗯啊嗯啊地应着。

我能理解这一点。

我和小舟算是来求王院长办事的，为小舟的项目求一幅书法。小舟还是通过老领导的关系才认识王院长的，说王院长在北京认识一些了不得的人物，上次小舟在老家宴请王院长，几个地方官陪坐在席上，王院长看都没看他们一眼。王院长是资深书法家，兼任某书法协会的院长，在北京这地界算了不得了，"王院长"的称谓就是这么叫出来的。

王院长看在小舟的情面上答应帮我写这幅书法。老爷子很高兴，说可以在他古色古香的工作室拍摄，省了我费心找场地的烦恼。为了拍出书法的最佳效果，王院长还以朋友的名义引见我认识了电视台的王导，他们之前合作过多次，最后以低于市场的价格谈妥了这事，我真是松了一口气。

对我来说，既能以低于市场的价格保质保量完成，又能把成本降低到可控的范围；对王导来说，给了王院长面子，又挣了点零花钱，这活不赖；对王院长来说，当事双方都记着他的好，他还能借我在他这边办事的便利，免费动用王导的团队，顺带给自己拍摄一段宣传书法的广告视频。

你好我好大家好，何乐而不为？老爷子真可以！

第二天早上，王导带着他的人马早早来到王院长的工作室，开始清理场地，调试器材，而随行的老师傅专门负责给王院长摄像。团队专业，器材精良，我心里总算踏实了，庆幸有了王院长的大力举荐。

开拍之前,出现了一点小小的状况:王导把我拉到一边,低声说开工前得先把钱转账到位。我能理解这一点,毕竟初次合作,他们在外面干私活,时间拖久了,怕夜长梦多。王导说完,递过来签完字的协议和发票,我说没问题,今天下午安排财务转账,已提前跟德二哥打过招呼。

王导没说啥,走开继续忙自己的事。

过了没一会儿,王院长过来找我。他先夸这个团队多么专业,然后提到王导说,他带着这一群人干活,得先给底下人发钱,问我这边能不能先给他们转账,收到了钱,大家干活才踏实。

我心里多少有一点不舒服,要钱要得有点忒急了啊,真是不见兔子不撒鹰,王院长怎么能这样呢?王导是他介绍的,我这边也是他的熟人小舟介绍,谁也跑不了,说到底还是不信任我,看到真金白银才好谈。

我不想大家都僵在那里,而且王导的团队做事确实挑不出毛病。于是,我先给德二哥打电话协调,又把财务主管需要的协议原件和发票拍照传过去,特事特办,半个小时后转账到位。

于是,现场继续开工。

2

大家紧张有序地忙碌着,不知不觉到了午饭时间。

我提前做了费用预算,今天中午请大家吃一顿。王导的团队有四人,除了拍摄费用,再请他们吃一顿,算是人情世故,总不至于事情办到这一步,我付钱你拍摄,之外的开销比如吃饭之类的自己解决,再算上王院长和他的女助理两人，来人家的场子办事，请吃一顿饭不算什么，最后加上我和小舟，一共八人。

对面大厦有一上档次的酒楼，王院长的女助理帮忙预订了大包厢。

女助理不是小姑娘，其实是一姓张的大姐，看着性格豪爽的东北女人，说是做助理，其实拜了王院长学书法。张姐的朋友圈里经常发自己的书法作品，看着有模有样，除此之外，她也经常转发一些佛家感恩向善的文章。张姐给人的整体印象很热心，帮着王院长打理日常事务，比如王院长是60多岁的老同志，手机微信用得不顺，张姐帮着联络各路朋友，算得上称职的女助理。

包厢定好了，张姐提醒我，中午大家要喝点酒吗？她这里存有朋友送的茅台，想喝的话带一瓶过去，自家的酒总比饭店的要好。我还特意问了王导和王院长，他们说下午还要继续干活，先不喝了，我就婉拒了张姐的好意。

快出门前，张姐又拉着我说："还是带一瓶酒过去吧，先预备着，就是他们不喝，你和小舟也喝点，忙前忙后，就当犒劳自己了。"我听着还挺暖心，盛情难却，那就带一瓶吧。

刚要出发，来了两个找王院长谈事的朋友。王院长说提前约好的，就是这个时间点，我心里叹了口气，脸上笑着说正好一起去。包厢座位留了余地，多两个人也能够坐下。

可事情远远没有结束。

到了预订的包厢，正好十个人的座位。我刚要坐下点菜，随后进来的王院长一看，说还是小了，问服务员有没有更大的地方。我心里苦笑，王院长还真讲排场，看得出他们常来，轻车熟路直接去了最大的包间，至于他问有没有更大的地方，只是在跟服务员确认，那个更大的地方有没有人而已。

大包间确实够大，我们十个人一进去，感觉像散落在圆桌的周围，一下空旷许多，旁边还有配套的供休息用的茶几、沙发。我正要叫服务员撤掉一些座椅，王院长说不用了，等会儿还有朋友过来。是真的有人过来，一下又来了五个人：两个要去南京出差的朋友，一个要去送他俩的司机，还有两个送行的亲戚。

最后这个饭局，竟然凑到了十五人，好家伙！

这是我第二次跟王院长吃饭，第一次饭局是朋友玲儿姐请的。当时，我带着小舟来王院长这里看场地，在附近上班的玲儿姐知道了，赶紧过来找我俩，到了饭点安排一起聚聚，还叫上了领导孙总坐镇。当然，场面上的客气话少不了，玲儿姐也叫上王院长一道吃点。

我们仨先去预订好的饭店，王院长说知道这里，随后就到。

玲儿姐的领导孙总和助理早在饭店里等着，进了包厢，给王院长留了一个空位，大圆桌的空间绰绰有余。菜上齐了，我们先喝了第一轮，放下酒杯，我还和小舟嘀咕了一句，王院长应该不会来了吧。

正说着，王院长敲门进来了，身后还带着两个人，一个是助理张姐，还有一个中年男人，王院长介绍说这是书法协会的秘书长，正好今天过来给他开车。不来就不来，一来就是仨，王院长还真不把自己当外人。

我和小舟相视一笑，这可尴尬了。

玲儿姐没意识到来这么多人，一愣神的工夫，赶紧安排服务员加座，给领导介绍来宾，倒酒，喝上……

唉，轮到我做东了，再次领教了，王院长真的不按套路出牌。

这一桌十五人，最后一结账，肯定超出我的预算。算了算了，拍摄费用不是省了不少吗，报销的时候这么相冲抵，成本可控。但有一点，肯定不能跟德二哥提及一顿饭请了十五人，其中加塞来了几个蹭饭的，说了别人也不信，以为我虚报开销，中饱私囊。

我们都没喝酒。王导他们下午还要干活，我和小舟还得帮着照应。除了司机，我把带来的那一瓶茅台酒分给了王院长和他的朋友们，推杯换盏之间，一瓶喝完了。我也不心疼，张姐说带给我们喝，顺手送个人情，场面上好看，实际上这顿酒还是喝到了他们自己的肚子里，一滴不剩。

看来平常跟着王院长少不了应酬，张姐这助理还真不赖。

3

吃饭回来，下午忙了一会儿，很快收尾。

收工时，张姐偷偷把我拉到一边，问："那茅台酒好喝不？香不？实在不？"

我没过脑子，点头应着说"嗯嗯嗯"。实际上，我滴酒没沾。

张姐再三强调："那酒是朋友送的，保真，不像外面喝的假酒。"

我说："朋友送的肯定是好东西。"

张姐又东拉西扯地说了一会儿，我没明白她找我说啥，还奇怪呢，多问了一句："张姐，您找我要聊啥？"

事后想想，估计张姐那边都急了，这孩子咋不上道呢，各种旁敲侧击，敲了一通边鼓怎么还听不明白，最后她压低声音说："事情是这样的，那茅台酒是我朋友放在这里，委托我帮忙售卖，大概多少钱一瓶。当然啦，首先酒是真的，肯定比外面卖的价格优惠，都是实在人，不来虚的……"

我突然觉得这事很恶心、荒诞：原来卖酒给我喝啊！

没见过这样的人，没这么办的事，我没因为是我花钱请客，为求平衡让你们拿瓶好酒去吧，张姐不拿出来，我都没看到酒藏在哪里。饭桌上，我和我的客人一点都没喝，反倒是王院长和他那几个朋友喝光了，张姐在旁边帮忙倒酒，大家都看着的，怎么还好意思问我要酒钱，我还没问她要饭钱呢……

我被张姐这个话给噎住了，没见过光明正大蹭饭的人，下了饭桌还理直气壮地讨要酒钱。我口里应着先跟领导说说，借机打电话下了楼。心里憋了一口恶气，再待下去，我脸上藏不住事。

在楼下碰到了抽烟的小舟，他听完了也连说过分。

他还提到了一个事，上午，王院长一直拉着他嘀咕，说我问王院长讨要的那幅书法，项目完事了还得退还回来，王院长还得收着原件卖钱……哦，敢情王院长是嘀咕我这个事啊，闹了半天，我还以为他在吐槽摄像老师傅呢。

我确实被王院长的做法震惊了，他这幅书法，我肯定不能再退！先别说其他的，我要是把书法上交给了领导，我还能再问领导要回来吗？要是送了亲戚朋友，我能再要回来吗？我之前都吹出去了，说多牛的人送的，我还能自己要回来再亲手送回去吗？不行，我回头找个借口，就说书法放单位的小库房，里面存了很多名人字画，当然是比王院长更有名气的人，我得慢慢找，先拖着他再说。现在不是贪图说他这书法值多少钱，没老头这么办事的，我绝不会让步。

嗯，我也不会告诉王院长这书法最后归我处置。

回来后没两天，张姐又问我要那瓶酒钱："领导签字没？那钱啥时候打给我？微信转账还是银行转账，我都方便。"

看她这架势，不拿到钱得天天给我发微信，我忍无可忍，心平气和并有理有据地给她细算了一笔账：王院长一幅书法，按照他说的市场价 3 万元，他这幅书法在我这个项目上的广告位置曝光 285,000 次，而且是系列5个项目，累计有效曝光为1,425,000次，按照广告推广的市场价格，王院长这3万元的投入，分摊到每一次曝光，实在太划算了！现在不是我们占了便宜，而是王院长占了大便宜。张姐，麻烦您把这一笔账算给王院长听听，如果还要拿回书法自己卖钱，还再问我要酒钱，这事拉倒！

我把这么一大段长长的微信发给张姐后，不知道她怎么跟王院长说的，反正耳根终于清净了。

4

细算起来，王院长确实不吃亏：给电视台的老乡王导拉了一笔外快，他自己借机免费拍了宣传视频，他的书法在我这个项目上免费曝光这么多次。要说吃亏，可能就是那一瓶茅台酒，他没要到钱，算来算去没人买单，反正最后也喝到了自己人的肚子里。

我这才想起拍视频前，为啥王院长和王导那么着急要钱，原来是钱没到手，眼巴巴地看着心慌，非得吃到嘴咽下去了才算自己的。

真是不经事，看不出一个人的道行深浅。

再回头细想，跟王院长交往的前前后后，他和他这个工作室整个就是一捐客。第一次来看场地，大厦整层都已装修好，有设计好的酒庄格局，有王院长写书法的宽敞场地，还有一个古色古香的大长条宽木桌，专门供喝茶待客。按王院长的说辞，这整个一层都给他使用，一个大老板很看重他，想拉着他一起做点事。这话里话外的气派，当时还真把我们都镇住了。

后来，那个所谓大老板来过，没见他对王院长多么谦恭有礼。

再后来，王院长写书法的桌子被从宽敞的大厅挪到靠厕所门口的角落，有时看老头午休，就在书法桌旁边摆一把躺椅搞定。

再后来，有一大姐在楼层正对门的显要位置放了一排玉石展柜，平常没见她跟王院长说过话，摆了没多久就撤了。而那个设计好的酒庄一直空着，没见过有人进来做酒吧或是卖红酒。

慢慢地才算看明白，原来那个大老板投资，把整个一层承包装修好，想着招商租赁挣钱，原本想借着王院长的人气搭台唱戏，结果没成。当然，免费使用场地有期限，看效果不行，王院长因此只能挪地儿，移到犄角旮旯安身。

来的次数多了，我发现王院长有逮住人可劲用的习惯，就像抓壮丁一样，一个都不放过。不知道其他来的人咋样，我是来了三次，被老头免费使唤了三次：一次去楼下帮他买一盒图钉，一次帮他录入资料，一弄就是一下午，最后一次派我出去干活，大冬天的，大街小巷挨家挨户问，就为他的台式电脑主机买一个零件。

此后，我把王院长和张姐的所有联系方式都删了。

有时，我还在想，他们会不会觉得我真势利眼，用完了就把他们拉黑。也许世界上还真存活着这样一种人，他们愤愤不平、理直气壮地大肆谴责合作伙伴势利眼，能这样去想的，不知能不能回头想想自己，为啥大家都对他们敬而远之？而且每次他们都能碰到这样的合作伙伴？！

我还以为，不会跟王院长再有交集。

结果一天晚上，小舟拉我出去喝酒，一起的还有小舟的老领导。酒正酣，饭正香，小舟的老领导接到一个电话，说正跟小舟他们一起喝酒呢。我悄悄问了一句谁的电话，小舟的老领导说王院长。我这才想起，我们能认识王院长全靠小舟的老领导牵线。

我和小舟默契地对视了一眼，他还算清醒，摇摇头，示意王院长蹭饭、卖酒的事没跟老领导说过。当然，我也不会再说。

我正低头吃菜,小舟的老领导突然把手机递给我:"你来跟王院长说两句!"

　　我接过手机,走到一边去,对着手机那头说:"嗯,我挺好的。嗯,您也挺好的吧?好好好,都挺好的,挂了啊。"

　　我就挂了。

踏进同一条河流

1

先拉一个时间清单。

跟小舟认识六年,这六年里,我俩的关系走过了三个阶段。说得好像谈情说爱一样,其实,合作免不了也要经历相识、相知、相处。第一个阶段,从素不相识到开始认识,到开始合作直至项目正式完成,中间经历了三家公司,历时三年;第二个阶段,即是第四年,是尘土飞扬到尘埃落定的一年,发生了各种事;第三个阶段,即为第五年、第六年,翻看最后一次通话记录和聊天记录,已失联了整整两年时间。

认识六年了,其中失联两年……以后这个数据还会继续刷新;

认识七年,其中失联三年;

认识八年,其中失联四年;

…………

这些省略号,不是沉默,不是抗议。走过的路,脚知道,这省略号更像是烙印,一如烧红的铁器烙在木头上,一阵青烟升起,木头上留下的一个个黑色小坑,永不消退。

2

说来话长，我和小舟第一次认识，中间还隔了两个人。

当时，我还在董小姐那边上班。宣传部门的主管发给我一个项目，说是她的同行慕名推荐，我因此认识了小舟。经过一番评估，项目没通过，但我对他项目之外的一些经历很感兴趣，期待双方磨合一番，再考虑合作新的项目。平时聊天，小舟幽默风趣，但不影响他对一些人和事有自己独立深刻的见解，我对他印象不错。

但凡做项目的都有经验，跟人打交道，正常的公文邮件往来效果不如网上聊天互动，网上联系效果不如电话沟通，电话沟通效果不如当面细聊。本着这样的考虑，借着一个新的合作时机，我主动提出去他老家看看、聊聊。

小舟挺意外，没想到自己一个寂寂无名之辈，我还亲自过去找他，很感动。对于别人嘴上说的感动，我从来都不当真，事后证明，他要是真的感动，能想着我对他的这一点好，就不会那样对我，两人的关系也不至于走到现在这一步。对我来说，纯粹做事，值得去做的一件事，做好这一件事，怎么做怎么好怎么来，仅此而已。

我到了高铁站，小舟开车接上我。在回县城的路上，他先找了一个地方修车，我百无聊赖地等着，一会儿坐在修车行里面的茶水间，一会儿在外面的空地上走走，甚至干脆坐在草地上发呆。

好不容易完事，到了县城，小舟先带着我来到一个小区门口，接上一个戴眼镜的初中同学，然后再去一家商场门口接上他的老婆，一起去饭店找了一间包厢，边吃边聊。

小舟说起单位同事的一些破事就气愤。基层老百姓求人办事，请一同事吃饭，同事拉着小舟去，说不吃白不吃，他实在没法推托了才跟着。老乡忙前忙后点好了一桌菜，自己却没上桌吃，就在包厢门口垂手站着,还问吃得好不,需要加啥菜不……说到这里,小舟就生气,哪有这样办事的,哪怕真给人办事,这顿饭能吃得下去吗?吃得安心吗?吃得出滋味吗?老百姓都挺不容易的,一分钱一分汗,何况同事还不认真对待,说求人办事不都这样吗?先得拿出点诚意来,表示一下,至于成不成那是另外一回事,别人想请我吃饭,还摸不到门路,还没有这样的机会。你说这家伙混蛋不?!

小舟说到这儿,一脸的深恶痛绝。

能这么想,这么看待事情,这样的人,我心里还是认同他的。无论小舟是有意说给我听,还是出于什么样的心思,都无所谓,无可厚非。

在县城待的那段时间,两个人聊得不错。结束后,小舟照例送我到高铁站。路过大明湖畔,我俩还拿夏雨荷的桥段相互开涮。

那时,两个人雄心勃勃,斗志满满。

3

回京后,我向董小姐重点汇报了小舟的新项目,并如愿签了合同。

新项目进展到一半时,因家里发生了一点变故,我准备辞职。那时,首先考虑的是带着小舟的新项目离开,毕竟这个项目是自己从零开始做起,倾注了大量的情感和心血,不想留在原单位被不识货的人糟蹋。提前征询过小舟的意见,他说愿意跟着我共进退,很认可的那种态度。

我当时理解,这种认可就像军人一般忠诚和信任。

事后多年,在德哥的公司与小玉共事,她无意中说了一个情况。当然,那时她不知道我和小舟的过往,也不知道后面要签小舟项目的内情，她说起在她的上一家单位时，小舟曾经问过她，项目负责人要离职，正在做的这个项目她是否感兴趣，能否接手。

而要离职的那个项目负责人就是我。

我能够理解小舟这样做的目的，毕竟不能把鸡蛋放在同一个篮子里，这个地方不行，得赶紧换一个地方，再说了，当时我的个人状况不稳定，下一家都不确定要去哪儿，未知数太多，他不可能跟我绑在一起，再说相交也不深。要是当初他找人打探出路这个事被我知道了，虽然当时心里会难受，但可能也就没有心气带着这个项目继续前行，也没后面那么多事。

我以为我是他唯一的出路，不敢辜负，自然全力以赴。而一旦知道了他从一开始就和我不是一条心，自然没必要在一条船上继续挣扎。

有时，常常问自己一句：为什么当初自己那么难，都没想过要放弃小舟和这个项目？因为啥？我俩非亲非故，他也不算大咖，没有吃人嘴软拿人手短的事，没有经济利益捆绑，那我图啥？哪怕后方不安，也得稳住工作，还得继续生活？当然，小舟的项目只是工作的一部分，也是生活继续前行的一部分，但没举足轻重到影响人生的某个重大抉择。唯一能够解释清楚的，就是自身的性格使然，是这个项目带给自己的职业成就感，还是对自己做事的一种执念、骄傲，觉得自己没错，这个事一定是对的，也一定能做好？可能后者更多一些。

这是在第一家公司的经历，与他有关，以及与项目有关的所有事。

接着我跳槽去了第二家公司，待了不到两个月。刚去就满腔热情地向领导重点推荐小舟的项目，鼓动利用好新公司的资源和渠道，这个项目能如虎添翼。在邮件的最后，展望项目的辉煌前景不得了，了不得，其中还写了一句话："越想越兴奋，兴奋得头皮都发麻。"

现在看来，就项目本身而言，就自己的行为而言，有点幼稚，有点一厢情愿，还有点异想天开吧……人的成长，每个阶段，每一脚步，从不成熟到成熟，基于这些过往才能翻篇，虽然羞于提及，但也是事实存在。

这一切，随着我离开这家公司结束了。

4

我带着小舟的项目来到了德哥的公司，终于稳定下来。

这是跟我俩有关联的第三家公司，两人关系动荡曲折，不可避免地走向破裂。

刚进公司，德二哥非常看重我做项目的能力，我自然能为小舟的项目争取更多、更好的资源和话语空间，当然，这其中免不了私心。第一次这样夹带私货做事，心里多少有些忐忑，不过，最后安慰自己，这个项目本身就好，领导看重我的潜力，我努力做好，只要能挣钱就够了。

没多久，小舟来北京办事，顺道带着家人来游玩。我帮忙预订酒店，他坚持自己付钱，我也没再坚持，当天晚上略尽地主之谊，并约好第二天晚上见面，顺带双签一份协议。

没想到，那天晚上成了我俩关系的一道分水岭。

这份双签的协议上不了台面，算我俩私下的暗箱操作。虽然协议涉及的业务和内容，跟公司不存在竞争性的冲突，不违法乱纪，但于情于理有点说不过去，这个事毕竟要占据和争抢我 8 小时之内的时间和精力，我费尽心力，争取到的公司资源投入小舟这个项目，很难分得清公私，但有一点毋庸置疑，这算夹带私货，做起事来很难说公允。所以，这事放在任何公司都不被允许，不被提倡，也不会被接受。

小舟想着项目尽可能好，进一步深度捆绑，希望能为自己争取更多的资源和机会，我看中小舟的商业价值，到嘴边的肥肉不想让它溜了、被人抢了，双方各有所求、各取所需，所以这事你情我愿，还是坚持做，双方各自承担一定的风险。

这些事宜，我俩提前谈妥了。怕双方来回快递出了岔子，被公司的人知道了不好，小舟说不急，过段时间来北京了再当面签。

现在小舟人就在北京，我准备第二天晚上过去，他说哥不急，再等等，我在北京还要待几天的，今天晚上玲儿姐请我们吃饭。

我看中了小舟，同样惦记他的还有另外一家大公司的玲儿姐。

说到玲儿姐所在的这家大公司，我们渊源不浅。

再往前推几年，浦兄委托身在北京的我做项目维权，而维权对象就是这家大公司。当时，我刚入行不久，对事情的看法很简单，想着只要侵权事实成立，对方赔礼道歉，造成啥损失了，该赔偿就赔偿，大事化小，小事化了。

没想到负责对接的是一哥们，把我约出来，第一个问题就问："你是不是另一家竞争公司派来捣乱惹事的？"我当时愣了，我不认识这家所谓竞争公司的人，也没进入他们这个行业，哪里来的捣乱一说？难道他们花钱雇我这个菜鸟来捣乱，挑事效果更好？我当即否认了，那哥们还不信，我说浦兄的诉求很简单，停止侵权，道歉赔偿就行，你们别想歪了。

他点点头说好，还是一脸的怀疑。

等我离开后，再一细琢磨，发现对方的预设前提就是不信任：没在电话里问这事，是怕被录音吧？没发信息提啥要求，是怕被截图留存证据吧？至于当面约我，没在咖啡厅或茶餐厅之类的室内环境，怕被人做手脚，直接约在惠新东桥的东北角，靠近北京联合大学的路边。

我当时还在鲍哥的公司上班。那哥们没提前通知，他到了后临时打电话约我下来，我身上啥都没带，就拿着手机过去，两人站在熙熙攘攘、车水马龙的路边，喧闹异常，附近没有摄像头，没法调监控，没法录音，也没同伙，哪怕有同伙也不能提前设局，旁边有人多站一会儿，那哥们也是警惕异常……想想就好笑，本来一简单的事被弄复杂了。

也能理解，在尔虞我诈的商业竞争环境里，怎么小心都不为过。

后来，对方反馈处理结果：下架侵权的项目，说是工作人员的失误，领导对这类行为的态度是坚决的，抵制并谴责。

事实上，在跟对方交涉前，我已提前截图留存了证据，特别保留了当天时间，这事真要较真，找律师起诉也可以，只是不值当为此付出大量的时间和精力，去折腾后续一系列的事。浦兄不为钱，不想拿这事炒作或达到某种诉求，委托我交涉只为下架，顺带敲打警示即可。后续说到赔礼道歉，那哥们只是嗯嗯啊啊地应着，一直没有下文，至于赔偿，更是不了了之。

这之后，中间有好几年没跟这家公司打过交道。

5

再有联系，就是为了小舟的项目。

当时，我想为他这个项目尽可能多地找一些合作方，小舟认识这家公司的玲儿姐，于是我带着项目PPT（演示文稿）过去拜访。

初次见面，看得出玲儿姐是个踏实干事的人。其实，她比我还小，叫玲儿姐也是跟着小舟一顿乱叫。我绘声绘色地跟她谈及小舟的项目，还没到一半，她打断我，觉得我对项目的理解很到位，正好他们需要这样的得力干将，问我有兴趣过来吗。

我当时一愣，没想过谈合作被人挖墙脚，不好直接拒绝，问问这边什么情况。玲儿姐办事确实高效，说正好她们领导也在，稍等引见你们认识。她出去没多久，叫来了领导，就这样认识了孙总。孙总有着东北人的热情，欢迎我过来，欢迎有想法、有干劲、想干事的年轻人来。

简单聊了几句，大家算是认识了，我说再考虑考虑。

第二次，玲儿姐又把我约过去，孙总跟我聊到了具体的工作，带我参观了他们的办公区，聊及了公司的运营状况。没多久，孙总约了第三次，在他们单位楼下喝咖啡，说到了待遇，展望个人事业的发展规划。

我知道这事不能再拖了，于是明确婉拒。

告知态度前，我也慎重考虑过。

小舟这个项目没做完，自己辛辛苦苦弄出来的心血，就像自己的孩子舍不得拱手让人，不是怕别人分了好处，或心疼自己的一亩三分地，而是担心没人能懂，能这么用心去做。我真要过来这边，也没法带走小舟的项目。这是我明确回复孙总的真实理由。

这家公司的口碑不怎么好，虽有一些官方机构的投资和背书，但具体到项目操作和运营能力，我还算了解。有过跟那哥们打交道的第一次经历，我心里还是介意这样的企业文化的。

说到底，这家公司并没有特别吸引我的地方，无论人或事或机会，并非靠谱的熟人推荐，孙总也只是先画大饼，哪怕高薪挖我，也没开出具体价码。后来，有同事私下告诉我，孙总还曾找她打听我的工资待遇，这事发生在第二次约我之后。

再后来，就是玲儿姐请我和小舟吃饭。

王院长来了，孙总也来了，一如既往地热情。

6

这次小舟带着家人来北京，自然少不了跟玲儿姐见面。他们本来就认识，玲儿姐寻求跟他合作，也不觉得意外。我一直催着小舟尽快签了那份协议，就怕有变数，没想到是在玲儿姐这里节外生枝。

我看好这个项目，也看好小舟的潜力，自觉跟他已混得不错。

小舟有一个想做的项目，我不是很看好，建议他不要浪费时间，他没听，执意做下去，结果是我俩都没想到的。接手他这个项目的合作方黄了，老板赖着不给钱，我当时还有些恨铁不成钢，不听劝，现在连一毛钱都拿不到，是不是?! 没想到不多久，这个项目的其他权益被人看中，一下卖出高价，不仅弥补了之前的损失，还能剩余一大笔钱，反过来打了我的脸。

祸兮福兮，福兮祸兮，说不准的事。

这件事也让我厘清一些事实，我当初不看好的那个方面，项目上市之后确实没啥积极的反馈，石沉大海，业务判断能力被市场验证无错，至于小舟被合作方赖掉的那笔钱，纯粹是人祸。

坚持我所坚持的，市场形势变化不定，我以后做项目也得考虑项目之外的一些因素，有些没关注的角落可能就藏有富矿，小舟这个项目的其他权益卖出高价就说明了这点。我自己呢，做人还是得厚道一点，前面有点幸灾乐祸，后面秒被打脸，不喜不乐，平常心才是王道。

还有一件事让我有点心虚。

我通过同事认识了一个合作的大咖,借机推荐了小舟的项目。后来,因一些项目合作的需要,大咖绕过我直接联系小舟。这一点虽然对方提前告知了,我也明确有这个必要,还是我牵线促成了这事,但心里多少有点恼火,也有些担忧。小舟认识大咖之后,会不会认为我所说的人脉资源,只是认识大咖而已,而且这个大咖还是通过同事介绍的,刚认识不久。他会问大咖怎么认识我的吗?或者大咖会主动聊到这一点吗?

小舟认识我这个同事,也能了解到同事跟大咖的关系好,而我只是通过同事才搭上线,不算那么稳定的人脉资源。我竟然靠这个充当资本,来跟小舟谈私下的合作,换作别人,吹嘘这些人、这些事都不带打磕巴的,但我自己心虚啊。

后来,同事还在我面前提过一嘴,说小舟跟谁都叫哥,逮谁都叫哥。我能明白同事的好心,提醒我看好了,免得煮熟的鸭子飞了。

所以,签协议的事,我不得不上心。

等到晚上9点左右,估摸着他们吃得差不多,聊得差不多,考虑到他们第二天早上还得赶火车回去,我发信息给小舟,说要不我现在过去把协议签了?就两个人签个字,我来回跑一趟而已。

小舟回复说还没结束,等吃完都得很晚了,不想让我跑,还说咱们这是君子协定,板上钉钉的事,说了就成了,让我过两天再发快递给他。

他都这么说了,我没法再坚持,隐约还有一丝不安,心想:不会就这一晚坏事吧?就像人做坏事之前,总说我就最后一次,结果就最后一次被逮住了,最后一次坏的事,越担心越害怕越坏事,我不会这么巧吧?

真过了两天,我再问小舟何时发快递。

小舟回复我说，他已签到玲儿姐那边，一模一样的协议。

我问：为什么？

小舟说玲儿姐跟得紧，她当天晚上没回去，还自掏腰包在隔壁开了一间房，第二天早上忙前忙后，给他们一家三口张罗买早餐。

就因为这个？我不信。

小舟那头沉默。

我很想当面问问他到底怎么回事，后来想想还是算了。来了北京，当着我的面都没说这个事，我再跑到他的城市，能问出个啥来，还不是现在跟我说的这些。事后再想，我能理解我是干私活，个人做事不确定因素太多，工作不稳定，来回跳槽，自己都是给公司打工，自然方方面面都不如大公司有保障，这是不争的事实，玲儿姐那边代表大公司，这才是他签玲儿姐那边的根本原因吧。

这份协议，小舟一直拖着不签，当时不自知，事后再看，各种迹象都表明了这一点，从相互确认完他推说发快递吧，第一次发快递前，他又说来北京了再签，来北京要当面签了又说不用过来，双方君子协议，回头再发快递吧，真等到第二次发快递了，再问，这事就黄了。

人往高处走，这都能理解。

我无法接受的，是他一直拖着，又想签大公司，又想要我帮他做这个项目，又想不得罪双方。有话早说啊，要选择一方，就得做好得罪另一方的心理准备，拖着我干吗，一直给了希望，拖的时间越长，失望越大，怨气更大。长痛不如短痛，拖久了，不仅到最后那一痛会怪罪于他，连带着这最后一痛之前所有的煎熬和折磨都得算他头上，这中间的过程何其煎熬。

我没想到是这样的结果，无法接受。

7

此后，小舟没再找我，理亏、词穷、心虚都有吧，也怕我说吧。

此后，我也没找他，无可挽回的结果，都已经这样了，说再多也没用，该问的也问了，不甘心也只能不甘心，能怎么着？再说下去，只怕失态，还是给自己留一点颜面和尊严吧。说到底，我不仅缺乏保护自己的能力，连想反击别人都不知该如何下手，更别说处心积虑地去陷害别人。

心痛、心塞、心凉，懒得计较这人这事。

一直到过年前，项目进行到审批环节被卡住。看来还得折腾，又得遥遥无期。我本来郁闷，为小舟的事烦着呢，想着赶紧把他这个项目了事，以后不再有任何往来，没想到还要来回折腾。

年会上，推杯换盏，强颜欢笑，我不自觉就喝多了。

回去的路上，我一个人沿着四环路边走边想，心里来回翻腾，想着还是把进展不顺的情况告知小舟一声，并非我故意捣乱，借机公报私仇，这是正常的审核环节，负责的领导跟我没有交恶，不认识小舟，我也不想拖着，盼着早点结束了才算解脱……絮絮叨叨，反反复复。

电话那头，小舟一直在听着，最后问了一句："哥你今晚喝酒了吧？"

我没接这个茬，还沉浸在自己的世界里，嘴里来来回回地说做成一件事怎么就这么难啊，直到眼泪滑落到嘴边，酒后麻木的我才反应过来，自己哭了。

小舟还在电话那头说什么，我没心思听下去。最后，心里也恼怒他，你看你干的好事，净想着啥好事都落在自己头上，哪有这样的好事啊……直接挂了电话。

我一屁股蹲坐在四环辅路的路基上，默默地哭着。

这个时候，特别想回老家，回到千里之外生我养我的地方，回到从小住到大的老房子里，回到儿时父亲带我睡的那间小卧室，回到那张铺着凉席的木板床上，关上前后门，放下黑色的蚊帐，抱着自己的枕头，一个人静静地蜷缩到自己的世界里……那一瞬间，一种无边的无力感就如潮水漫过，没过了头顶。

有倾尽全力付出后不一定有结果的委屈。

有被小舟伤过的不甘和痛苦。

有顾虑被公司发现的担惊受怕。

有一路战战兢兢走来的心酸。

各种各样的委屈、痛苦、不甘、难受、绝望、无助、无力，这么多年一个人在北京打拼的不易……在这一刻，眼泪找到了出口，再也控制不住。

8

项目终于可以上市了。

小舟弱弱地问了我一句："还会做宣传推广吗？"

他知道得罪我了，明白这一点，也担心这一点，但又不甘心。

说真的，我还有点骑虎难下：于私，这是自己一直看好的项目，付出了大量的心血，哪怕私下没有利益捆绑，也会坚持做下去；于公，我已经把领导、同事的胃口高高吊起，之前总说这个项目怎么怎么好，开弓没有回头箭，不能高开低走，突然说这个项目不做推广，这肯定不行，不仅仅关系到这个项目的事，以后再做别的项目，大家无法信任和配合我。

最后，我只能硬着头皮上。抛开小舟的因素，就事论事，做完这个项目,彼此不再有任何联系。

所以,我还得继续给各种人各种信心、各种激情、各种展望。

我继续找人拍摄宣传视频,因此结识了奇葩的王院长;

我继续加班到凌晨2点多,就为完善上市前的最后准备工作;

我继续带着小舟参加电台采访;

我继续带着小舟参加杂志拍摄;

我继续带着小舟参加各种线下落地活动;

…………

还记得带着小舟去南方城市参加活动的种种。

去之前,因为车票的事跟玲儿姐那边的同事有点不愉快。玲儿姐给小舟在其中一个城市安排了活动,两家公司的活动各自安排,这个城市本来不在我们的行程范围之内,听说后,我们想着借此机会顺道也安排一场活动。玲儿姐他们已安排好小舟的往返机票和住宿,在成本预算方面,我们临时加塞的这场活动能省下一笔不小的开支。小舟自然愿意,再去跟玲儿姐的同事协调,不,不叫协调,应该是知会一声,因为临时加塞的这场活动不需要他们的协助,不需要他们安排人力物力,其他的一切都不需要,我们临时起意,顺道而为。

对方叽叽歪歪,有些不痛快。

后来,我还跟小舟算过这一笔账。大家的出发点都是为了同一个目标,要说有利可图,最大的受益方还是玲儿姐他们,因为独家签下了小舟未来几年的项目,做完小舟的这个项目,仅仅够我们喝喝汤。要说占便宜,并非提前知道他们要去这个城市,我们故意为之,只是听小舟那么一说,才想顺道跑一趟。退一步来说,这一笔成本费用贵公司还是出得起的。说句负气的话,我就不信了,没见他们因为这一笔开销公司就垮了,也没看出德哥的公司因为节约了这一笔开支就能发家致富,成功上市。

针对玲儿姐那边的斤斤计较,我还有一句话没对小舟说出口:真要算得这么清楚,玲儿姐还坏了我的好事,我要不要跟她算算这一笔账。想想还是算了,没必要提。到最后,没见玲儿姐居中协调,玲儿姐的同事也没松口。其实,我们直接过去安排活动,他们左右不了,奈何不得,只是不想场面上难堪。

确定我们取消了活动,玲儿姐的同事才算消停。

后来去别的城市做活动,现场有玲儿姐的女同事。小舟自来熟,一见面就姐啊姐啊姐,叫得有点亲热,事后玲儿姐见着我了还嘀咕,听说小舟见人就叫姐,姐叫得有点甜了啊。听得出她嘴里一股酸溜溜的,合着这"姐"不是她一个人的专宠。

事实上,见面了哥姐地叫着,礼貌热情,嘴甜总不是毛病。

小舟第二次来北京,还是我接待,以公司的名义。德二哥不在,我临时找到德三哥救场,他吆五喝六叫了几个人热情招待,饭局结束后,德三哥借着酒劲私下问我:"对他够意思不?招待到位了没?"

小舟因此认识了德三哥。

送回酒店的路上,小舟喝多了,真诚地抱着我说:"哥,谢谢你。"

我只是笑了笑,礼节性地拍了拍他的后背。要是没有玲儿姐节外生枝的事,他说这个话,我肯定会感动,但这件事后,不会了。

项目的第一阶段终于算是顺利收尾。

9

项目继续进行到第二阶段,又出幺蛾子了。

负责审核把关的主管领导担心有风险，迟迟不给意见。对风险的认识，就像琢磨领导意图一样，本来上面没这样一层意思，下面人一琢磨，没有这层意思也得防范着有这层意思。说到底，谁也不敢，也不愿承担这种风险，项目做不做对他们来说都是小事，项目有了收益没他们什么事，一旦项目出了问题，对审核把关的人来说就是天塌了的大事，谁也承担不了这个风险。

我努力争取了几次，也让小舟跑了几趟北京，当面跟审核的主管领导沟通协调，按照意见再修改调整，折腾了两次还是不行。

我疲了，也懈怠了，再无斗志。要是私下跟小舟签了那一份协议，有了深度的利益捆绑，没有退路，我肯定得坚持到底。没有任何理由支撑我前行，我彻底放弃了，他也解除了跟公司的项目合约。

尽人事，听天命，有付出不一定就有回报。

我倾注了太多心血，项目却没有结果。关系破裂前，他逢年过节从没主动给我发过节日祝福和问候，我没把他当外人，没介意到这个份上。公司的项目解约后，小舟还经常点赞我的朋友圈。我没任何回应，哪怕成了路人甲，也不愿跟他有一丁点关系。

我曾经跟小舟聊过老牛的事，只是希望他能明白相互信任很重要，他当时嗯嗯点头应着。后来再说到这事，没想到他理解的重点偏了，以为我图口舌之快，吐槽私人恩怨而已。我没想到他会这么想，以后不会再在他人面前提老牛的事，没劲。

唯一可以确信的事情是，小舟不会跟德三哥他们说起我俩私下的小动作，不会对外公开：他是同谋，如果公开了，他以后在这个圈怎么混，让其他小伙伴怎么想，怎么跟他合作——他转身就把别人卖了，会不会也能这样对我？！

东边不亮，西边亮。

眼巴巴盼着小舟这边，结果却颗粒无收，没想过也从未抱希望的老谢项目，有了意外丰厚的收获。我只能这样安慰自己，上帝关上一扇门，定会打开另一扇窗，可能老天爷不忍心让我失落吧，给了我一份继续前行的动力。

福兮祸兮，祸兮福兮，真让人琢磨不透。

很长一段时间，没看到小舟项目的动静，估计悬了。

再听到他的消息，是大李子找到我。他说，小舟在外面找了几家合作方都不行，最后不得已找到德二哥独立出来的新公司，说这个项目友情价，只要能做什么都好说。德二哥他们不懂这些，也不是公司的开发方向，他问大李子怎么弄，大李子想着这个项目的第一阶段是我负责，私下请教我的意见。

让我说小舟的好，我可能做不到，心里这个坎过不去。

让我说他的坏，趁机落井下石，也不会，违背我做人的原则。

我只说了一句，你们根据自己的情况来定就行。

10

好友丁丁给我推荐了一部电影《百万美元宝贝》，看完后，我深知其良苦用心。

一个为生活疲于奔命的女拳手，找到一家拳击训练馆的老教练，希望他能够指导自己。而老教练正为上一个精心培养的夺冠黑人拳手的离去而心伤，老教练觉得打冠军赛时机不成熟，而黑人拳手需要打比赛赢钱，要养家糊口，要交房租，要为老婆看中的一辆二手车买单。老教练能理解这一点，没强行阻拦。当黑人拳手跟着另外一个拳击赛经纪人如愿在擂台上夺冠时，他还能跟老友守在电视机前，边看边点评动作要领。

从一开始就不被看好的女拳手，软磨硬泡，死缠烂打，最后还是被老教练收下了。经过一段时间的训练，她希望去打比赛，哪怕说心浮气躁，哪怕说急功近利，她太迫切需要参赛来改变自己的困窘境遇。老拳手有点无力，甚至赌气，有点放弃了似的把她推荐给一个拳击赛经纪人。

奈何老教练放心不下，还是来到了比赛现场。当看到女拳手被打得血肉模糊的时候，老教练忍不住了，愤怒地推开了拳击赛经纪人。女拳手之于经纪人来说，就是一个快速赚钱的机器和工具，一旦无法变现的话，转手就弃之如垃圾；而对老教练来说，女拳手是一个有血有肉、活生生的人，他倾注了心血和情感，就如自己的孩子。

经历过这次风波，女拳手终于能静下心来，踏实跟着老教练扎实地训练，进步很快，后面再有经纪人来找她打拳，她都坚定地跟着老教练。打到最后，没人敢跟厉害的女拳手来竞技，老教练不得不自掏腰包来拉人打比赛，为她积累场次和战绩，为她设计战袍，上场前还雇人吹很拉风的英格兰小情调，时不时提醒她第一要紧的是，随时随地要保护好自己！

…………

在这里，项目经理就是教练的角色，而女拳手的角色，就是想通过项目努力改变自己命运的你我他。

我能从教练的角度，告诉女拳手如何去跟对手相搏。而教练如何跟女拳手相处，从业这么多年，这是困扰我的第二个问题：如何保持界限，如何平衡分寸，如何克制自己的情感……这些是矛盾点，也是冲突点。

你把项目经理当成商业合作伙伴，他就会跟你讲规矩；

你把项目经理当成朋友，他会待你以情义；

你把项目经理当成一根线上的蚂蚱，那他会跟你一起蹦跶蹦跶。

11

我一直在犹豫，要不要把这事的后续记录下来，意义何在？所图何物？……后来想想，这也是事情发展的一部分，无论好坏，都真实存在着，应该完整记录并呈现出来。

再联系上，是在失联两年后的中秋节。

我照例给一些合作过的朋友发节日祝福，翻到小舟的名字，手指头停顿了一下：要不要给他发一条？都已经断了联系，我发给他干吗？我这样主动，显得我心虚理亏，好像有事要求他一样。其实也不是，纠结这些干吗？无名小辈之时，我主动拜访他，没瞻前顾后，思来想去那么多的顾虑，今天怎么还有这些心理负担？

前两天整理项目资料，无意中翻到他的一些文章。那是我俩刚认识时他发给我看的，写他在老家念念不忘的亲人，还有任何时候都关照他的干妈，字里行间流露出真性情。他算性情中人吧，怎么会对我做那样的事？难道我看错了人，错付于人？如果在合作之前，我多一些这样的了解，两个人不至于现在这样。

小舟的项目我倾注了太多的心血，就像母鸡孵小鸡、母亲十月怀胎，不忍心看着沉到水底，连一个气泡都没有。看在这个项目的分上，看在一起努力奋发、齐头并进做这个项目的分上，顺带给他发一条节日祝福吧。

我这样艰难地说服了自己。

当时，我在奥林匹克公园地铁站等候换乘，祝福发出去的那一瞬间，感觉心里松了一口气，可不知怎么眼眶突然红了：有一个人坚持走下去的无助吧，有不被他理解和支持的委屈吧，有关键时刻被他抛弃的愤怒吧，有为这个项目付出那么多还没结果的不甘吧……

或许在旁人看来，中秋团圆日，这个漂在异乡的男人想家了吧。

说出真相，可能大家都不相信。

没多久，收到了小舟的回复："哥，挺想你的！"一时心里五味杂陈，我靠着地铁扶手，静默了很久……

后面，两人无一例外聊到了中断的这个项目，都倾注了心血，都还想把这个项目做出来，于是开启第二次合作的序幕。只是，我在心里一再告诫自己：就事论事，一切按照商业合作的条款来，就当给这个项目画上一个句号，不要对项目之外的人和事抱有希望，这样才能避免一切不该发生的事，理解和尊重小舟的一些选择，自己管好自己即可。只是，没法再像第一次那般信任和投入。

和好如初？和好能如初吗？

高中课堂上，思想政治老师说，人不能两次踏进同一条河流。这是哲学的说法。

另外一种非常真实生活化的现身说法：小时候跟着父母赶集，看见一个摊位上卖好吃的，非要买不可，大人要不没有零钱，要不根本不愿意孩子多吃零食，当时往往不会买，孩子跟在大人屁股后面哭啊，闹啊，磨啊，折腾啊，非得要到自己想要的……最后，大人烦不胜烦答应买了。

问题又来了——还是哭得那么伤心。

大人说，这不给你买了吗？这不都一样的吗？怎么就不是你原来要的那个了？

大人没法理解的是，孩子心里想的是当时当地你为什么不给我买。不是那个心情，不是那个味道了，不是那种想要的感觉了，我要的是那个时候你给我买那个时候的零食，我要的是那个时候你答应了我的要求，我要的是那个时候想要得到的满足。现在再买，迟了，你当时为什么不给我买啊……

对孩子来说，没法掌控家长，没法掌控外面的世界，唯一能掌控的就是自己，我哭总可以吧？号啕大哭。我打滚总可以吧？满地满道地撒泼打滚。我表达一下自己的不开心总可以吧？歇斯底里，那种委屈，那种绝望，那种不甘。哪怕可能还会招致大人的一顿责骂和鞭打……

这么一想，眼泪不自觉地又下来了。

如果说我俩的合作与交往是一部连续剧，以前的事算上篇，下篇是不可知的未来，不知道后面的剧情怎么发展。

一切都交给时间吧。

执念

1

老谢，关于这几百万元的事，今天找你好好说道说道。

我想开诚布公地说，彼此都不用压抑自己心里的真实想法，可以敞开了聊，想怎么说就怎么说。你一直在我面前提你老婆说的那句话，说这个项目卖了几百万元，我不得好好招待招待你?! 当然，朋友之间的招待是应该的，合作上的迎送往来也是必要的，但我不会低声下气地巴结奉承。关于好好招待这个事，我不认为你在暗示什么，都已经说得这么明确了，但我不希望你以恩公自居。

我不希望你有这种感觉。

我也不喜欢你带给我的这种感觉。

要问我是不是应该得我该得的那部分。当初你把项目交给我，也是看中我的专业能力，我利用自己的人脉资源做商务推广，谈成了，我靠我的能力吃饭，有多少钱办多少事，有几分能力拿几分钱，拿到这个钱我心安理得，这是我应该得的。签合同也是你情我愿，分成比例双方已提前商量好，没有谁逼迫谁，没有谁多占少占。

你自己拿着这个项目出去碰过壁、受过气，别人欺负你不懂行情，信息不对等，这个项目全部打包才给你几十万元，我谈了这么个高价，剔除给我的那部分，你挣到手的钱，比别人那几十万元的报价不知多了多少倍，我能让你的利益最大化，多挣到的钱，你是不是应该感谢我？

假如当初，这个项目还是交给原来的合作方，能不能卖出去，会不会卖得比现在更多，或者更少，或者根本没有……说不准的事，没有假设，没有如果，但至少现在，你实实在在拿到了这笔钱。

说一句有点伤人的话，我不得不说了，到现在这个地步，话不点不明，得要敞开了说：当初这个项目是你主动找到我，不是我哭着喊着求着找的你，怎么成了我要好好招待你？

怎么就变成了我得好好招待你？！

怎么我必须得好好招待你？！

怎么我不好好招待你，就成了知恩不报了？！

…………

老谢背对着我，一声不吭。我说着说着，激动起来，伸手去拉他，一着急，醒了——哦，原来这是在做梦啊。

窗外阳光明媚，鸟声清脆，又是崭新的一天。

2

唉，对这几百万元的事有了执念，都成了我的心结了。

事情还得从头说起。老谢找了一家公司合作项目，因为方案产生了严重分歧，双方都已经到了谈合同的地步，为解决分歧，对方公司的副总还亲自跑了一趟，到他所在的城市见面沟通，诚意满满。老谢找到我，想听听没有利害关系的专业人士站在第三方给出的意见，我看完双方的方案，如实给出建议，间接证明了老谢的方案是对的，老谢的坚持也是对的。

"要是早知道你有新项目，我也动手抢了。"我半开玩笑地说了一句。

没想到他顺杆爬，说道："要不我跟你们合作算了？"

"这没问题吧？"

"没问题，合同还没签，双方都有自由选择的权利。"

我真没想过挖墙脚，本来权当朋友帮忙，给他出出主意，印证并鼓励他的想法。不想干这样的事，双方都谈到了合同条款的环节，我这时横插一脚，换作我是他的合作方，有人这么抢活，心里也不爽。

没承想，他找对方一协调，这事还真成了。看来，分歧已严重到无法达成一致，谁也说服不了谁，谁也不想听谁的地步，苦对方久矣。

我跟老谢的合作分为两块：一块是公司层面，老谢直接跟德哥这边签项目合同，我是直接的项目负责人；还有一块是公司业务范围之外的私下合作，说白了，就是我俩干私活，作为深度捆绑的利益共同体，两人对外统一口径，秘而不宣。

而公司这边的项目进度和项目上市后的数据，一定程度上会影响到第二块业务的好坏。因此，我绷着一口气，生怕哪个环节掉了链子。

3

没想到，首先掉链子的是我。

其间，我两次辞职，中间的幺蛾子比较多。

第一次辞职是4月份。那时，老谢的项目还没做完，我想得比较简单，以为项目交接完，后续有人负责就行。跟月月合伙创办的新公司准备妥当，手上项目差不多收尾，我正式向德二哥辞职，他有点意外，让我再考虑考虑。

老谢来北京办事，我先打电话告知了这个情况。

他一听，很生气："为什么项目还没做完就走?!"

我能理解他为啥生气，主要是担心我走了，项目没人接手，或者有人接手了却做不好，还有可能使项目完全停滞，到最后不了了之。我力争让他放心，解释说已安排好得力人选继续推进，事后证明，我考虑事情确实有点简单。

可能吧，老谢以为我俩利益捆绑，我必须得事事时时向他汇报，但他忘了一点，利益虽相互捆绑，我工作上怎么安排他无权干涉，正常的工作变动也没必要征得他的同意。每个公司都有人员流动，这是再正常不过的事，项目经理不会被某个项目所束缚，一旦有好的发展机会，或者有好的去处，离开也正常，离开了到别的公司，照样还能跟项目方继续合作。

这是一个行业的常态。老谢合作了这么多项目，经手这么多人，接触这么多合作公司，早就见怪不怪了。

老谢生气了，不是指责，而是强烈地叱责。我听了心里有点不舒服。

这还不算，老谢接着甩了一句狠话："我可以不分你钱！"

我当时震惊了。我俩私下合作的那部分业务，已经到了签合同的收尾阶段。先不说之前辛苦跑了多少家，光是确定的这家合作方，签完了合同，不出意外就能拿到几百万元的收益。他这个时候说不给我分钱，我不是震惊这个事实本身，而是他怎么可以这样做，怎么能说出这样的话，这不是过河拆桥吗?! 这不是见利忘义吗?! 这不是忘恩负义吗?!

我完全蒙了，慌乱无措。

我找不到人帮忙，家里人帮不了，身边的朋友无法帮忙，同行之间有利益竞争，不确定这些人的嘴巴是否牢靠，转身传出去，雪上加霜。真的是叫天天不应，叫地地不灵。

这个事我承担了很大的风险。当然害怕老谢把这个事捅到公司，我干私活，会丢了工作，拿不到工资和赔偿，很快在同行之间传开，再找工作就没那么容易，哪怕有一家单位愿意用我，也是一边用一边防着我，不会重用。

不管老谢的威胁真假，真到了这一步，真不给钱，我怎么办？辛辛苦苦，担惊受怕，眼看要到手的鸭子飞了，而且还是一只大肥鸭子。签合同的那家公司不会考虑为我出头，私交没有铁到那个份上，必须得我来签这个合同，他们才愿意合作，或者是看到老谢不愿意分我钱，仗义执言说这里面我付出了很多，暂停执行合同条款。大家都是场面上的人，多一事不如少一事，这事跟他们的利益无关，不会损害到他们的合作，至于中间发生了什么，没人关心。

我俩私下以个人名义签的协议不受法律保护，一旦对簿公堂，他完全可以耍赖皮，不承认，我也找不到证据来支撑。这事一旦曝光，我还得面临来自公司的索赔风险。捡不到芝麻，还丢了大西瓜，我肯定咽不下这口气。

但是目前，好像还没到撕破脸的地步。

当天晚上9点多说了这事，老谢愤愤不平地挂了电话。我一个人枯坐在屋，看着窗外黑色的夜，无头苍蝇一般，睡不着，也不知找谁，这哪是我的安身之处，简直就是租来的囚狱……凌晨1点多，没控制住自己，抄起手机还在电话里无力辩白，事情不是老谢想的那样，明早赶过去当面细聊……

低声下气，从来没有过的窝囊。

4

第二天早上,天刚蒙蒙亮,我坐上公交车,跑了大半个北京城,来到了慈云寺桥附近的一家酒店,到了酒店大堂,老谢还没起床。

经过一晚上的缓冲,来的路上我打定了主意,我得自己想办法补救。首先一点,暂时不能辞职,等全部做完老谢的项目再考虑辞职,不是为他考虑,煮熟的鸭子不能飞了,看在钱的分上,我先忍了。

再一冷静分析,老谢还不敢撕破脸,倒不是怕我,他是怕生变数,项目后续能否顺利完成,几百万元的合同能否顺利签订并拿到钱。一切都是未知数。

这事如果捅出去,老谢得不到一点好处。

一旦德哥这边知道了,可能会认为这个正常的项目合作背后涉及商业欺诈,他也是同谋,不仅会影响到后面项目的进展,甚至解约,并索赔由此引发的一切经济利益损失。项目合作出了问题,也会影响到那几百万元的合同签订,鸡飞蛋打,他最后可能连一根鸡毛都看不到。老谢的项目在这里解约了,短时间找不到一家单位愿意接手这半拉子工程,何况利益最大化跟他们也没半毛钱关系。

这事要传出去,他能这样对我,其他同行也不敢跟他合作。

老谢收拾好,终于下来了。

我迎上去,开口认错:"我暂时不辞职,之前考虑确实欠妥当。"

第一次有一种不好的感觉,以前都是他巴结我,主动讨好我,现在我却受制于他,低声下气。项目不做完,走不走,我说了不算。

老谢脸色好了一点,没再提解约不分我钱的事。陪着吃早餐的工夫,该解释的解释,该服软的服软,该安抚的安抚,最后就老谢的时间,晚上约几个老朋友一起聚聚。

安顿好老谢，我急匆匆地去找月月。幸好今天是周末，不然分身乏术。

我和老谢以个人名义签订的协议有瑕疵，为避免风险，锁定各自的权益，只能尽快注册一家新公司，以新公司的名义跟老谢签订这份协议。老谢表现得通情达理，愿意配合这一点。

我还没辞职，跟新公司没啥关联，信任月月的同时，规避了跟老谢的风险。目前的处境，只能通过一个暂时还没出现危机的风险去替代另一个目前濒临破裂的风险。

这是我的第二步挽救措施。

晚上吃饭，我拉上了月月，确定了合伙计划，我俩就是一条船上的人。除了老谢，还邀请了老谢的老哥们和刚刚认识不久的老侯。预订的饭店就在老谢住的酒店附近，点菜时，老谢主动露了一手，开玩笑说为我省钱。菜上桌后，大家都夸荤素搭配得当，席面上宾主尽欢，除了我俩当事人，他们仨确实尽兴而归。

吃完饭，我和月月老老实实地送老谢回了酒店，恭敬地目送他进了电梯，关上电梯门，我们才转身离开。

这一天下来，我感觉身子像散了架。

5

那天饭局上，老谢说最近正在为女儿考研的事发愁呢。

我想着尽可能表现一番，修补两人关系中的裂痕，于是自告奋勇，找了合作过的一个朋友帮忙。为此，我拉上双方见了一面。老谢自然带了女儿过来，除了见第一面跟大家打了声招呼，剩下的时间，小姑娘只顾着自己吃菜，低头玩手机，没想过给茶壶续水，更别提以茶代酒敬大家一杯,大学毕业生也不小了,至少基本的礼节也应该了解吧。

我作为牵线搭桥的中间人,忙前忙后地张罗这一切,最后吃完了,还是我自掏腰包买单。从头到尾,老谢怡然自得,好像这一切是我应该做的,有其父必有其女。

我当时都有点后悔插手,可箭在弦上,不得不发。

朋友努力办成了此事,我以为到此结束。

没想到,有一天,朋友突然气急败坏地找到我,质问:"老谢办的什么事?!"

原来,老谢为表感谢,花钱请所谓名家写了一幅书法,装裱好送给朋友。朋友本来还挺开心的,风雅之事,赏心悦目。没承想看到落款上写了自己的名字,朋友的脸一下黑了,他身为公职人员,这落到纸面上的事,能说得清吗?!

我听了也恼火。老谢曾在机关待过,应该知道怎么规避这些,哪些事能做,哪些事不能做,哪些事怎么做,一旦让对方来提醒,这事就不是小事。没办法,我还得在中间协调,赶紧灭火,擦屁股。

最后,我还落得朋友一通埋怨:"早知你是个商人,你找我办事,我也得按规矩来……你误解了我的意思,这次不需要,没有下次……我们根本不算朋友,罢了……"

庆幸的是,项目的后续进展还算顺利。也幸好我留下来了,不然没人盯着这个项目,稍微哪个环节一松懈,就不知何年何月了。看来,我之前的考虑欠妥。

紧赶慢赶,项目终于如期完成。

跟另外一家合作方来回磨那几百万元的合同,也是一波三折,光是每次合同条款一调整,来回半个月时间就过去了……来回磨了三个多月,提心吊胆,生怕中间哪个环节出了岔子,合同说黄就黄,这几百万元说没就没。

终于要签合同了，老谢作为签约的第三方，也被邀请来京。

我安顿好一切，带着老谢一起去合作方的公司面签合同。临时租了一辆商务车，到了目的地，我先从副驾驶出来，关上车门，右手食指还放在车门左上角边框上没来得及拿开。这时，老谢从后排下车开门，没等我反应过来，只觉一阵钻心疼，发现他关门的瞬间，我的右手食指被硬生生夹在前后车门中间的缝隙。

"不严重吧？"老谢吓了一跳，赶紧拉开车门。

我一看，食指指甲盖挤瘪了，肉凹了一块进去，血肉模糊。我又疼又窝火，因为他的无意之举，要是存心的，我早破口大骂了，实在疼得很，顾不了许多。

我去厕所简单处理了一下，赶紧带着老谢去办正事。谈事的时候，我尽量握紧右手手指，假装没事人一样，签完合同出来，我安慰自己一句：今天见红了，就当庆祝合同签约成功吧。

老谢自行回了酒店，没好意思再让我安排，我赶紧出门找医院拍片验伤，幸好没有挤断手指骨。第二天早上，我赶去酒店给他送行，预订了商务车送他去机场，临上车前，礼节性地问了一句是否需要我跟车送到机场，主要看他是否还有想聊的事情没。他说不用了，让我安心养伤。

项目做完了，几百万元的合同也签了，我开始办辞职手续。

6

等合作方把几百万元转到我们的新公司，老谢只剩下一件事：催，各种催。

一会儿说要在当地换房子买别墅钱不够，一会儿说房子装修差几十万元，急等着用，一会儿说预订了豪车没钱无法提车……先是催负责财务的月月，天天催，沉不住气了又问我，两头同时催，这头没回应，又开始问那头。

最后，我烦不胜烦，不得不委婉地说了老谢一通："这事由专人负责，你直接找月月就行。既然安排了她对接此事，还请相互尊重。你绕开她找我，本身就是不信任、不尊重她的行为，你找了我，我还不得不去找她，弄得她办事好像多不靠谱一样，最后你不但得罪了她、得罪了我，还让我也得罪了她，这事情你还得找她给办了，多糟心啊。烦请尊重我们的工作流程，这钱还在约定的期限之内，没有延误或违约的事。"

说白了，老谢怕我们不给钱，拖着赖着，这对普通人来说可不是小钱，沉甸甸的几百万元，换了谁都着急，落袋为安。我理解老谢的担心，他说老同学曾问他借过钱，借完了开始玩失踪，到现在都还没要回来。

月月十分厌烦老谢，在我面前从不掩饰："他太讨厌了，要不要我们找一个光明正大的理由，在约定期限内故意延后一段时间，非得在最后两三天了才给他转账，让他像热锅上的蚂蚁急得团团转，坐卧不安、寝食难安、茶饭不思、百爪挠心……"

说到最后，月月被自己的恶作剧念头逗笑了。

我说算了吧，他非得在你家门口打地铺了，还嫌不够恶心、不够烦的。

跟老谢认识差不多十年了。

开始交往，我处在有求必应的甲方位置上。每次到老谢的城市出差，哪怕不为见他，他知道了都安排得妥妥当当，车接车送，呼朋唤友，推杯换盏，每次见面都热闹极了。有时候我都入住了自己预订的酒店了，他非要安排更好的商务套间，弄得我不退房，感觉对不起他，对不起他张罗此事的当地朋友。

我还算清醒，明白他有所求，我恰好在自己的范围之内能给，他不过分，我不越界，相安无事就好。慢慢处着处着，我把他当成了一个可信赖的朋友。

第一次开始质疑老谢算不算真正的朋友，是在这几百万元的事之前，再往前推三四年，有一次去老谢的城市旅游，一家三口出门，事先没有打扰他。坐火车离开时，进站了，我对象手机被偷，我第一个念头想到老谢，第一时间打电话给他，问能否有办法找回手机，不是舍不得一部手机，是心疼手机里存了很多孩子珍贵的照片和视频，丢了可惜。

他认识警察系统的朋友，我是想问他，能否找找火车站的工作人员想想办法，他在电话那头有点敷衍。说真的，我有点失望，他还不如火车上同一个卧铺包厢的陌生人，查手机 GPS（全球定位系统）定位、打电话、找警察，积极想了各种办法。

这么多年，与老谢合作过的人里，有做了项目不给他钱的，有不按照合同严格执行的，有不按规矩办事的，最后都不了了之。他最近还在吐槽新的合作伙伴，项目方案做得不甚如意，想吐槽都无从下手。唉，我严格按照规矩办事，业务做得这么好，他怎么能说出不分钱的蠢话，真的欺软怕硬！真的不识好歹！

不经人事，不知人心深浅。想想都心寒。

这次拿到了几百万元，老谢三番五次在我面前念叨老婆的招待指示，我一直想找个机会，好好跟他理论一番，这事放在心里憋久了，成了执念，没想到在梦里，一本正经、有条不紊、理直气壮地说了一通，醒来了，我都还记得那么清楚。

现在想想，真没必要跟他掰扯这理，他明白不了，说了也白说。

无意中翻到老谢闺女在朋友圈晒图，研究生毕业一年了，听都没听说过。

时间过得好快啊！

倒欠

1

"你是从北京来的吧?"

酒足饭饱出了门,大家在大街上边走边聊,夜风习习,又是一个微风沉醉的夜晚。突然,一个当地的朋友问了我一句,他说他曾去北京培训过一段时间。

我点头确认后,他又问我:"那你认识老侯吗?"

"认识,他在北京培训时,我们还见面并签了一份项目合同。"

"哦,巧了,当时我跟老侯都在那个培训班,一起上课、天天喝酒的铁哥们,我在北京一个月,有二十八天都是醉的,剩下两天醉倒在床上躺着……"

"哎呀,怎么这么巧?!"

从未见过面的两个人,意外发现都认识老侯,在北京彼此没见着面,要相见的哪里都跑不了。当地朋友是合作伙伴的发小,今天被临时拉来作陪,喝了不少,意外的惊喜让他有点兴奋,突然提议:"我来给老侯打个电话,你有他的号码吗?"

我一愣,他赶紧解释一句:"我换手机了,通讯录没存。"

我没戳穿,就像很多删朋友圈的人,总是借口说孩子拿着自己手机玩，不小心把你给删了，对不起啊，不知道有多少人用过这借口，不知道有多少孩子无辜躺枪。

我告诉他号码，他马上拨了过去。他俩先贫了几句，然后把手机递给我。

我一时还有些不好意思，接过电话有点尴尬，可能心理素质没过关吧。老侯一直叫我过去玩，我几次答应着看时间再说，一直没去。现在有空来外省出差见别人，却没空去见他。有业务了才见人，没业务谈没空见，显得我有点势利眼了，这算没把他当朋友看吗？

心里挣扎了一番，我硬着头皮和老侯寒暄。电话那头，他照例诚挚邀请，啥时候来他这边玩啊，我嘴里嗯嗯嗯的，答应了几句，把手机还给了主人。

出差回京后，老侯主动联系我，说正在筹划第二个新项目。

上次在电话里，他说有项目继续合作，我还以为是随口客套，没想到他是认真的。他邀请我过去，借着查资料的机会一起去省博物馆看看，我当时确实有事羁绊，未能成行，心里还挺感动他做事的热忱：他自己一个人开车从当地跑到省博物馆，路上发小视频，分享当地的风土人情，朋友圈里实时更新参观的照片。有一次，他跟省博物馆的朋友吃饭，还当场跟我视频聊天，热情洋溢地介绍了一堆人。

一切都挺好的。

2

没多久发生的一件事，才让我明白老侯的套路。

老侯突然找到我，说一个朋友家的小姑娘刚大学毕业，准备来北京找工作。当时，我和月月合伙开了一家新公司，老侯的第一个项目就是签在新公司。老侯的意思是，看我们这边还招助理不。

随后，小姑娘联系上我，发来简历、自荐信和一篇文章。我和月月看了，不觉一笑。从简历上的特长、求职方向和个人技能来看，明显是冲着进公司项目组当助理来的，自荐信上的求职意愿和个人三年职业规划更加明显，而后面附的一篇文章谈的都是对这个行业的一些认知，一看就是临时抱佛脚，说了一些大而无当的方向，东拼西凑，还没完全融合到自然无痕迹。

而这一切，一看就是老侯的小动作。平时跟他聊过这些事，所以资料提供的针对性强，刚毕业的小姑娘根本摸不着北，哪里谈得上见识。

我俩没戳破，也没同意。

跟老侯得分清，合作是合作，不想在公司里还有他的熟人，就像安插卧底一样，不好做事，哪怕不通风报信心里也觉得别扭，干脆拒绝为好。

能够理解刚来北京找工作的不易，我说帮忙问问别的同行。先后把小姑娘的简历推荐到两家单位，因是刚毕业的学生，以工作经验不足被婉拒。没办法，我找到第三家单位的一个老同事，简单聊了聊，说可以让小姑娘来北京面试。

来北京住哪里？我原本想着让小姑娘先住我那里，我去老乡家里将就着挤挤。月月好心提醒我不要这样，单身小姑娘住我那里，这事在外面说不清，老侯也是故意为之，他明明知道这一点，还让她住我那里，明显不安好心。

"她在北京还有别的亲戚吗？"

"有，有一个堂哥在北京郊区住，只是有点远。"

"再远也让她找她堂哥去。"

于是，在小姑娘上火车前，关于住宿的安排，我建议她去她堂哥那边合适。她应该告知了老侯，老侯没再问过我这事，估计心虚，也不好说。

好人做到底，我想着老侯把朋友的孩子托付给我，我得尽心尽力，还亲自去车站接人。见了面，小姑娘倒一点都不见外，跟我说了一路的话，包括在高铁上的尴尬事，说她上厕所怎么忘了锁门，有个大叔怎么推门进来，她怎么吓了一跳，大叔怎么也被吓得扭头就跑。

小姑娘说得起劲，我只得找个话题岔开，随意问了一句："你怎么称呼老侯？"她说："我得叫他一声表叔，我的妈妈的妈妈，跟他的妈妈是亲姐妹。"

哦？我愣了一下，两个人的口径还不统一：小姑娘说是表亲，老侯说是朋友家的女儿，难道还怕我因为他俩的亲戚关系而不帮忙推荐工作？我能想到的可能性是，原本他想让小姑娘进我们公司，亲戚身份自然避嫌，不知老侯到底怎么想的。

没想到，就着这个话头，小姑娘竹筒倒豆子，继续说下去："上次去省博物馆玩，表叔就说要帮我在北京找一份工作。"

"啥时候的事？"

"就是那天中午，你跟我表叔视频那一次，就在饭桌上，有他在省博物馆工作的朋友，我当时就在旁边端茶倒水，只是没出镜而已。"小姑娘笑着说。

然后第二天，就有了老侯问我安排工作的事？这么巧？

我不禁问了一句："你家在哪里？"

"就在省城。"

"你……这个……从哪里坐车到北京西站？"

"就省城那一站，你糊涂了啊？"小姑娘笑着打断了我。

"哦，我还以为你和你表叔在一个城市呢。"

我确实有点糊涂了。等等……有点乱，我先理理思路。

老侯为啥力邀我去省博物馆看资料？按照项目合作，第一步得先签合同，这个事还没谈成，只是他的意向，第一步的事还没做，就极力拉我过去做第二步考察搜集资料，我没去成，他第二天就跟我说要帮朋友小孩介绍工作的事，项目合作上虚晃一枪，原来重点是在小姑娘身上。他原本打算借着谈项目的名义把我诓到省城，直接面试，直接拍板，直接顺道把小姑娘带回北京上班。计划得挺好，他们都挺省心。

我这才算明白老侯的良苦用心。

他自己喜欢吹牛，说认识很多很多北京的朋友，那安排一份工作不成问题吧，北京的朋友千里迢迢跑来省城面试，够有诚意，够让他有面子，最后朋友有事没来，还帮小姑娘找好了工作，够可以了吧……最主要的是，老侯的一系列行为，让我觉得我就是欠着他的，因为合作的第一个项目一直拖着，大半年了还难产。他认为这事我欠着他了，帮小姑娘找工作就是还债，还只是还一部分债，天经地义，理所应当。

对，就是该他的。

3

跟老侯的合作，还是他主动慕名找到我。

老谢的老哥们来京参加培训，见着我的面说，一起培训的同学里，有一人慕名已久，一直想找机会认识我，他没想到这么巧，老哥们跟我还有合作。当时，老哥们打通了这个同学的电话，他就是老侯，他在电话那头说了一通热情洋溢的话，我当时还小小地虚荣了一把。

没多久,我带上月月一起去拜见他们。老侯给我的第一印象是豪爽、仗义、热情,场面上的事都能照顾到。

第二次,我再带着月月过去,是在老侯培训的酒店里签合同。当时,房间里还有老谢的老哥们,我们仨大老爷们散坐着闲聊,月月低头看手机,突然笑着说了一句"哎哟,老侯年轻时的照片蛮帅的嘛",我还以为她在翻看老侯的朋友圈,八卦心起,本想起身也看看,后来觉得这个场合不合适就忍住了,只是奇怪月月怎么这个时候说起这个。

老侯没接话,老哥们笑了笑没吭声,我当是一句调侃的话,翻篇了。

出了酒店,月月有些生气,告诉我刚才发生了什么:"老男人撩小姑娘,经常会发自己的照片给对方,刚刚在房间里,我故意夸老侯帅,就是要当面戳穿他,故意让他难堪,看他下次还敢乱发不!我们大老远跑来,拿着合同跟他谈合作,他还想着泡我,真是没皮没脸没臊。"

她这么一说,我才想起第一次带月月过来,见面之后,老侯还私下问我:你跟月月没啥关系吧?我当然理解他嘴里所说的关系是啥关系,我当时还往好的方面去想,他可能是怕我们之间的合作,因为有这种说不清道不明的关系而牵扯不清,我能理解,老侯这是为我考虑,我心里竟有些感激,如实告知啥也没有。

哦,原来他这么问,是有深意的——兄弟,你跟这个女的没啥关系吧?确定没有吗?真的没有吗?……嗯,那我上了啊。就像一道菜上桌之前,先问一句是不是你的菜,你吃不吃,不吃,那我可就上筷子了。

两人这么一聊,才算知道老侯的德行。

说破，看破，不点破，只要不影响到合作，就这样吧。

我当老侯还是初犯呢。有一次，老谢来北京出差，叫上我和老侯一起喝酒，另外，老谢还约了一个女孩过来。酒桌上，老侯喝着喝着，手搂着那个女孩的肩膀不放，女孩喝得迷迷糊糊，茫然四顾，老谢在旁边看不下去了，半开玩笑半当真地把他们分开。我当时没注意，事后老谢说起这一幕，怕老侯把持不住会出事，我这才知道老侯是"老司机"。

老侯的项目进展不是特别顺利。

只能一家一家找合作方，每一家都有自己反馈的时间周期，一家不行，再找寻下一家，这样一来，半年的时间就过去了。老侯沉不住气，经常催问。我明确告知不能同时找多家谈，圈子很小，来来回回就那些朋友，大家忌讳这一点——广撒网不一定最有效，没有一家会认真对待这个事。

老侯催问的次数多了，我不得不写了一封措辞委婉的邮件说明情况。有时候，我真想撕破脸，直接痛痛快快地告诉他：你名气不行，没人看得上，项目有风险，没人愿意承担。你快醒醒吧，别把自己当大拿了！

老侯算是安静了，估计心里还憋着一股怨气，觉得我耽误了他，亏欠他，所以帮小姑娘找工作，他认为是在补偿吧？

4

想明白了其中的弯弯绕绕，小姑娘也接到了。

送佛送到西吧，安顿好小姑娘，晚上约了介绍工作的老同事过来，边吃边聊。小姑娘表现不错，端茶倒水，有眼力见。老同事提醒了小姑娘很多，明天面试要注意哪些哪些。老同事比较热心，把小姑娘直接推给原来的大领导，大领导很赏识老同事，虽然离开了，但还保持着联系。

因为有老同事担保，面试顺利，没多久就让小姑娘过去上班。又过了一周，小姑娘问我们要地址，说要给我们邮寄些自家种的水果特产，老同事说不用，只要她好好工作就行。

上班一个月后，老同事找我吐槽，说小姑娘当了助理不上心，上班老看手机，被领导发现了好几次。我也提醒了小姑娘，也让老同事不要太操心，哪怕我自己的亲戚推荐过去，能力不行，不要勉强，让她离职就行。

有时候，小姑娘找我请教一些业务上的问题，我说了几次，看她悟性差了一点，没再多说，她也没好意思多问。再往后，老同事没再打电话说她的事，不知是改好了，还是懒得说了。

四个月后，小姑娘没再联系过我，连过年过节的问候也免了。

看来，我作为跳板的使命光荣完成。

5

老侯的项目，差不多问了一个遍，还是没找到合作伙伴，最后只能解约。他倒是同意，解约协议确认无误后，是月月发的快递，一周后问签字了没，老侯说正忙呢，回头查收一下。实际情况是，快递发出去的第二天，本人签收的同步信息就更新到了月月的手机上。

月月找我抱怨老侯，我只能无奈苦笑：让他先晾晾我们，等他出了这口怨气再说吧。

一个月，两个月……直到半年后，快到年底了，公司法务要盘点清算项目，最后月月再催他，他还在我面前卖乖，说尊重我的意见，才把解约协议签字快递回来。我知道他在抗议，报复我们半年没谈成项目，有点像小孩子耍性子，那一瞬间，顿时觉得这个人的格局和心胸，就那样吧，没啥大能耐，还端着架子，老觉得别人欠着他，这样的人只能有多远，离多远。

年底了，老侯还主动说要跟着我回我老家过年，我当时应着，打定主意不敢把这个大爷请回去供着，不好伺候，我受着就行了，千万别给家里人添堵。

当然，老侯一如既往地邀请我们过去玩，免不了拉上月月。邀请的次数多了，这事就成了鸡肋：去吧，不是谈合作，唯一合作的项目都解约了，有些不好意思，再说他那边没啥景区可玩；不去吧，他老是邀请，我们不去反而成了不识相，再说之前答应了要去他老家看看的，反正怎么着都得跑一趟。

来回协调我们三个人的时间，好不容易订好火车票。临出发前两天，老侯给月月打来电话，说临时接到单位通知，他得带队组团去邻近的县市调研，看我们能不能改时间。

月月觉得老侯没诚意，这样的调研带队，别人也能替他，不是非他不可，这次哪怕他不去调研也没啥影响。他对月月还贼心不死，时不时在她朋友圈下面评论一两句，撩撩骚。

月月调侃了一句："是不是这次组团的漂亮妹子比较多啊？"

老侯在电话那边笑笑，没有回应，说："下次再来，下次再来。"

一直催着我们去，我们买了票要去，他临时改了，那就不赖我们了。

我问月月："你下次还去吗？"

月月笑笑说："去他大爷，直接退票。"

好久没见面的老同事突然问起那个小姑娘:"她跟你还有联系吗?"

我说:"没有,咋了?"

老同事说她后来辞职了,换了一个行业。唉,我们就是她的一块跳板,那天晚上,她在饭桌上说多么喜欢这个行业,这事当不得真,听听就行……大领导因为是我推荐的人,意外得知我和小姑娘还是老乡,对她关照很多,过年前还自己掏钱给她买了一件很不错的衣服,这孩子走了,都不跟大领导打个招呼……

老同事还在电话那头吐槽,我听着听着,开始走神了。

别把同事当朋友

1

"小斐,你就替月月考虑考虑,把项目解约了吧?"

看着坐在对面的小斐,说出这话的时候,我心里其实想说的是——求你了,你就替我考虑考虑吧,把这个项目解约了,我再也不愿意面对月月那一张脸,不愿接听她的电话,不愿看到她发的信息,不想听到她的声音,不想跟她再聊这个项目的事,有多远我愿意滚多远,再也不想跟她有任何联系……最后,我都恨不得想跪下来,抱住小斐的小腿不撒手:不行!今天你不答应解约的事,我就不让你走了。

没容我多想,小斐一句话把我顶回来了:"你们俩怎么不替我考虑考虑,怎么不理解理解我啊?"她说刚来新单位怎么不容易,刚入职场的90后小姑娘都对她吆五喝六的,她准备要转型不得不忍气吞声,月月的这个项目算是她来新单位签的第一个项目,才签约两个多月就说要解约,怎么说也得替她考虑考虑,哪怕要解约,也得缓一段时间吧,等她转正了再提这个事,我怎么不站在她的角度考虑一下呢……

说到最后,为家里带孩子的事,她夹在老公和亲妈中间为难,每天还要跑那么远上班，老公还不体贴，说着说着，小斐的眼眶就红了。

这个时候，我恨不得咬牙切齿地抽自己一耳光：叫你逞能！

事情很简单，小斐和月月都是我认识的人，小斐所在的公司需要项目，我在中间算是自告奋勇吧，小斐也没委托让我帮忙找项目，月月也没说这个项目谈成了给我一笔钱，是我主动牵线搭桥介绍她们认识，并谈成签约。后来，中间有分歧、有矛盾、有冲突，月月要求项目解约，小斐暂时不同意，于是我就夹在中间协调。

小斐曾是我的下属。

我去德哥那边接手新的事业部，她是最后一个到岗的人，刚休完产假回来。她在德哥的公司干了差不多十年。每年老项目新产生的利润可以滚动到下一年继续算绩效，本来这是公司为了留住老员工的好事，结果却成了一把双刃剑，造成一部分人的懈怠和不作为，只要项目还能产生利润，只要能完成绩效考核任务，公司并没有明确规定每年必须要完成多少个新项目，一些老员工就这样混饭吃。小斐舒舒服服地待了几年，老老实实做好普通员工，管好自己的一亩三分地，这么多年没有提拔进阶过，混到在单位结了婚，生了娃。

等我再跟她分析其中利弊，她才知道自己想错了。

首先，你在一个公司干了十多年，还是普通员工，你再去下一家单位就职，毫无例外，对方首先考虑的都是这个人能力一般，所以这么多年一直没有被提拔，哪怕你一再跟对方解释说原单位考核福利好，自己也忙着结婚生娃，你说的实际情况都是真实存在的，但对方不相信、不接受、不认可，因为你这么多年没有进步也是事实，再往深了细究，就涉及一个人的上进心和方方面面的能力评估；其次，你再去一家新单位，因为你的起点就是基层员工，所以你还得从基层员工干起，还得慢慢奋斗，论资排辈，先来后到，有可能你还没待够一段时间,就又离开这家单位去了别的地方。要想在一个单位有好的起点,有更高的福利待遇和发展机会,那自己本身的起点就得高……

别人怎么看,别人怎么想,说来说去,就是不好。

这么一说,小斐才开始有危机感,压力倍增,再继续待下去没必要,领导对她的认知固化了,她也没有更好的机会,也习惯了这样安逸舒适的节奏,谈上进心,对她来说要揪扯下来的牵绊太多。只能离开这个环境,离开这家公司,离开这个行业,寻找新的发展机遇。

小斐本身对这个行业没多少乐观的心态,听我这么一分析,更加动了要跨界发展的念头。我没想到新入职带部门,给每个人的例行谈话,反而促成了她的主动辞职。公司原本没有这样的想法,反正老员工干习惯了,只要不犯错、不违法,继续干多久都可以。最后,她反过来感谢我点醒了她,虽然同事不到两个月,离职后,我们仍然保持着联系。

后来,月月说自己手上有一个新项目考虑要找下家,正好,小斐所在的新单位就要找这样的项目。于是,我主动跟小斐提了,强烈推荐月月的项目怎么怎么好,不是要顺手经营人情,是助人为乐,两好合为一好,何乐而不为?当然,我向小斐推荐项目前,征得了月月的同意,她也想很快出手。

当时,我拍着胸脯担保:你们俩都是我熟悉的老朋友,我也都了解你们的情况,所以才会牵线合作,我承诺要是以后出啥问题了,我来协调,不会不管。

没想到一语成谶。

本着一颗美好的初心,我的一句郑重承诺竟然成了一道沉重的锁链、一个烂泥潭,困在里面,无法自拔。还是在看丹桥旁边的这家麦当劳,还是我跟小斐两个人,不同的是,第一次我是强烈推荐,要促成她跟月月的合作,第二次坐到这里,我极力劝解小斐,竟然希望她尽快解约。

现在想想真是讽刺，啪啪打脸，还火辣辣地疼。

2

这事本来好好的，双方顺利签了合同，相互加了微信。

我觉得，我的任务算是完成了。

直到有一次，月月问小斐项目的进展，小斐才开始想起问她要项目推广的相关资料，这可惹恼了月月，感觉被怠慢了。月月没在小斐面前爆发，火力全突突突突到我这里：从上次签完合同，快三个月过去了，我要不问，是不是还想不起来啊？临时抱佛脚给谁看呢？这是严重的不作为，简直不把我放在眼里，要是不重视、不看好，当初就不要签我啊，干吗呢？签了又不干活，等着捡漏呢？等着我上门催呢？等着别人噔噔噔地把钱送上门来呢？……

我能理解小斐。

对每一个公司来说，手上都有很多项目要做，和月月签的项目只是其中一个，关注力自然分散。当然，对月月来说，这个项目就是她的全部心血，自然也就是全世界，双方倾注的程度失衡、错位，自然就产生了矛盾。而每个项目签下后，有时候本身就有坐等捡漏的概率，月月没有名气，对外不好推广，市场吸引力不大，只有得是对方喜欢的看中了，这事才能谈成。公司的项目那么多，对外推广也得讲究先来后到，还要抢夺资源，还有部门内部的钩心斗角，以及公司方方面面的博弈与平衡。

要说小斐有错，只能是她忽视了，按照常规流程，签了合同，先找对方要到相关资料，至于后面怎么推，什么时候推，内部怎么协调,就没有必要逐一告知。一旦问起来,一句"我们正在推啊",就可以搪塞过去,隔行如隔山,对方不知道山里洞天,也看不到山外风景,至少好交代。

这下好了,因为没有及时跟进,这是一错,等到月月再问,发现了既没及时跟进,又临时抱佛脚,错上加错,简直要了月月的老命。当初签了合同,月月的预期一定得要开花结果,说不定在月月心里,这个项目还是一朵鲜艳盛开、吐露芬芳的大喇叭花,结果事到临头,才发现连种子都没要,更别说后面播种、施肥、培育等一系列的过程。

等不及了,不想被耽误,于是,月月提出解约。

我说:"你跟小斐说一声就行,你们双方不是能直接联系吗?"

"我不想再跟这样的人有联系,不想跟她说话,不想回复她的信息。她不是你介绍的吗?这合同也是因为你推荐才签的,你去说!"

我一愣,说道:"你这是啥逻辑?我介绍的,你觉得行才签的合同,而且这项目的收益都是归你自己,我就牵个线而已,剩下的事都是你们的。"刚想撒手不管,这事不行,双方都是因为我才有合作,月月可以不理小斐,小斐可以不理月月,但对我来说,我不能不理小斐,也不能不理月月,还得承受来自双方的暴击。

唉,当初自己说了,有啥事找我,结果这事来了,不得不硬着头皮上。

我联系上小斐。小斐说月月不理她,不回复任何信息,不接电话,她也道歉了,说手上被别的项目耽误了,月月还是不理。我耐心地听小斐絮絮叨叨地说完,才告诉她月月想解约的事。

一提到解约,小斐也有了情绪,加上之前月月的不理不睬,还通过我来传话,有些愤怒,说月月为啥不自己过来跟她说,她们也能直接谈啊,这中间传来传去算怎么一回事。

是啊！这都什么事？我夹在中间算怎么一回事？月月不会体谅到这一点，我不能明确地告诉小斐说月月生气了，不愿意再搭理她，这不是火上浇油吗？我只能找个由头帮着往回圆，说月月近期家里用钱紧张，急等项目变现，所以才会催着往前赶，加上近期情绪波动大，所以态度有些不好，希望小斐能理解。

提到解约，小斐明确表态了，说不能解约，才签了不到三个月，至少得一年后，协议里明确要求的。

啊！我一听头都大了，没注意合同里还有这样一条约定。当时签合同，没想过要解约的事，想着后面那些解约条款都是约定俗成，还没到那个份上，条款认真看过，但没放在心里。

我把情况反馈给月月，她又气炸了，开始怪我。

我帮忙看过合同，里面的条款我也认得，可她自己也看了，都是能够为自己的行为负责任的成年人，为啥把责任都推到我的头上？唉，有时候不经事看不出朋友的另一面，平时相处的时候你好我好大家好，只有遇到了事，才能看出对方的任性、自私和歇斯底里的一面。

我委屈啊，我还不能说，我跟谁说去？跟小斐说？她会说月月还过分了呢。跟月月说？别说这些没用的，你赶紧去找小斐解约。跟不相干的人说？都懒得说了，被这事折磨的，难道我要像祥林嫂，还得有条有理从头到尾陈述一遍，见一个说一个？这事磨得我着急上火，碰都不愿意再碰，哪怕想想，都怕呛一鼻子灰。

要说我的错，我有错，我错就错在自己作为一个牵线人，用自己的一诺千金把自己困住了，一句承诺就是一道沉重的枷锁。我当初答应了的事，就得有一个交代，而且月月是这么想的，也是这么认为的，理所应当，理直气壮。

帮助人这件事，没错。

牵线搭桥这件事,没错。

她们俩都是那样的人,谁也改变不了谁,没错。

错的是我。

3

于是,我第二次把小斐约了出来,聊到最后,小斐眼红了,说道:"你们俩怎么不替我考虑考虑,怎么不理解理解我啊?"

软磨硬泡,小斐好不容易退了一步,提议把月月约出来,我们仨见面聊聊。

我再跟月月反馈这一请求,她拒绝了,态度坚决:不管什么,就是要解约!又一轮的车轱辘话来回说,怪小斐不作为还想继续霸着合同不解约,怪我作为专业人士没把好关,连解约条款的限制都没看出来,也不提醒她!

她依然绝口不提,自己也看了合同,也认可了,作为一个能对自己行为负责任的人,没有任何人强迫她,是她高高兴兴地在合同上签了字。早知如此,何必当初呢!

这事僵持着,最后只剩下我跟月月拉锯:月月不再愿意联系小斐,竟然到了反感的程度,仿佛对方犯下了不可饶恕的罪过;小斐见月月没有任何回复,懒得寻求和解,自然去忙别的项目了。

这事就成了我和月月的事。

从签完合同将近三个月后的首次矛盾爆发,到合同规定的一年后解约期限,在这九个多月的时间里,每次见面,月月都要拿出这事恶心一下我,来回折腾,我的情绪从一开始的愤怒、委屈、不满,到疲软、漠然、心灰意冷,到最后就如死灰吹不起,就等着盼着一年的时间期约到了，赶紧让她们解约。

再也不想见到这个人那张脸。

算我错了，总行了吧?!

4

一年期满，这一天终于到了！

我期待着重见天日一样的解脱，结果联系小斐，被一盆冷水兜头浇下：她最近刚刚辞职，这个项目已交接给领导小朱总，其中内情已详细告知，让我直接过去就行。

她走了，咋不提前说一声？怕我拦着走不成？因为还未完成解约，怕后续解约程序复杂扯皮，牵扯进来走不了，耽误她去下一家单位上班吗？也怕挨月月说吗？都走了，已经得罪过的人，以后不会来往、不会合作了，还怕啥？可能也怕不好跟我交代吧，不知道怎么说，拖一天是一天，等着我主动找上门，再告诉实情。

没办法，我只能硬着头皮去见小朱总。见了面，小朱总热情地寒暄一套，说："公司很重视这个项目，还可以努力一把，等着市场行情好一点再说，建议暂时先不解约。要不我们约个时间，直接跟月月见见面？"

他都这么说了，我做不了主，只有转达。

离开时，在楼下意外碰见以前的同事，小姑娘也在小朱总的公司上班。一闲聊，还扯出一团乱麻：小斐辞职前，想挖公司的资源，偷偷找一些部门要了项目资料备份，还私下跟客户表达了后续合作的意愿。这事有一点不光彩，单位领导没怎么说她，我只能假装不知道这个事，不好怎么评价。

小朱总说要见面的事，月月倒是答应了。

我也如实说了小斐这点不光彩的经历。原本还犹豫要不要说，毕竟是拿不上台面的事，后来想到只要是跟项目有关的人和事，还是应该让月月知道，让她在做判断和决策时，考量到这些影响因素，我保证她的知情权，至于她怎么看待，怎么处理，都是她自己的事。

我怕了，就怕到时候她又说这么大的事，你都不告诉我，想坑我，还是故意报复我？

没想到月月是一脸的嘲讽："你看你交的什么朋友？！"

什么什么朋友？就因为小斐拖着没推项目，别人的这么一点不光彩，就成了你面前的铁证如山，被压着翻不了身了呗，所以她就是这样的人？什么样的人跟什么样的人交朋友，小斐不行说明我也不靠谱，说到底我没给你合同把好关呗……我越想越生气，阴着脸说了一句："是啊，我交友不慎，也交到了你这样的朋友！"

我当时脸上的表情，一定吓住了月月，可能从来没见过我这么生气，她也意识到自己说错话了，没再吭声，也没道歉。哪怕错了，嘴上也不会承认，要是知道道歉，那她就不是月月了。

5

我们仨约在月月的单位见面。我和小朱总先到大门口会合，给月月打了个电话，她下楼来接我们进了大院，在一楼刷卡通过后，带我们上了电梯，然后将我们引到他们单位的大会议室。

我最后一次作为中间人，给当事双方做了简单介绍后，轮到小朱总开始说。还是常规的套路，说到公司的发展，说到对这个项目的看重，虽然约定一年期满，但还是想继续合作到合同期满，巴儿巴儿地说了一堆。

哦，忘了说明一点，虽然他人称小朱总，可实际年龄比我小了十几岁，有时候听着他这一套话术，感觉就像一个小学生在两个初中生面前煞有介事地表演，出于社交礼仪，还不能叫停，继续直至结束。

他说他的，我们俩听着。

月月呢，这时倒心平气和了，简单提了跟小斐打交道的经历就翻篇了，说继续履约的事会再考虑。整个气氛还算轻松吧。看得出，月月的心情还不错，话术还是那一套话术，可能级别不一样，感觉受重视的程度不一样，对方公司的领导还主动上门来拜访她，亲自出面为下属的失职道歉，所以，月月的气顺了吧？

在这一年里，难道小斐就从来没跟小朱总汇报过，关于月月的不满、月月的愤怒，到现在上门拜访了才知道，才开始道歉？在等着的这一年里，没再听到关于这个项目的任何进度，还指望着一年之后再去用力推？小朱总他们还是舍不得，或者不愿放过这个捡漏的机会吧，只要项目授权还在手里，还有万一成了的概率和希望吧……

这些的这些，月月没想过，还是想不到？选择性失聪？

人啦，人心啦，人性啦，真是微妙极了。

在我面前，月月是不依不饶、歇斯底里、要死要活，这事还没完没了了，一旦见了小朱总，感觉已将所有的不愉快抛诸脑后。最后，他们俩相互交换了联系方式，就差起身紧握双手面向镜头。

终于算是交棒了，后面再怎样发展，任他洪水滔天，我都不管了。

走出大门的那一瞬间，我突然有一种放下后的虚脱和无力。

后来再见面，月月主动说起这个项目，还是继续履约。

小朱总时不时问候一句，说不清道不明，有时还管月月叫一声

"小美女",说到这,月月的脸上露出一种一切尽在我掌握的笃定表情。看着明明就很大只(很壮硕)的她,还是喜欢被比自己还小的男人叫着"小美女",我微微一笑,不予置评。

这次解约事件,并非一根我俩日后合伙破裂的导火索。

可作为私交,友尽,彻底耗干了我对一个朋友的耐心。

06 给熊二画上一个句号

恨铁不成钢

1

时不时，我和丁丁都要约出来坐坐，聊聊天。

要么我约他，要么他约我。相识十七年有余，两个老友约定俗成的习惯。

我俩差不多同龄，还是同行，志同道合能聊到一块儿，相互欣赏，这么多年还保持着联系，在一个陌生的城市里，能聊得来的人不多，彼此都很珍惜这份友谊。

由于项目合作的需要，我曾把月月介绍给他认识，他也知道我后来跟月月合伙关系走向破裂。迫于现实，我不得不重新找一份工作，十年后再次回到鲍哥的公司上班。

大家的发展都不是很顺利，闲下来了，见面的机会就更多。

丁丁在家待了一年，折腾创业的事，最后还是没结果：曾经的合作伙伴积极热情，拥有一起干的美好愿望，最后一合计发现两人不适合做公司；还有人考虑要投资，吹嘘有各种资源，丁丁眼巴巴地盼着，梗着脖子等，望穿秋水了，都没看到有一个能落地的项目；还有远在深圳的大学同学，帮忙拉一些老板投资，因各种不确定性，而变得遥遥无期。

一年到头了，还是得找地方上班。

来这家公司上班，丁丁还是冲着同事老王在这边，先安身立命待一段时间，有合适的机会再做打算。没想到这一待，一年两年一晃就过去了。

年前聚餐，听他说签了一个大项目，坐等发布会官宣。结果赶上新的形势，项目发布会没有如期举行，拖到了现在，半年了吧。估计丁丁也够郁闷的。

第二次约，是丁丁主动问起我的近况，说找个时间见见。他最近刚回老家，请了一周的假，我猜可能有事找我吐槽。约好时间，临出门前，他打电话说大老板临时带他出去谈项目，改约下周。

到了下周，一直忙到周三上午，我还想着见面的事。一周已过去了三天，周五下班高峰人多车堵，只能约周四，刚动了这个念头，丁丁主动问我今天有空吗，他下午没啥事，直接过去找他就行。

他们公司在东直门的万国城附近。

我还以为像上次一样，直接在公司的小会议室坐坐，就在进门左手边不远处。丁丁却带着我去了同楼层的一个露天咖啡厅，找了一安静无人的座位。

他先去了一趟卫生间，回来后又说换个座位。我还以为他的椅子不舒服呢。换了新地方重新安顿好，他才偷偷地告诉我，那边附近坐着他的同事，就是拿着笔记本电脑办公的长发女孩，说完一脸庆幸地窃笑。

扯闲篇怕同事听见不好，所以丁丁才没带我去公司的小会议室。

长发女孩也是奇怪，单位环境不错，怎么还跑到咖啡厅里办公，为了图清净，还是觉得这里更有情调？

没想明白。

2

又好久没见了,我俩就着茶,有点恶作剧地碰了一个杯,碰完就笑了,为即将开始的吐槽,为彼此都懂的一点默契。

丁丁开始吐槽大老板对公司的一些管理。

怕项目负责人带走资源,为防止跟项目合作方有私下联络,公司守得死死的,比如逢年过节给合作方送礼,都由公关部统一安排,而公关部的主管就是大老板的人,表侄儿之类的亲戚,这样严防死守,哪怕项目负责人辞职,项目和资源还是留在公司,也只认公司的好。

而公司的考核制度迟迟不出台,有各种特例,年中年底一直都在讨论,最后都是不了了之,到了第二年的年初,又拿出考核的议题再次上会讨论。年年如此。

"你知道吗?"

丁丁突然压低了声音,说刚刚那个长发女孩分到一个大项目,要是按照常规的考核标准,一年轻轻松松完成任务指标。可丁丁这边分到的项目呢,大部分都是鸡零狗碎,有大老板塞过来的为了还人情的项目,有不得不硬着头皮做的面子工程,有赔钱赚吆喝的所谓品牌项目,都不是丁丁想要做的项目,反而牵扯耗费不少精力,按照常规考核标准根本完不成任务,要是按照项目利润算还可以,可又得考虑平衡大家的利益。长发女孩的大项目虽然成规模,可利润屈指可数……公司各种特例太多,导致这些事都不好统一标准考核。

丁丁粗略给公司算了一笔账:大老板跟投资人签了对赌协议,急于出成绩,最近签的一些大项目都亏钱了,这个项目上千万元,那个项目几百万元,几个项目算下来都是千万元的投入,连个泡都不冒,市场行情不好,肉眼可见的亏损。其中有一个项目算是挣了一点钱,拆东墙补西墙,杯水车薪,也不够堵窟窿。

公司总部在上海，大老板在上海待一周，再回北京分公司待一周，两个城市来回跑。大老板现任老婆生活在北京，不希望大老板老跑上海，跟那边的前妻、孩子走得近，让他把上海总公司撤了，重心慢慢撤回北京。原来跟着他一起打拼创业的元老，在上海都拖家带口的，没法连根拔起。

所以，大老板得平衡两家公司的关系，就如在现任老婆和前妻之间走钢丝。

3

慢慢地，这种平衡的涟漪也波及了丁丁：他在北京跟着老王，被上海总公司的人各种打压。

这种事说不清楚，丁丁通过老王进了北京分公司，归属老王的部门，自然而然站在了这方阵营，非此即彼，难道能说我是无辜的第三方吗？最难受的不是上海总公司的折腾，这个避免不了，而是老王作为北京分公司的负责人，尽出一些昏着，让人又窝火又憋屈，还没法找他算账。

首次过招，就是一个项目合同的解约。

这是丁丁谈成的项目，合同流程走到了总公司。上海那边的人就拿项目预付款说事，各种刁难，反正最后搅黄了，哪怕解约还得按照合同约定支付一笔违约金。看在丁丁忙前忙后的分上，合作方没再计较，倒是跟丁丁说了一句实话：原来上海总公司的人也想签这个项目，没承想不知情的丁丁下手快，惹来了这一波骚操作。合作方算是长了见识，最后也没跟上海总公司的人合作。

大老板才不管这些，只要归属我，项目谁签都行，无形中成了变相鼓励。毕竟大家都有业绩考核的压力，无论下属还是领导，避免不了内耗。或者这是大老板的一种平衡手段，也未可知。

项目黄了，最后的处罚结果是：老王作为北京分公司的主管自罚1万元，连带捎上丁丁，他作为项目负责人也被罚了5000元。上海总公司那边，毫厘无损。

丁丁很生气。

"老王没想明白一点，打压我就是打压他自己，他们把我作为老王的排头兵来杀威风，我原本无辜，就因为跟老王有关系，自然而然被看作老王的派系。杀鸡儆猴，猴还在旁边傻呵呵地看着呢。

"再说了，这事被搅黄了跟我没关系，不需要我来承担这个责任，因为合同上面高层都签字同意了，而且在解约的过程中，我努力斡旋，免掉了违约金，也算是为公司减少了损失，怎么还罚我的钱呢？

"而被罚钱这个事，老王也没提前跟我说一声，等到公司公告了才告诉我，更别说提前商量罚多少的具体金额，自作主张给我定了5000元。老王处理事情的手段不高明，情商低。这个事的处理，我能理解他左右为难，实在无奈，被上海总公司的那帮人逼到墙角了，可以处罚我的连带责任，也可以定5000元的额度，但他得私下里提前跟我说一声啊，我俩是一个团队。他要是会做人，可以跟我说，'这5000元你先交公司，我私下再转给你，替你出了'，不能让我出力不讨好，还寒心。

"以后谁替他干活啊?!

"这个事也就算了，我没说他啥。"丁丁叹了口气。

接着，发生了一件更晦气的事。

有一家同行在网上发微博，说丁丁刚上线的一个项目设计涉嫌抄袭他们的创意，并艾特（字符@的音译，表示被提醒的用户）了公司官微。当时，公司正在招商引资，上海总公司公关部的人害怕影响不好，关键时刻不能出一点差错，这个能够理解，有人想借着这个机会碰瓷，讹诈一笔也很正常，花钱消灾嘛，大家都明白这个道理。

"×！"丁丁忍不住骂了一句，"你知道他们怎么处理的吗？"

当时那家同行发的那条微博，显示才十几个人看到，结果公司的官微立马跟进，并在评论下面立即回复——这下好了，本来不是事的也是事了，本来还没机会的这会儿逮着机会了，本来不想讹钱的也要讹了。

对方捅出这事的时间正好是周五，公司当然需要及时跟进，密切关注，非常有这个必要，静观其变，晾上一个周末后，要是没啥转发和评论，这事就算沉下去了，不了了之。公司重视归重视，但先不要跟对方接触，不管是电话、邮件，还是微博评论回复或私信联系，一旦接触就落了口实。

不接触，可以推说这事还不知道。哪怕知道了，假装不知情，私底下有足够的时间来缓冲，运筹帷幄，想各种对策。一旦接触了，那一瞬间，相当于给这事的处理设计了倒计时，把自己放在热锅上烤，一下子变得被动。

最主要的是，还没等找到当事方北京分公司这边了解情况，上海总公司公关部就仓促给出态度，给出对项目负责人的处理意见，原因只有一个——这是北京分公司的事，这是老王手下负责的项目，这可逮着了机会，收拾一顿，名正言顺，冠冕堂皇。

看到上海总公司的处理意见，丁丁当时就火了，冲到老王的办公室拍桌子。

"第一，逮住了这事来说事，打压我就是在打压你老王，第二次这么明显了，难道你还看不出来？

"第二，这事的处理程序有问题，不了解情况就跟对方接触，不问青红皂白就给出处理意见，说一句诛心的话，这是蠢不可及，还是在公报私仇?

"第三,事情的真相是,这个项目设计不算抄袭。我们的项目开始的时间比对方要早,即对方的项目方案出来之前,我们已经在做这个设计,到最后定稿上市,前后花了两三个月的时间,如果是抄袭,我们还有必要花这么长的时间吗?设计方案不同阶段的进度都有文件资料存档,都有时间记录可以证明这一切。再说了,大家对设计思路的理解大同小异,他们能想到的,我们也能想到。

"第四,对我和项目助理的处罚意见,坚决不能接受。一旦接受了,就说明这个事错在我们,不是罚多罚少的问题,而是以后在这个行业里怎么混。一旦承认了,这就是职业生涯中的一个污点,无论如何都抹不掉,更何况这事我们本来就没有错。

"第五,这事的处理既成事实,骑虎难下,能否适当挽回?上海总公司已经认错赔钱,在招商引资的关键时期,为了不出一点差错,哪怕明知道对方是碰瓷讹钱,公司也只能自认倒霉。因为前面的问责程序出了问题,一步错步步被动,导致后面无法挽回,包括对我俩的处罚意见已经形成并下达,并发公司全员邮件。当然,我们知道无法撤销,朝令夕改,等于打了大老板的脸,但我俩要求在稍后的合适时机,再以公司的名义发一个详情说明的内部通报,在保护公司颜面的同时,也请不要伤了我们的心,这是我们的底线,不能退让。以后再遇到这样的情况,还这样处理,岂不是让大家寒心,人人自危?

"第六,这事上会讨论前,老王你身为我们的直属领导,为啥不找我们两个当事人了解情况?在形成决议之前,为啥不帮我们积极争取?这么长时间过去了,非得等到我冲到办公室当面质问才能聊?上次罚5000元,过去了也就过去了,我也没说啥,顾全你作为北京分公司负责人的脸面。这次这个事肯定不行,是我的原则性问题,别说我不尊重领导的权威,处理不好,连朋友的情义也顾不得。

"……"

一番分析,一通建议,最后的善后处理,心虚理亏的老王完全按照丁丁的意见来。走出老王办公室的那一刻,丁丁真心觉得累啊,这个人没有一点办公室政治的基本觉悟,真让人绝望。

当着我的面,丁丁哀号了一句:"猪一样的队友!"

4

老王处理事情的脑回路,常常让丁丁很无语。

比如说招人,有一个资历很深的女孩来面试。她先是通过前领导推荐,将简历递给了上海总公司的部门主管那边,然后部门主管又推荐给了北京分公司的老王。这女孩自认从业经验丰富,加上有各路领导鼎力推荐,来找老王聊的时候,期望自然不一样。老王聊完后,觉得不合适,把这女孩塞给丁丁,还明确说了他觉得她不合适。

"×!"丁丁忍不住骂了一句。

"你觉得不行就直接说不要,为啥还要硬塞给我?再说,上海总公司推荐的人,也可以跟那边实话实说,都这个时候了,反而这个事要顾全上海总公司的面子,瞻前顾后,畏首畏尾,有这个必要吗?你说你作为北京分公司的老总,级别比上海总公司的部门主管高,还要看他的面子吗?"

丁丁没办法,这个事只能接了,这样的人也只能先收了。

上班第一周,这女孩就请假,说眼睛要做个微创手术,要请假两周,那就去吧,这样的事拦不住。等休假回来,这女孩开始报项目,问丁丁项目上报的流程,丁丁以过来人的身份好心给她提建议:先熟悉公司的项目情况,了解一段时间后,再有针对性地提报,你目前报的这些项目，可能还不适合公司的规划，而且前期的项目论证要花很长的时间，等提交上会讨论，大老板比较毒舌，经常把一些项目批得一无是处，到时反而做了无用功，建议先不要报。

女孩以为丁丁打压她，第二天就去找老王，毫不脸红地说想直接上报给大老板。正常的项目审批流程是她先上报给丁丁，再报给老王，最后报给大老板。好家伙，她直接翻墙，越了两级，连老王也不放在眼里。

等到老王找他核实情况，丁丁才知道这女孩打了小报告。

丁丁跟老王商量处理结果，觉得这女孩今天可以在老王面前打丁丁的小报告，明天就敢在大老板面前打老王的小报告，还有她无论做事的能力，还是做人的态度都比较差劲，干脆辞退吧。

达成共识后，有了上一次抄袭事件的教训，丁丁一再叮嘱老王，这女孩很有可能会去找上海那边的人，无论她怎么折腾，你都要咬牙坚持辞退她，别到时立场不坚定，弄得大家灰头土脸的。

老王答应了。

于是，丁丁直接找了这女孩，没做任何思想工作，也没别的废话，直接说觉得她不合适，让她走人，并强调了"这是公司的决定"。

女孩没找丁丁闹啥，后面的事态发展果然如丁丁预料的那样：女孩先找到上海总公司那个部门主管，部门主管仗着自己是总部的人，自认跟总公司老总的关系还不错，找到老王的时候还有点兴师问罪的劲头，由此可见，上海总公司平时是如何霸凌北京分公司的人，就像亲生仔欺负私生子。

这次，老王咬牙坚持住了，值得表扬。

最后，这女孩还是灰溜溜地离开了，主动找了丁丁办理交接手续，可能也想明白了，责任不在丁丁身上，临走前还说了一句"谢谢"。

后来，听说女孩很快去了另一家大公司。

5

你要是认为老王会吸取教训,这话说得有点早。

丁丁有点恨铁不成钢,又给我讲了一个招人的事。

一个小女孩过来面试,正常投递简历,北京分公司的人事筛选,她没有通过。戏剧性的是,她离职的上一家单位,就是前面那女孩刚去的"另一家大公司",只能说这个世界不大,圈子太小。

小女孩不死心,她通过公司网站公布的官方邮箱,直接给大老板写了一封邮件,大意是诉说对这个公司的敬仰,对大老板的崇拜,还有期待在这里展望未来之类的。具体还写了啥,大家都不知道,反正最后的结果是,大老板让她来北京分公司上班。

老王面试了小女孩,觉得她不行,然后将小女孩安排给了丁丁,还说"我觉得她不行"。

"又说人不行,又硬塞给我,我真是服了。"丁丁愤愤不平。

最让丁丁窝火的是,老王没告诉他一点,这是大老板直接让她过来上班的。"放在了我的部门,我确实也没上心管过,反正还有试用期,到时不行,再说也不迟。老王没提醒这是大老板塞过来的人,不知是忘了,还是故意为之,可能因为前面几次我跟他急了吧。"

试用期考核结束,丁丁建议不转正,老王也是这个意见。结果小女孩申请调到别的部门,还转正了,"不知这是大老板的意思,还是别的原因考虑",老王嘀咕了一句。

这时,丁丁才知道这中间的一段插曲。

"史上最坑,不是这里挖坑,就是在前面的不远处等着,雷打不动,跑都跑不掉。"丁丁自嘲了一句,无力地摇摇头,"我都习惯了。"

今年年底,整个北京分公司都没发年终奖金,没有过节的礼物,没有多发一个月的工资,什么象征性的东西都没有。最后,老王像良心发现了似的，偷偷把丁丁叫到办公室，说自己的权限能够给三个人发一笔钱，丁丁是其中一个，给了1万元现金，就当是奖励吧。

聊胜于无。丁丁自我安慰，就当是5000元罚款的退一补一，至于其他两个人是谁，又给了多少钱，没必要问，老王也没说。

老王还一再嘱咐丁丁，这个事千万不要说出去，你知我知就行。

6

就这样，一年两年，很快过去了。

北京分公司还是老王当着总负责人，只不过从全面运营管理调整为只管具体业务。另外，挖了一个副总过来，善于拉关系搞经营，他是上海总公司那边安排过来的，自然而然算他们队伍的人。两个公司的现状，对老王来说也算是一种保护，他没有这个能力斗。得过且过，也是生存之道。

丁丁自己呢，无派无系，现在也佛系了。

连大老板都夸丁丁无欲无求，境界很高。有时候，他还当着老王的面夸丁丁，说他能力不仅比老王强，而且在很多方面都做得不错，让他先干着吧，等以后看机会合适再提拔之类的。不知老王听了这话怎么想。丁丁甚至都怀疑，会不会是大老板故意为之，离间他俩的关系，避免底下人抱团。

这次，丁丁休了一周的年假，说回老家看看父母，老人的身体确实不好。大老板不相信，以为是丁丁准备辞职的前奏，所以上周赶紧带着他去见合作方，塞了一个大项目拴住他。

无奈，心如死灰，去意已决。

一个非君子，三个老同事

1

鲍哥公司是一个有故事的地方，也时刻发生着故事。

只是没想到，此时此刻我就身在其中，并成为故事的一分子。

当我看到皮皮的那一瞬间，两个人一对视，相互都愣了一下，估计谁也没想到会在这里遇见对方，世界真小，圈子更小。可能皮皮只是来这边谈项目合作的吧，这不看他们几个正在会议室讨论呢。我俩没来得及打一声招呼，作为新入职的老员工，我继续随着人事小姑娘拜访各个部门的主管，走一圈再说。

上一次见到皮皮，是在一家咖啡厅。

再上一次见他，是在胡总那里。

第一次见到皮皮，是胡总引见的，他说新找了一个主管业务的副总，大家多多交流。彼此都作为新面孔，就这样认识了。皮皮说曾在鸡哥那里干了八年，自从离开鸡哥那边，我很少关注他们的动态，也是第一次听皮皮说起那边的近况。

皮皮是资深业务出身，现在转到胡总这里做副手，我瞬间明白是怎么回事——胡总挖不动我，顿时掉转枪头，把他挖了过来。

2

说来话长，我跟胡总之前也不认识，因为项目才产生了交集。

我在德哥那边做了一个大项目，有投资方比较感兴趣，特意委托胡总打听这个大项目的后续合作。胡总让女助理去办这个事，女助理找到了原来单位的老同事，老同事跟德哥这边的一个部门主管日常有往来，就这样要到了我的联系方式，于是，我跟胡总的女助理联系上了。

女助理开车带着胡总跑了大半个城区，特意来公司谈项目合作事宜。第一次跟胡总见面，本着坦诚互信的原则，我详细讲述了操控大项目的前后过程，最后因德哥要价太高没谈成，我还觉得挺遗憾的。

没想到，胡总看中我了。

被人认可总是开心的，不管是否考虑去，胡总约我过去聊聊，我都没拒绝。见面聊了两次，我觉得他那边不一定适合我。

其一，胡总不懂这方面的业务，隔行如隔山。他看着大家做项目都挣钱了，也想从活多钱少人累的下游跻身到上游来分一杯羹。公司的掌舵人要是不懂业务，做成这个事就很难，别人拿出好的项目，他无法评判，光拍脑袋来决定，而且又无法放权和信任别人，放心交给职业经理人来做。初次的见面沟通，光是胡总的一个理念，我可能就无法认同，并执行到位——他看一切皆是项目，一切皆能开发，这怎么可能啊？

其二，胡总野心很大，还想投资搭建渠道，却一点都不了解这里面水深着呢，周期长，投入大，见效慢，必须得有强有力的资金支持，他不是大集团，没有资本的大投入，想着快进快出挣快钱，还真不能成事。

其三，胡总具体说到了正在引进的一个项目，我一听介绍，就觉得他对这个项目的市场预判、风险评估就很成问题。而且胡总盲目乐观，还考虑大规模地投入，这会牵扯大量的人力物力和时间成本，最后公司的定位还仅仅是做中间商，市场话语权受限制，偏离了做项目开发的初衷。就目前来说，哪怕做中间商，同质化竞争也很严重，没有核心竞争力，在链条上被替代的可能性非常大。

其四，他这边跟合作平台的对接都不紧密，或者说很脆弱。比如说，公司的一个副总对接一家平台多年，仅仅因为项目负责人辞职了，他们就对接不上平台的其他合作部门，项目负责人属于基层员工，没有话语权，离职了不管不顾，没有对接好后续的事宜，没想过给他们引见，所谓多年的人脉经营，意义何在？价值何在？我对这个副总的眼光和能力都表示严重怀疑，当然，我只是在心里嘀咕，没当面跟胡总戳穿这一点。听说我跟这家平台的领导有业务往来，胡总拜托我牵线搭桥，我找了一个机会，直接带着他的副总过去，才又重续前缘。

其五，要是跟着胡总干，会不会坑了我，以及信任我的小伙伴们。来了新公司，自然得要倾尽全力，不为别的，只想做点事情，当然不会像愣头小子冲动到因为胡总的赏识就卖命。士为知己者死，不至于到这种程度，他能赏识我，是因为我的能力足够匹配得上他的赏识，不是赏赐，不是恩赐，是平等的双向选择，于我、于他都是如此。至于最终能否走到一起，得看双方是否能达到做成事情的一些条件，而不仅仅是凭借赏识，不吃不喝就能办成事。

我过来了，要是最后这事没干成，我得有这个心理准备，也有承担这一切的能力，坑了我倒不怕，我能爬起来，关键是信任我、跟随我的小伙伴们，把他们坑了可无法交代。我要是倾尽全力，自然会把自己的人脉和项目资源都签到胡总这边，最后事情不成了，我能一走了之，这些项目不一定能走，到时候可得要辜负小伙伴们的信任，坑了他们，以后还怎么合作，还怎么在这个行业继续立足？

我不想做绝户，不想杀鸡取卵，还想着做点事，力争一席之地。

3

看着这样诱人的机遇，我不是第一次碰到。

一家老牌公司想要跨界做项目，他们通过老同事找到我，想让我给他们培训怎么做项目，我还认真做了准备，讲了两个多小时，反响不错，结束后负责接待的小姑娘给了我一个厚厚的大红包。

我还以为这事就结束了。没想到第二天，他们的老总约我聊，开出高薪让我过去，原来醉翁之意不在酒，培训只是幌子，印证我的实力，顺带看看大家对我的反馈效果，主要目的还是挖人。

我慎重考虑一番，最后还是没去。

他们原有的市场渠道不支持做项目，那边没有一个懂业务的人，对上层来说，没法给我支持和决策方面的好意见；对基层员工来说，大家都是白纸一张，带人也是一件特别累的事。我明白一点，要是过去，老总肯定要求立竿见影，可渠道和人员都限制了，要想快速出成绩，可以努力，但是比较困难。另外，外出谈项目，客户还得看平台之前的成功案例，如果是一家新公司，哪怕再老牌的品牌，没有经验，没有业绩，也没人敢签，怕掉坑里。

我呢，同样顾虑要是把资源和客户弄过来，以后不管是引咎辞职，还是被踢走，都是坑了他们，不好交代。最后这么一盘算，开辟渠道做项目的事没成，这边的老总会说是我的能力问题，他们只关心结果，好或坏，成或不成，不会考量过程和方方面面的原因，所以，哪怕给的条件再丰厚，我不会去，也不敢去。

而胡总呢，第三次力邀，我借口手上正在做的项目没结束，就婉拒了。这是实情。要是我特别想过去，胡总的公司也是一个有前景的去处，哪怕项目没完工，我肯定能走，也能想到办法走，包括如何处理没完工的项目。

当年5月份，我跟胡总第一次见面，他希望我一个月后就能到岗，我婉拒了，说手上项目要10月份才能结束。他等不起，接着在6月份找到了皮皮，后来核对时间，皮皮说自己7月份过去入职。等到第二年的1月份，我出来创业，3月份带着月月拜访胡总，寻求新的合作机会，没承想顺道认识了皮皮。

当时我俩私下嘀咕，皮皮在这里做不长。

等到8月份，我再问起皮皮，他说辞职了，正和几个朋友一起做项目呢。

正好，我有点事找他，于是就约了9月份见面。

4

我和皮皮约在东大桥地铁口附近的咖啡店。

我提前到了，看见店门口一人有点像他，但又不敢确认，可能第一次见面交流不多，印象不深，加上半年多没见面。我呢，形象大变，留了长发和满嘴胡子，他愣是没认出来。

就在门口，我俩相互还打量了一眼。

我发信息说到了，没看到他。他说他是穿啥衣服来的，一描述，这不就是刚刚站在门口的他吗？这样，我俩才算正式相认，就像地下党接头。

自然而然，我俩先聊到了胡总。

说到为啥从胡总那里离职，皮皮觉得做不成事，胡总不懂这个，还说一切皆可开发项目之类的话，我俩相视一笑，看来这样的论调，胡总逢人必说。

皮皮说起这中间的过程，也有些无奈："胡总让我过去，也是许诺了一堆，包括股份之类的事，而底下人没有懂这行的，做起事来力不从心，心力交瘁，我就提了辞职。胡总挽留过我两次，最后一次他还是从自己家里开车到我家，大周末的跑了几十公里，我当时就不好意思说走了。我理解胡总一时招不到合适的人，不忍心拒绝他，拖拖拉拉搞了很久，才算从胡总那里脱身。"

我说了胡总曾找过我，他一愣："胡总没跟我说，那你当初怎么没去？怎么没劝我不要去啊？"

我列出一二三四五，巴儿巴儿地说了一大堆考虑，包括对胡总那个正在做的引进项目的判断。皮皮说这个项目后来难产，现在还在为归属纠缠不清呢。

我说那天一看到你在那边，就知道胡总找到了替代我的人选，肯定不能坏了他的好事，好不容易才找到你。另外，我俩刚认识没多久，一上来就交浅言深，你不一定信我的话呢，还以为我想坏你的好事。

说完了胡总，接着吐槽鸡哥。

第一次见面，碍着有胡总在，我俩不好吐槽前领导的事，这次终于能说个痛快。我聊起了浦兄那个项目打官司的前因后果，没想到，皮皮比我更惨，辛辛苦苦，该给的项目奖金一分没给，一年到头白干不说，还得替他受气。

皮皮也碰到了一个打官司的项目。

合作方是一个德高望重的老爷子，皮皮还是通过母校的老师找到了老爷子的亲生儿子，好不容易才签了合同。可能亲儿子没跟老爷子说,或者没说清,或者老爷子知情,临时又反悔了,说要起诉鸡哥的公司。

鸡哥不理这茬,让皮皮去顶雷,说这是他的项目。

没办法啊,皮皮说他太实在,只能硬着头皮上,私下去找对方协商撤诉。老爷子住在高档小区,打电话他不接,还不知道怎么才能进去。皮皮像只无头苍蝇,正在小区门口转悠呢。

好巧不巧,就像小说里写的,或者电影里演的那样,这时出来了一个阿姨,上前一问,正好就是老爷子家的保姆。皮皮说正要上门拜访老爷子,算是顺利进了小区大门,可也不能坑了好心的保姆,别让自己进了门,让保姆太难堪,他赶紧拜托保姆,提前用她的手机打电话征询意见。可能老爷子看皮皮这么大老远的,还专门抽时间跑过来,挺不容易,再说人都到楼下了,也想着给自己找一个台阶下,所以才让皮皮进得门来。

见了面,老爷子不怒自威,先是大发脾气,将积攒已久的不满发泄一通。这些气话本来都应该说给鸡哥听的,都该鸡哥受着的,结果皮皮真像一孙子样,站在客厅里老老实实受着,训了半个多小时,愣是没让坐。

唉,皮皮说到这里长叹一声,脸色都暗了下去。可能在自己家里都没受过这气,爸妈或长辈都没舍得这样训他。

后来,老爷子气顺了,钱补偿到位了,也撤诉了,继续顺顺利利合作。

等到皮皮离开了,朦朦想找老爷子合作,他还引见她认识了老爷子的儿子,进一步达成了跟老爷子的深度合作。时不时,能看到朦朦在朋友圈发与父子俩的合影,一会儿叫"我的亲哥哥",一会儿称"可爱的爷爷",上下哄得妥妥帖帖。看来在哄人方面,男的不如女的,老的不如嫩的,呆如木鸡的不如甜言蜜语的。

第一次见面，我和皮皮还是陌生人。

第二次见面，当作一个同行看待。前有鸡哥，后有胡总，我俩曾在两个单位擦肩而过，不算同事也有同事的缘分。也因为彼此都在创业的摸索阶段，相互能有共同的语言，实属难得。

泛泛而谈，泛泛而交，我以为仅仅止步于此。

5

没想到，过了一年有余，不期而遇。

因为创业不顺，时隔十年，我再次回到了鲍哥的公司上班。办完入职手续，我跟着人事小姑娘例行拜访各部门主管，绕到会议室，意外地看到了皮皮。我当时心想，他可能是过来谈合作的吧，上次见面，他不是还在说和朋友合伙创业的事吗？

我俩相互微笑示意，算是打了一个招呼。

等我安顿好了，问起人事部的同事，才知道皮皮在这里上班，还当上了整个子公司的总经理。我呢，接手了另外一家子公司，大家都在同一个楼层办公，难怪刚刚遇见了。

不一会儿，皮皮找到了我的新办公室："哥，这么巧啊？"

"皮皮哥啊，你是故意的吧？"我打趣道。

我俩相视一笑，为人生何处不相逢，为抬头不见低头见，也为默契地都选择了上班，创业不易，生活不易，微微一笑，为相互间留一点体面。

我简单说了回来的情况，好奇他怎么找到了这边。

皮皮说是猎头公司找到了他，他开始不愿意过来，不想继续回到这个老行当里重复以前做腻了的事情，他也听说过这边公司的一些情况，口碑不好，更加抵触。

第一次见面，是跟公司负责人事行政工作的老田聊的，皮皮婉拒了。公司这边还不死心，第二次约了直接跟鲍哥聊，他也在犹豫。后来才知晓，敢情是没人愿意来这边，公司一时又找不到合适的人选，迫切希望他过来，总得有人干活，公司总不能停摆吧?! 于是，鲍哥第三次邀请他再来聊聊，皮皮有些磨不开面子，想到鲍哥再怎么说也是行业大佬，盛情难却，犹犹豫豫，还是来了。

就这样，我俩算接上头了。

没多久，鲍哥约了几个朋友聚餐，我和皮皮作陪。

酒至半酣，鲍哥一哥们把皮皮叫到跟前："鸡哥跟那个朦朦有一腿吧？"

虽然他压低了嗓门，但坐在旁边的我，隔了一个空桌位还能听到。那哥们稳坐钓鱼台，皮皮为表示尊重，单腿半跪在旁边，扶着椅背，凑到他耳边低声说了一句什么，而后那哥们满意地点点头。

事后，我也好奇皮皮是怎么回答对方的。

皮皮说："哪怕这个事是真的，我也不能确切地告诉他，这话不能从我嘴里传出去，毕竟我在鸡哥那里干了很长时间，背后说他不合适。我只告诉了他一句话——您问的那个事我不太清楚，我只知道，鸡哥曾经追过朦朦。"

"再说了，"皮皮接着补充一句，"我跟朦朦怎么说也是好哥们、好姐们呢。"

"既然关系这么好，你怎么不去朦朦的公司上班呢？"

皮皮说不想破坏现在的这种关系，在一起做事就会有各种各样的问题，容易激发矛盾，一旦解决不了，连朋友都做不成。

"皮皮哥，说点八卦啊。我姑妄言之，你姑妄听之。"

于是，就我听到的关于朦朦的一些事，全都告诉了他。我说："你可能并不了解你的姐们，这些过往，她不会主动跟你说，你也没想到吧。

"再说，她并非把你当真正的朋友看待。

"比如你提到的伺候那个所谓大腕，这本是一个很难打交道的主。"

朦朦眼巴巴地想着跟这个大腕合作，借他的名气提升公司品牌的知名度。当时，大腕应邀参加一个电视台的活动，作为公司邀请的重量级嘉宾，朦朦和合伙人都借口有别的事情要忙，走不开，想要皮皮过来帮一把。

皮皮磨不开面子，答应了。

一接触，皮皮悔断了肠子。提前约好的时间节点，千叮咛万嘱咐，大腕依然视而不见，听而不闻，千催万催，在后台化妆间不带动窝的，前面电视台主持人开始暖场，其他嘉宾全部到位，就差大腕一个。可这时，大腕还要简单做个面膜，一个大老爷们全套护理都得做完，说一会儿就结束，硬生生拖了半个小时，害得大家干坐着等。主持人的助理打爆了皮皮的电话，皮皮夹在中间，还要打电话紧着催大腕的小助理，催多了大腕不高兴，大腕的小助理还给皮皮脸色看，真的像一孙子伺候着一大一小两位爷……一场活动忙下来，比万米长跑还累。

这事结束后，皮皮向朦朦抱怨：你们都知道他不好搞，所以推给我呗。

朦朦只是笑笑，不接茬。

朦朦的公司跟大腕陆续合作了两个项目，好不容易哄着捧着，等到有第三个新项目了，大腕见没啥油水可捞，还倒贴着被朦朦他们揩油，不愿意再搭理。都是名利场上摸爬滚打过来的人，精明着呢。

"你看看你，"我提醒皮皮，"朦朦要是把你当成朋友，不会推你入坑。"

皮皮一琢磨：好像是啊，好姐们确实不地道。朦朦公司签的一些大项目，都是皮皮帮忙引荐，原先朦朦说要拉皮皮进来一起做，给一点原始股，每个月发点工资，碍于朋友面子，皮皮没要。朦朦没再坚持，也没再提起。

可惜，追悔莫及。

6

相处久了，我俩什么话都开始聊。

我毫不隐讳，奇怪他怎么来了鲍哥这边，怎么又做回老本行？

皮皮已往前走了一步，从老本行转到做项目开发，再退回原点，这可不止是退了一步：从项目开发退回老本行，本身退了一步，而之前从老本行努力转到做项目开发，因现在回到原点，前进的这一步撤销了，相当于后退了两步，原来所付出的努力全白费。

不远的将来，皮皮还得考虑重新转去做项目开发，这是行业的大趋势，也是他不得不面对的选择，又得重新起步，别说跟原来处在同一起跑线的同行相比，就是跟当初的自己相比，都已经落后了三步，所以来这里上班的这一步就不该走。

现在形势不好，鲍哥公司的业务在整个市场占比下滑厉害，同行再也看不到鲍哥的动静，都以为他的公司退出了这块领域。再说，鲍哥的心思不在这块业务上，忙着做项目开发。公司对外的口碑不好，招不到合适的人，没人就没有项目来源，没人也就没法做事。

这么一分析，皮皮觉得自己不该来了。

皮皮上班有一段时间了，感觉掣肘比较多，做不了事，做不成事。比如，这边管理人浮于事，鲍哥兼任总经理，皮皮是实际管事的常务副总，加上其他副总，所谓高层就有七个。这七个高层里，鲍哥算一个特例，非业务人员占了三个，实际做业务的也就三个。另外，部门主管有五个，算起来，所谓管理层就有十二个，而基层做事的普通员工还不到八个，人员缺口严重，却一直招不到合适的人。

这七个高层里，还有一个令皮皮不吐不快的副总老余。

老余在上一家公司做营销，执行项目的宣传推广。老同事小艾曾经跟老余在上一家公司共过事，有一次他过来拜访我，我例行礼节性地问了小艾一句："要不要跟老余见见，来都来了？"小艾一脸不屑，说知道他，共事的时候天天打交道，没啥能力，就是混日子的人，不见了。从我办公室走到老余办公室那边，不到五十步的距离，他都不愿意见，让我大跌眼镜。

皮皮刚来时，老余作为早到几个月的老同志有些不服管。老余被提拔为副总后，主管的营销部门也跟他一个德行，具体到项目宣传推广，底下人指挥不动，甚至皮皮找过去问了，营销部的人都还推脱，让他去找老余确认，再问，就说老余是这么要求部门的人的。

皮皮一提起老余就愤愤不平，这样的人只会溜须拍马，还被加薪提拔，我们这些踏踏实实做事的人，工资还是原地踏步，情何以堪啊？

后来，老余办砸了鲍哥交办的一件事，鲍哥才看清他的能力不行，又不愿意承认自己看走了眼，又心疼开出的高薪，没办法，大发雷霆，狠狠地骂走了老余。等到工作一交接，皮皮一梳理，发现老余分管的职责范围可有可无，可以说根本不需要安排一个人在这个岗位上，皮皮直接管理更有效。

老余走了，皮皮觉得终于可以干点事了，心里舒畅了没几天，才察觉出问题：以后坏了事，可就没人背锅了，不论鲍哥还是老田，出了问题直接找皮皮,这时才念起老余的好。

至少老余在,能帮皮皮顶雷吧。

7

说到老田,那可真是一言难尽,罄竹难书。

我和皮皮身在其中,深受其苦。

每个公司都有这样的人存在。只要是有人,只要做事,就会有这样的土壤,各个犄角旮旯里,就会有这样的人寄生其中,老板总有一些不愿意做的事,不愿意说的话,不愿意担的恶名,需要交给人去做。要是有人琢磨到这层了,积极主动达成了老板的目标,老板何乐而不为呢?当老板的,才不愿意逐字逐句、耳提面命地吩咐下面的人做这些事,显得自己太 low(低级)了。而需要这样手把手教的人也是笨蛋蠢蛋,自然做不好,后面排着队、等着做这些事的人多了去了。

对有能力的人来说,不屑一顾;对靠这个吃饭的人来说,他得加倍努力才能站稳脚跟。首先,来自有能力的同事带来的压力,同事有能力,自然轻松站稳脚跟,他没业务能力,靠巴结老板不得不更用心,唯有抱紧大腿这一条路;其次,同样是靠巴结老板吃饭的人,后面还有很多排队等着的,名额只有一个,只要他这里稍有纰漏,后面的人抓住机会,乘虚而入,他自然不愿也不想这样的事情发生。所以,能爬到老板身边这个位置的人,历经同行的内部进化,竞聘上岗,都是人精中的人精,外加老板考验和来自外界的其他压力锤炼,不要脸第一,无耻第一……你能想到的不良品行的特质,他都能稳拿第一。

而老田无疑是这样的人。

我最佩服他的是，大话、套话、废话、车轱辘话，来回说。每次一开会，鲍哥高瞻远瞩地指明方向，讲了几个要点，例行指名道姓让老田也说说，有时候鲍哥不点名，老田也会申请说两句，因为他是管着整个总公司的副总，由此可见，无论纵容也好，依赖也好，每次开会都避免不了这样的场面：鲍哥只说了十多分钟，老田能讲半个小时左右，围绕着鲍哥讲的核心，大谈特谈，唾沫四溅，口水话哇啦哇啦的，根本停不住，彰显着老板的伟大英明。鲍哥也不叫停，就在一旁听着，估计也很享受这样的彩虹屁时光。

有一次开会，鲍哥洋洋洒洒讲了一堆，我旁听做笔记。老田呢，轻车熟路打开了录音笔，光这一个细节，我不得不服，看来习惯成了自然，公司内部网站放了不少鲍哥讲话的文字稿，估计也是这么来的，鲍哥享用着呢，换作我是说一不二的老板，也喜欢天天被人这样捧着。

会议结束后，老田问我要会议记录，我整理成了言简意赅的要点。老田看了之后，皱着眉头说："这怎么能行呢？"

他亲自动手，把我几百字的要点洋洋洒洒地发挥成了长篇大论，并广而告之，发送到公司每一位员工的邮箱里，同时抄送一份给鲍哥。这一波操作，难怪老板们都喜欢。对习惯了做事思维的人来说，不屑一顾，这解决不了问题，干不了实事，直接把要点发给大家就行，有这个时间整理，还不如干点别的事，解决一点实际性的问题。

我们是琢磨做事的人，老田是琢磨人的人，伺候人。

这就是两者的差异。

当然，老田也有露怯的时候。有一次，鲍哥当着几个管理层讨论项目开发的思路，老田自然也在，少不了捧哏。提起鲍哥开发的最得意的项目，可能是外行不懂里面的门道，也可能没记清细节，老田一番话说下来,词不达意,磕磕巴巴,鲍哥在旁边都听不下去了,亲自下场补充,总算打了一个圆场。

看着老田的窘态,我都恨不得替他在地上挖个洞,自己钻进去。

不仅如此,老田还喜欢给大家开小灶,时不时找人谈谈心,指导指导业务。皮皮所在的子公司是老田重点关注的对象,只要在走廊上被老田碰见了,少不了一句"你来一下我的办公室",进去了,喝喝茶,抽抽烟,云里雾里说一通,没有一个小时根本出不来。

时间长了,好为人师的老田成了我们私下调侃的"教授"。

8

老田要只是话痨还可以忍受,最过分的是其卑鄙行径。

一天,皮皮主持召开部门例会,老田列席旁听。快结束时,老田说他最后再补充一点,巴儿巴儿地说了一堆,说完后,问大家还有啥问题没,底下没有一个人回应,包括皮皮都没帮着圆场,这可就摊上大事了!

虽然不在现场,但我能理解那种感受。本来开会到最后,大家都疲态尽显,恨不得早早散了,老田呢不懂业务,明眼人都能看出来,还非要在那里瞎说一通,又臭又长。另外,上下级之间固有的那种距离感,疏远了老田预期中的热烈互动,所以,问大家的反应,第一次没人回应,第二次还是没人回应。

皮皮呢,本来心底就抵触老田,要是其他领导,他还想着往回打打圆场,至少当时面子上过得去。他对老田例行应付,根本没上心,没把这当回事,也想着赶紧散了,就坡下驴,说大家没啥问题那就散会吧。

没想到，下午一上班，老田安排人通知开会，同样的会议室，同样的参会人员。除了老田，还有鲍哥也被请到了现场。

大家刚一进去都莫名其妙，连皮皮都是一头雾水。

直到鲍哥开始骂人，才知道老田打了小报告：……大家心里还有没有这个公司了？你们就是这么对待领导安排的任务的？平时工作都是这么做的？啊？……

不仅仅痛骂底下人，鲍哥最后把皮皮也结结实实骂了一顿：你到底怎么管理公司的，怎么管成这样，怎么允许这样的事发生？

等到鲍哥这一通发泄完，皮皮说他的脑袋瓜子都大了，到现在还嗡嗡的。

不知老田怎么在鲍哥面前添油加醋的，反正最后成功地说动了鲍哥，非得亲自跑一趟，亲自骂一顿狠的不可，蔑视老田如同蔑视鲍哥本尊。

时过境迁，跟我也毫无关系，我听了仍然愤愤不平：要是这样对我，立马撂挑子不干了！难道公司就鼓励这样告黑状的企业文化吗？动不动就打小报告，要不直接让老田来管理公司得了。我自觉能力不行，辞职总可以吧？……

老田耍嘴皮子上瘾，指手画脚也成了习惯。

听说，老田还曾插手皮皮的前任小庄的工作。小庄不堪其扰，忍无可忍，直接找鲍哥告了一状，可能鲍哥也觉得过分了，需要平衡了，把老田叫到自己家里狠狠地骂了一顿，简直狗血喷头。

大家欢呼雀跃了一段时间，老田也收敛了一段时间。

可是，老田自身内在的运行逻辑照样不会偏离轨道。不该自己管的事，他喜欢管，图口舌之快，显狐假虎威之威风，该他管的事呢，不管不顾。在他的逻辑里，或者就是要通过插手别人的事，来转移大家包括领导对他的注意力，你看我多忙，要管公司这么多事，所以连我自己的事都没时间干，为大家操碎了心。而鲍哥当着大家的面安排给老田的事，他转头就甩给别人，甩手掌柜的活干得贼溜。别人要是没干好，老田把自己摘得干干净净，反而成了别人的不是，甩锅技术一流；别人要是干好了，老田推荐有方，识人有法，居功至伟。

听说老余被鲍哥骂走也是老田点的炮，这个一点都不意外。

9

对于我，老田倒是有所忌惮。

我是公司的老员工，十年后还能回来继续上班，说到底，还是鲍哥对我的认可，这次回来，项目和业绩拿得出手，说得上话。所以，刚回来，每次见面他总是笑脸相迎。人内心的那点东西都写在脸上，我对老田这类人有一种本能的排斥、抵触和抗拒，所以没事不串他的办公室，工作之外基本没交流。

而每次给鲍哥汇报工作事宜，我都得找老田提前沟通一番。

这是鲍哥的要求，也是规定的程序，毕竟老田是整个总公司的副总，又是鲍哥的亲信，经常围着鲍哥转，了解的信息自然比我们要多。每次沟通呢，我顾着他的面子，按照他的想法做了一些调整，他看完之后觉得很满意，说差不多就这样了。

等到找鲍哥一汇报，他就成了墙头草：鲍哥说哪儿哪儿哪儿不行啊，老田立马跟进说他也觉得需要完善，没做好跟他没有关系，都是我的责任，全然不顾自己打自己的脸。可能在老田的认知里，只要鲍哥不知道的，没有当面指出来的，或者鲍哥没直接甩他脸上的，一律不算打脸。而鲍哥认可的方面，他说自己也是这么跟我提的建议。

唉，这不就是小人行径吗？

该要老田管的事，比如公司的招聘工作，只要一提到他的本职工作，就好像捅了马蜂窝一样，提不得。我刚刚接手公司，根据公司的框架设计，相应匹配的人手需要老田这边大量招聘，这可是一项艰巨的工作任务。本身招到合适的人就不容易，何况还要两个部门的人手。

老田不是做业务出身，是半路跨行转入，原来的行业人脉资源根本无法转化。到了他这个职位层面的人，不可能还像个刚毕业的小年轻重新拓展和积累人脉，就算他愿意这样去做，身边的环境也不允许他这样做，不会给他这样的机会。他也不是人力资源专业出身，不懂招人的事，唯一能使劲的就是通过猎头招聘。当初，皮皮作为高端人才被引进公司，就是老田委托猎头朋友帮忙，听说这事成了，还拿了回扣。

至于部门主管和基层员工的招聘，老田完全推给人事部的小姑娘来负责，想想看，三个子公司的人员招聘，完全靠一小姑娘从招聘网站上筛选，大海捞针，这不就是纯粹的体力活吗？结果可想而知。

所以，我一列出这个人员招聘规划，老田就跟我急了，说这成了根本不可能完成的任务。鲍哥对我提要求，那我自然要求老田配合，一环扣一环，程序使然，没有办法的事。

有一次，鲍哥问我最近在忙啥，鲍哥先问的老田，老田说他也不知道我在干啥。从鲍哥的办公室出来，我就火了：有项目我就直接上报鲍哥，每周写了详细的工作周报，日常项目有情况随时汇报，老田竟然都不知道我在干吗？我不相信他不看我的周报，每次都是直接上报给他。

好，竟然黑我，我记着了。

10

不过，老田真尽到了狗腿子的本分。

一次，皮皮部门的一个项目经理接到了合作方的一大箱水果，私下酬谢他在其中的辛勤努力，结果项目经理不敢私自收留，怕被老田知道了训一顿，于是恭恭敬敬地放在前台。

自从上次开会事件之后，皮皮部门的人都被老田整怕了，不怕直属领导皮皮，倒怕了狗腿子老田。这一箱水果要是跟皮皮说了，皮皮自然会让项目经理自己留下，最多给办公室的同事每人分一点。可现在这事皮皮也做不了主，也怕被揪住小辫子大做文章。

前台立马上报，老田知道后，放下手头的工作，亲自去公司小库房找来一辆货运小推车，一人推着进了电梯，马不停蹄地赶赴鲍哥家。这是一段尴尬的距离，不到2公里的路程，打车过去太近，没有司机愿意接单，也就巧了，那天公司的司机和三辆车全部外派出去，一时也赶不回来。水果不能久放，怕捂坏，哪怕放到下午再安排公司的车送也不行，口味就不新鲜了，老田压抑不住邀功的迫切心情吧，一刻也不能等，一个人必须马上、立刻、迅速拉到鲍哥家。

2公里的路程，按照导航，得步行20分钟左右，推着小推车还不能走过街天桥，只能老老实实等两个红绿灯，穿过桥底下，小推车哐当哐当地轧着马路，一路逆行。这可不是简单的一箱水果，是老田对公司的拳拳之心，肥水不流外人田，点点滴滴都想到了鲍哥。

每每想到老田推车轧马路的这个场景，我的耳边总忍不住响起一段电视台播放的广告旁白：你永远想象不到，一个坚强的成功男人背后，走过了怎样的一段心路历程……

有时候，我和皮皮还在讨论，为啥鲍哥那么聪明一人，还容留老田这样的人存在，劣币驱逐良币，明摆着的事。慢慢聊多了，也就想明白了，存在即为合理，老田身兼数职——狗腿子的角色、大内总管的角色、敲山震虎的角色……每个老板身边都围着这样的一群人，高矮、肥瘦、大小不等。

小人呢，反向包围，尽挑老板爱听的，所谓管理公司，就是管理老板，服务好老板，无微不至。有时候，面对这种包围和孤立，鲍哥不得已退而求其次，那就享受这个高高在上的孤立吧。很多人跟他不在一个频道上，他没有这个义务帮助别人进步，没有那么多的精力，一旦陷入进去，不堪其扰，烦不胜烦，心力交瘁。再说了，他开公司也不是为了这个，这样的做法不务正业，连做慈善都算不上。

鲍哥愿意用小人和奴才，谁也拦不住。

常常想起高中课堂上，思想政治老师说，人就如造物主在工厂流水线上制造的产品，分为不合格品、合格品、优秀品、危险品等四种产品。他说或道德品质不行，或能力不行的人，属于有瑕疵的不合格品，这是少数一部分人；而道德品质和能力都在正常范围内的属于合格品，我们普罗大众都在这个层面上；道德品质高尚而能力又卓越的属于优秀品，已爬到了社会金字塔的塔尖；还有一类人，道德品质败坏还拥有能力，能力越大爬得越高，破坏力越大，这属于危险品。老师说：我宁愿你们停留在合格品的阶段，也不希望同学们成为危险品这样的人。

围着老板转，喜欢坏人事的老田，要说能力吧，如果吹拉弹唱、拍马屁也是一种能力，那他算是努力跻身这一列人物当中的佼佼者；要说危险吧，他远没有达到置人于死地的危险程度，最多不在这里干了，眼不见心不烦，让他祸祸别人去，总有一天，能遇到收拾他的人，总有人要收拾他。

这下难题来了，思想政治老师该如何给他分类呢？

你品，你细品。

11

  时间长了,皮皮觉得自己部门没啥前途,嚷嚷着要来我这边干,哪怕给我打下手都行,我没法接招。

  我说你先跟公司领导申请,当然得先跟老田说,过了他这一关再找鲍哥。老田首先就不同意,倒不是舍不得,而是如果皮皮离开了原来的岗位,没人顶替啊,群龙无首,管理高层空缺一天两天都是事,紧急招人的艰巨任务又得落到老田头上,他不急谁急啊?皮皮来我这边,反倒是可有可无,我这边还没到急需人员到岗的程度。另外,从我个人的角度来考虑,我不希望他过来,两人的优势没法互补,到时不知该听谁的,我倒不担心被夺权,平常大家做朋友可以,要在一起工作,肯定会因为一些鸡毛蒜皮的事产生嫌隙,没这个必要。

  皮皮说得多了,被逼没招了,我说你都舍不得朦朦这个朋友,不希望因为一起做公司而闹僵,那怎么就舍得跟我共事呢?你要是还坚持,说明我俩好朋友的程度还没好到那个份上,严重的重色轻友行为。半开玩笑半当真,给挡了回去。

  皮皮想想也是,老田不同意,我这边没有强烈的邀请意愿,最后还拿朦朦将了他一军,之后再也没提。

  没多久,皮皮说还有一个人要来,是他以前的老同事。他力劝老同事不要过来,他自己都考虑要走了。老同事一直在别的公司做管理岗位,好久没有接手一线业务,她也曾经被小庄面试过,当时觉得不合适,没让她过来。小庄都走了,这个岗位还继续空缺,人事没招了,翻出旧账,又找到老同事过来聊聊。

  我支持皮皮,多劝劝老同事别想不开,来了就是坑。

  老同事还是过来入职了。皮皮带着她例行拜访各个办公室领导,转到我这里,我正好在会议室讨论项目,没见着。等忙完了,想着毕竟是皮皮的老朋友，出于礼节性回访，我再去找他们，一端详，才认出是大白，意外的惊喜啊！

这么多年，大白一直没有变化。我对她的印象，还停留在在鸡哥公司共事的那个时期。当时，每天午饭后在上班的小区里遛弯，打过几次照面。虽然是同事，但她所在的部门在一楼办公，我们的办公室在二楼，平时没啥业务往来，离开后，更加没有联系。没想到时隔十余年，还能在这里碰见，彼此还能认出来。

皮皮怎么没告诉我是她啊，难道有啥小心思？可能他觉得说了我也不一定认识，确实是，光就这个名字，我还真跟人对不上号。不对啊，皮皮说还曾在大白面前提过我跟鸡哥的矛盾。算了，别多想了，哪怕朋友也不能事事都互通有无。关键的一点是，我也没问过皮皮老同事到底是谁。

于是，当面互加微信，到下午下班了还没通过，有一点点失落和挫败感。是不是我热情过了头，别人还不一定觉得重逢是好事，原本想着放弃，想想别显得太小气，又申请加了一次，大概晚上9点多才通过，大白赶紧回复了一通，说今天各种事，一直没时间看手机。

忙，这是我对大白第一天的第一印象。

12

大白来了不到三个月，我第一次提辞职。

那时，我回公司已八个月有余。

临走前，例行跟大白告别，多聊了几句，才明白她为啥执意来这边。

原公司留下来的同事大部分都是刚入行不久的新人，无法进行同等水平的业务探讨和交流,唯一能聊几句的只有老前辈金叔,只是他图清闲,一个部门带了不到三个人。而鸡哥呢,不是做业务出身,跟着他学不到东西,大白想要的上升空间,鸡哥给不到,活干得多,钱给得少,一直在原地打转。

大白调侃了一句:"现在连皮皮都混得比我好。"

这时,才听她说起皮皮原是她的下属,从鸡哥那边出来后,混得越来越好,现在实行"弯道超车",变成了皮皮领导她的局面。这一点新情况,皮皮倒从来没跟我提及过。

对于我的辞职,皮皮一点都不意外。

我们两个人平常聊天,常常都说干不下去了,相约一起辞职,皮皮还说:"哥,咱俩摔杯为号啊,我等你的示意。"玩笑归玩笑,我自己打定主意后,跟公司里的任何人都没提前告知,直接当着鲍哥的面提出了辞职,拿出了能力无法胜任的理由,冠冕堂皇。

离开了鲍哥的办公室,我才当面告知皮皮,他说你够突然的啊。

没提前告诉任何人,特别是没找皮皮商量,是不想给公司造成团团伙伙搞小组织的印象,鲍哥最忌讳这一点。确确实实得保证皮皮不知情,免得鲍哥事后问起来,他是真实的一脸蒙,装都装不出来的那种真实反应。我拿老余辞职的事举例,老余例行跟我告别时,我无法假装出那种特别吃惊的神情,事实上我很早就听皮皮说了。

这么一说,皮皮理解了。

后来,公司一挽留,考虑到遗留项目没做完,我又暂时留了下来。

我不得不略显尴尬地再次来到大白的办公室,告知这一情况。意外的是,大白跟我说了一件当事人扯不清、说不明的事——在跟我说这个事之前,大白还特地问了皮皮的意见,能否跟我说这个事,皮皮说可以,她才神神秘秘地开口,"我告诉你一个秘密咯"。

我心里还在嘀咕啥秘密呢,先征得皮皮的意见了才说,而大白才来单位没多久,能知道这边啥情况,结果一开口就是鸡哥那边的事。

金叔告诉鸡哥,大白想要挖他来鲍哥公司上班。

大白说:"我冤枉啊!我跟金叔差不多有三个月没联系了,无论是微信聊天,还是打电话,这都是有记录可查的。他说的哪月哪日我挖他,那个时间也对不上啊,我才来这里多久……没想到鸡哥竟然当真了,说要清理我之前负责的那些项目,全部拿掉我的项目署名。我找到鸡哥多年的亲信杨老师,打电话解释这个事,杨老师说没听说过。你说我要不要去找鸡哥说说这个事,可只要开口一问,会不会无意中出卖了告诉我这个事的前同事啊……"

就她顾虑的这些情况,我建议她直接找鸡哥沟通。

"首先得撇清和那个同事的关系,就说这个事越传越恶劣,连别的同行都来问你是不是要挖金叔,避免让鸡哥往这个前同事身上去想。跟杨老师说没用,他不会帮你在鸡哥面前解释,中间假手别人,在信息传递的过程中,多一句少一句,你无法控制,能达到什么样的效果,心里也没底。至于杨老师说的'没听说过',他嘴里就没一句真话,作为多年的合作伙伴和忠实跟班,他和鸡哥之间啥事都相互通气。还是直接找到鸡哥沟通,目的不是挽留那些被拿掉的署名,也不是离职以后在外面混不下去了再回去找他,纯粹就是还自己一个清白,求一个真相。

"金叔会这样说,不排除他的目的可能是通过踩你一脚,在鸡哥面前上位,比如借机加薪升职。你看外面都有人挖我了,你还是鸡哥知根知底的得力干将,这个事我不是凭空捏造的吧?"

大白说:"我猜到了这样一种可能,他会不会是故意踩我?我前两天还在你面前夸他业务能力不错,没想到他反过来咬我一口,不至于吧……我还在猜想有没有另外一种可能,我离开了那边的项目组,群龙无首,底下有做得好的人跃跃欲试,等着鸡哥来提拔呢,鸡哥试用了一段时间,觉得不满意,想把金叔跨部门调过去管理这些人,但又担心原来的这些人不服管教,就找了这么一个理由,故意说我来挖金叔的事——'大家都看吧,我不想让金叔走,为了安抚他,我不得不把他放到这个位置上'。"

这是我不了解的情况,可能大白猜得也对,他俩联手唱的这一出。

"皮皮辞职走的时候,鸡哥跟他提过不许挖原单位的人,皮皮答应了,结果你还是过来了,皮皮说不清了吧。现在,你走了,金叔主动爆料被你挖,你说得清吗?"

"你知道皮皮准备离职的事吗?"我问。

大白开玩笑说:"这还不是你忽悠的。"

我说:"我可没有这样的能力,他以前说要走,我还以为只是发牢骚,结果真准备走,我说他都要走了,你怎么还过来这边呢。现在的局面是,我提出辞职又暂时走不了,接着皮皮闹着要走,你至少半年之内不能提走的事,我们仨轮番走,不然大家还以为我们仨拉帮结派,故意让公司难堪,小心鲍哥的雷霆之怒!"

"唉,这事谁又说得清呢?"

13

没多久,皮皮辞职的事提上日程。

我一点都不意外,这是迟早的事。我说"你的手下都能看出来,你早没了斗志",他竟然有一些紧张,问"谁说的呀",我嬉皮笑脸挡了回去,"当然不能告诉你是谁,不然你给别人穿小鞋,我得保护我的信息来源,确定不受你的干扰"。

皮皮根据手上项目的完成进度，设置了离开的时间节点。时间越临近，我竟然对他有些不舍。皮皮作为一个靶子、一块盾牌、一道防火墙，替我承担了不少火力，以后他走了，鲍哥和老田都会掉转枪口，我的压力自然倍增。

他的离开，物伤其类，我感同身受。

有时候，我还跟皮皮开玩笑：咱们俩的感情深厚，那可不一般。在鸡哥的公司错身而过，在胡总那里擦肩而过，在这里终于坐实了，终于实实在在地夯实了同事的缘分。既有同事情分，还有同学情谊，因为经常给我俩上课的是同一个"田教授"，最后还有堪比兄弟的战友情——因为我俩在同一个坑里，面对着同一个"阶级敌人"，一起战斗过，感情在斗争中滋生，在斗争中成长，在斗争中坚固，并在斗争中相互扶持……

皮皮听到这儿，回过味来，竟哈哈大笑，乐不可支。

没想到，最后我竟然比皮皮先走，前后干了整整一年。

不仅皮皮没想到，甚至连我自己也没想到，这里面有一部分是公司的原因，也有很大一部分跟老田有关，受不了这种小人上蹿下跳。第一次提出辞职后，时隔三个月第二次提了辞职。我走后，给鲍哥发了一大段微信，告了老田的状，主要是他太讨厌了。

首先，说第一次辞职时没先跟老田说，是不想在汇报的传递过程中，多一句或少一句。鲍哥是明白人，他知道我要表达的意思，是不想有人在中间添油加醋，或者断章取义。

其次，说希望专业的人做专业的事。老田半路出家，却插手干预业务，还经常给我"上课"指导，有时候，我最困惑的一点是，这些都是老田自己的意思，还是在如实传达鲍哥的意见？越俎代庖是所有领导都不喜欢的，包括鲍哥也不例外，我这样告状虽然不能立竿见影，但至少在鲍哥心里给老田种了一根刺，杀人诛心。

再次，老田不该做的事喜欢管，该他本职应该做好的事，我们却得不到有力的支持。比如年初黄金招聘期间，三个子公司的人才招聘，仅仅靠人事部的一个小姑娘去招聘网站搜罗，结果可想而知。

最后，申明我的动机：完全没有私心。老田跟我个人没有矛盾，他私下有需要我的地方，我还尽力帮忙。离开了还说这些事，得罪人，不讨一点好，我考虑再三，还是想说出来，仅仅希望公司好。

"当着老田的面，我也会如实跟您说这些。"我最后这样写道。

卑鄙的人靠着卑鄙的手段无所不用其极，心安理得，畅通无阻。而自尊心强的人呢，骄傲于斯，困于斯，死于斯，遇到困难，遇到问题，甚至命悬一线，都不屑、不愿、不能使用卑鄙者常用的卑鄙之手段，内心坚持的东西太多，不愿放弃的东西也太多，最后都成了压垮自己的一道道枷锁。在老田的身上，我深刻体会到了一句话：

卑鄙是卑鄙者的通行证，高尚是高尚者的墓志铭。

我怎么了？名正言顺地告了一状，怎么觉得对这个事、这个行为有些许罪恶感呢，平时老田他们都是怎么干得出这些事，还能保持面不改色、心不跳的？老田喜欢打小报告，没想到也有因果落在了他的头上。

没多久，再看老田的朋友圈，显示一条直线。

我能猜到鲍哥的骚操作，要么当面跟老田提了我说的这些，要么直接把手机给老田看，问这是怎么一回事，既表明鲍哥信任老田的态度，又提醒老田这些他都记着，给他老实一点。甚至老田删了我的微信，这些都在我的意料之中。

箭在弦上，只此一发。

14

皮皮后面再离开，颇有一点戏剧性。

项目做完了，皮皮想等着拿提成呢，结果一分钱都没看到。打定主意要约鲍哥面辞，约了三次，鲍哥不回复信息，不说有时间还是没时间，不说行还是不行。皮皮打定主意要走了，平时老在老田面前瞎叨叨，老田这马屁精早就上报了，所以这时候约见面说汇报工作，鲍哥用脚指头都能想到，是提辞职的事。

"他倒不是怕我走了，通过避而不见来挽留，而是极度失望吧，都不见我了呢，甚至不愿再多看我一眼。"皮皮的语气里有落寞，也有些许幽怨。

实在没办法了，皮皮直接找到老田说了辞职的事。

等到皮皮一离开，老田嗒嗒嗒地跑到鲍哥家里当面做了汇报，鲍哥同意了。不是鲍哥直接告诉皮皮这个意见，也不是老田直接发微信告知皮皮，戏剧性的一幕出现了：老田讨到了鲍哥的最高指示，立马屁颠屁颠地赶回公司，把皮皮叫到自己的办公室，一脸严肃，当面宣布鲍哥同意了。同时，老田又极尽惋惜之能事，连连感叹可惜啊。

这一刻，程序正义得到了极致的体现。

让人不得不想到舞台上和电影里传旨的太监，非得跑到当事人的府上，非得大张旗鼓，非得要当事人诚惶诚恐，呼啦啦跪倒一片接旨，非得尖着嗓子喊出"奉天承运，皇帝诏曰"，不如此，显不出皇帝老儿的威严，不如此，显不出传旨公公的威风。

弄权之人，要的就是褫夺别人顶戴的那一刻，乐此不疲。

皮皮原先都预备好了，说哥啊，咱俩走的时候，都得告上一状，非得说说老田平常的这些不是。我履行了约定，给他看了发给鲍哥的那一大段文字。

结果呢，轮到他了，鲍哥见都不愿意见他，连说"同意"两字都要老田代劳，皮皮一下没了心气，连举杯都懒得举了，还讲啥摔杯为号，走了就走了，哪管他背后洪水滔天。

前前后后，皮皮干了一年半的时间。

15

我和皮皮都走了，两个子公司的负责人岗位空缺，招人的事自然落到老田身上，老田能想到的只有通过猎头招聘，事情发展果然如此：先找到了小叶，没多久又找到了小艾，他俩先后找我问询了这边公司的情况，自然没去。

最搞笑的是，猎头招聘的小姑娘竟然找到了我。

小姑娘打电话给我，自我介绍说是招聘网站的专员，看我的工作经验特别适合这个公司的这个岗位，只要有能力，年薪百万不成问题，语气特别诚恳。开始我没明白过来，后来恍然大悟，原来是自己的简历还没更新，包括去了又离开的信息，一时还没及时补充完整。

我没指出这一点，为避免对方尴尬，又敷衍了一会儿，说回头再考虑。后面小姑娘没再联系我，估计她把我的简历上报给领导，领导再发给客户老田一看就知道乌龙了。我跟皮皮聊起这段插曲，他还开玩笑说："哥你怎么不把我推荐给小姑娘，说还有一特别合适的人选。"

离开公司前，我曾私下找大白聊过，建议她来我这边的子公司过渡一下，她目前的岗位没有前途，再出去找工作没啥好说的履历。大白还在犹豫，这样调整公司会同意吗？

等我第二次提出辞职，老田也找她谈话了，想让她接管我这边的工作。大白还很好奇地问："你向老田建议的吗？"我说没有。当初的建议只是从大白的角度考虑，实际上我不会找老田提，我都要走了，老田自然顾不了什么情面，这个时候推荐人选，跟我有了关联，还怕说不清道不明，老田不会考虑。

这时，老田找到大白，让她接替了我的岗位，说暂时过渡一下。

后来，听说大白干得也不开心，她不仅接管了我的一摊事，兼管原来岗位的活，还要继续做皮皮遗留下来的项目，一个人干了三份活，仅仅因为人手不够，自己累得要死，公司还不念着她的好。

老田一如既往，高瞻远瞩地插手指挥。每次管理层开会，大白都要挨鲍哥一顿训，其他副总跟着起哄，最后连新来的总裁办主任都要过问她的项目进度。

每次大白找我吐槽，我都建议她别浪费时间了，早日离开为妙。现在的困境是，上面领导不满意，自己还累得要死，老田一如既往地挑事。更过分的是，部门日常的例会，老田还派了一个人事小姑娘列席旁听，质询业务进展，小姑娘竟活脱脱成了老田附体，越来越上道。

部门人员的业务和绩效考核，大白也说不上话。部门员工看她自身难保，离心离德，都成了一盘散沙，根本谈不上团结和培养自己的团队。

越往后，越不好过，大白寻思着，也得硬着头皮开始找下家。

16

一个阴差阳错的机会，我遇着了小庄。

自从我第一次离开鲍哥的公司后，彼此有十余年没再联系。当时，我离职前，推荐并提拔她接了我的部门主任一职，听说她继续在鲍哥那里干了三四年，两进两出，现在跳槽到别的公司做了副总。见着我的第一面，小庄一开口一个主任，她还能记着我对她的关照，也算懂点套路吧，略觉安慰的同时，两人还保持着那一种疏离感。

闲聊中，提到她跟老田干架的事，小庄否认了，说没有闹翻吧，老田被鲍哥骂得狗血喷头的事，她也不知道。我笑笑，没再继续问下去。

而大白呢，最终还是没能熬到最后。

背负着房贷月供的压力，虽然我一再建议她早些离开，但她犹豫着不为所动。轮到老田上阵了，时不时找她谈话，甚至露骨到明说了，说什么到现在还没看到项目成绩，说什么她这边的发展规划不如意……三番五次，不堪其扰，大白终于主动请辞了，前后干了不到一年的时间。

而老田呢，我好奇的是他什么时候，以什么方式离开鲍哥。

一个非君子，三个老同事，前后整整十年。

这就是我们的故事。

被败光的路人缘

1

我没想到,跟东东的再次见面,就像拆解一道简单而又复杂的算术题。

说简单,再见面,中间过去了多长时间,这是一道算术题,一算就清;说复杂,盘根错节,枝蔓纠缠,扯不清理还乱,人生没有一道是伪命题。

东东不是我儿时的玩伴,也不是我的老乡,并非我任何阶段的同学,我俩纯粹是因工作关系认识,在董小姐的公司因为项目的合作,有过一段时间的来往。

我先理理这个时间线:

从我俩认识开始算起,距今十年。

他离开当时所在的单位,距今八年。

我离开董小姐的公司,距今六年。

可以确凿的一点是,从上次见面谈合作,再到这次我俩聚首,两次见面中间隔了整整七年。虽然我俩都在同一个城市——北京。

这次见上面了,再一梳理,时间线还挺密集:

10月30日　东东去上一家单位找前领导

11月3日　好久不见的东东联系上我

11月6日　东东过来跟我见面，这是他第一次来公司

11月9日下午3点32分　我对照东东的简历找小玉打听

11月9日下午3点46分　我把东东的简历推荐给老田

11月9日下午4点　东东告知我，人事已通知他第二天来面试

11月10日上午　东东第二次来公司，跟人事和老田见面

11月10日　我上午外出谈事，不在公司

11月10日　收到老田的两个未接来电——10点半与10点57分，还有11点27分的语音留言，我回复说第二天上午过去找他

11月11日　我上午找老田谈东东的事

11月12日上午　东东第三次来公司，找我聊

11月12日11点21分　我把东东的简历推荐给一家平台的朋友

11月12日晚上6点42分　我告知东东，那家平台没通过

11月20日　我问东东进展，他还没上班

11月24日　我问了皮皮，回复东东关于项目合作的事。东东愤愤不平地说了傻小子的事

又一年，2月11日　过年祝福

余下断开联系，又半年，又一年……

2

从我俩联系见上面，到他把简历发给我，一切都再正常不过。

风起于青𬞟之末。要说开始起涟漪，慢慢有了小波浪，是从我找小玉打听他的工作履历开始。我看了东东的简历，上面写着曾在某一家单位干过一年多，职务做到了总监级别。前同事小玉正好还在那家公司上班，说不定认识他的一些老熟人。

正式向公司推荐前，我突然有一点不踏实的感觉。不行，我得提前多了解一些，知根知底才行，不然公司该会嘀咕我怎么这么不靠谱，推荐的都是什么人，自己都不了解，那不是烂了口碑吗？下次还怎么让人相信我？

我直接问小玉："向你打听一个人，他说曾在你们那边做到了总监。"

小玉是在东东离开这家单位三年后才过来的。她说时间线太长了，现在的同事都没人认识他，她再一打听，问到了领导那里，正好领导知道东东的情况：前两天他来找过我，时间是对的，没到总监那个位置，简历里提高一点也正常吧。

"他找你们领导，是考虑回去，还是要合作？"

"不知道，不好再问。"

"他在那边正常的收入，大概多少钱？"

"就总监这个级别的月薪，当年的和现在的都不是一回事。"

"你们普通员工多少钱？"

"放到现在，如果他是总监，应该是这个数。当年他不是总监，跟他差不多时期进来的同事，月薪大概是这个数，你评估啊。"

没一会儿，小玉又从领导那里问到了新情况：上次东东来，是想问问有没有新的工作机会，他这阵应该在四处投简历，原来公司准备让他常驻外地。

这时，我才明白一些事：

一、在找工作这一事项里，我不是东东的第一选项和唯一选项。

我俩非亲非故，在同一个城市整整七年之后他才想起找我，从这一点就能看出来，我是他纯属瞎猫碰上死耗子的最后选项，碰碰运气呗，万一成了呢，说不定有合适的机会呢。

二、跟东东说的时间能对得上。他说前段时间刚刚去过原单位，前领导的言论印证了这一点。

三、东东的简历有水分。自己给自己升职，是由普通员工提拔成了总监，还是部门副职提拔成正职，不得而知，不好多问，伤人自尊，也让自己难堪。

我难他难，进退两难。

我还记得东东那天找我的情形。

临近下班了，突然在微信"新的朋友"一栏里看到东东申请加朋友的留言，因为他的名字跟一老朋友重名，所以记得，只是奇怪这么久不联系了，突然找我干啥，可能想合作吧。他还记着我，找上门了不好拒绝，于是通过验证。

东东立马回复我，两人不咸不淡地聊着。

老兄好啊，是我呢。
嗯，我还记得。
你还在原单位吗？
翻篇了。
哈哈，确实好久不见了，现在忙什么呢？
最近刚刚换了一家单位，负责项目开发，你在忙啥？
去年从上一家公司离开，现在赋闲在家，也参与一些跟兴趣爱好相关的工作，你这边如果需要招兵买马或者有啥资源，看看咱们能不能合作。

没问题，期待有机会合作，欢迎有空了来坐坐。

好啊，我上周刚回老东家，也在惠新东桥附近，早知道找你聊聊了。

好，下次再约。

这周或下周啥时候有空？

暂定这周五下午2点如何？

行，那咱们保持联系，如无意外，周五见。

3

我本来只是客气一句，"欢迎有空了来坐坐"，他立马顺杆爬，别下次了，就这周约呗，于是定了11月6日（周五），事后再回想，可见其心情之急迫。

6日上午11点多，东东还提前跟我确认，下午2点见面的时间没变化吧。

看得出来，他心里不踏实，要的是万无一失的机会。

等到下午1点06分时，他给我发了条信息：实在抱歉，我这边临时有点事耽搁了，可能要晚到40分钟左右，不知道是否会耽误你的其他安排？

我说不急，等他过来就行。我当时想的可能是家里有啥事耽误了，但现在回想起来，要么中间安排去别的地方面试，要么又回老东家找老领导问工作机会，反正离得近，不会耽搁太久，40分钟左右还说得过去。

下午2点40分，东东给我发消息说到楼下了，问办公室在几层。

过了几分钟我才看到留言，正要给他打电话，前台联系我，说有我约的客人到了。可能他查了下面的物业告示牌，知道公司所在的楼层，自己直接找上了门。没有门禁卡，他进了电梯也上不了楼，不知他是找了前台物业帮忙刷卡，还是走消防通道爬上来的，想想十多层的台阶，爬上来也有些为难他。

把他接到我的办公室闲聊，这是东东第一次来公司。

他满头白发，有着这个年岁不该有的沧桑和魅力，因为好久没见面，我竟然一时无法把人名和本尊对上号：只记得这个名字，记不清第一次见面的时候他长啥样，权当他的样貌一直没变，权当是第一次认识的朋友，从此刻挂上号就行。

当然，话题从我俩有交集合作的董小姐公司开始说起，说了这些年的市场环境。我也聊了自己的近况，在哪些单位待过，最后又从哪儿回到了这里。

问及他，东东说从上一家单位出来后，一直做兼职，在家里待久了觉得闷，想出来找一份工作，不然爸妈天天问及，烦躁不安。他现在跟爸妈住在一起。

东东很自然地问了一句："咱们这边招人吗？"他之前提过，我要是招兵买马了记得想着他，现在开口问起，我不觉得突然。

我说了这边的业务发展情况和人员招聘要求等等，相互坦诚地交换了意见。

他在原单位做到了副总裁的位置，到我这里从头开始做业务，这个不合适吧？东东说自己不介意，愿意从头学起，做自己感兴趣的事，也想在这一块能有所发展和突破。

他作为一个曾经的副总裁，我现在身为一个副总经理领导他，于公于私都有些别扭吧？东东说没事，大家都是志同道合的朋友，在一起做事不讲这些名分，再说也是冲着我这个人来的。

这边基本工资不高，做项目给不了多少钱，哪怕顾及他之前的职位和待遇，可能也达不到他的预期，这能行吗？东东说这个工资待遇能够接受，以后不是还有进步的空间和上升的机会嘛。

他有一段时间没做相关的工作，能够派上用场的，可能也就是之前累积的人脉资源，试用期间，如果不合适可能还得离开，到那时多尴尬！东东说没事啊，至少你给了我机会，我也努力尝试了，不行就是不行，这是现实，肯定得接受。

…………

看到东东态度如此诚恳，把自己放在了很低的位置，我不好也不忍心拒绝他的请求，答应把他的简历推荐给人事聊聊，看看情况再说。

最后聊到个人方面的情况，我俩年岁差不了多少，问及他成家了没，小孩怎么样。结果他一开口说离婚了，很平静，但背后肯定有故事，就这一句话，我不知道怎么接茬，为自己的冒昧连连向他道歉。他说没事，没有接着往下聊。

一场久违的见面，两人聊得比较多。

离开后没多久，东东发来了自己的简历，还弱弱地问了一句，是否有流程简介和考核制度的文档，不涉密的那种方向性意见，发给他学习下。

我愣了。难道他还认为我有内部资料，可以泄题？我实话实说不需要考试，也没内部档案，你想要了解的东西，今天聊得差不多了，只要能签项目，工作就能托底。

他这才作罢，说明白啦。

推荐简历前，我找小玉了解情况。

下午3点32分，我转发了东东的简历给小玉，核实信息；

下午3点46分，我把东东的简历推荐给老田；

下午4点，东东告诉我人事通知他第二天上午面试。

"感谢啊兄弟。"

"不客气，我明天有事外出，你到时直接跟他们聊就行。"

"我本来还说去看看你呢，那就下次再会。"

"嗯，来日方长。"

4

11月10日，这是东东第二次来公司，跟老田面谈。

上午10点半、10点57分，看到老田的两个未接来电，我猜是说东东的事。上午外出谈事，这是我跟对方早就约好的时间，在东东来见我之前就定了，还真不是故意躲出去，以保持跟东东的距离，或是他面试不顺避免自己的尴尬。这一点我心知肚明，不需要跟东东或老田解释说明。

11点27分，老田给我语音留言说了一大堆，大概意思是：我觉得他能力还行，有一个折中的想法，现在皮皮那边正缺一个部门主管，东东曾做过这方面的业务，让他去那个部门试试，这样既能满足他的薪资待遇要求，又不占用你们的人员编制，你们还能留出名额招到更加合适的人选。另外，他负责那个部门业务的同时，要是感兴趣，还能抽出时间帮忙开拓你们这边的业务，两全其美。这是我的初步想法，我已提前跟他沟通。

老田委婉地表达了他不适合我这边的职位，转而推荐到别的部门，倒不是看在我的情面上，是原来部门的主管又辞职了，一时找不到合适的人。老田的宗旨是只要有人来面试，这个坑不行，换个坑试试，不放过任何一个坑，不放过任何一个萝卜。

我约了老田第二天上午细聊这事。

我坦诚地说了我俩的合作伙伴关系，推荐东东的理由是考虑要开发这个方向的业务，他在行业累积的人脉或许能够派上用场。

老田有些犹豫，还是觉得不合适：他中间断开了两三年，没有相关的从业经验，市场变幻莫测，他对这个行业的判断能否跟得上形势？有些继续坚持在这个行业的还不一定能看清形势，何况他？再者，他的资源能否派上用场，还是一个未知数，我们要承担这个试错风险。

老田说的也是实情，我没再坚持，最后推荐给老余和皮皮聊聊。

11月12日上午，东东按照约好的时间，第三次来了公司。

他们仨聊了没多久就结束了。东东来我办公室稍坐了一会儿，说皮皮他们提了更高的要求，这个他无法做到，实话实说了他能做的事和能够达到的工作能力层面。皮皮中途过来找我，看到我俩在聊，他暂时没进办公室。

临走前，东东再次表示想来我的部门，让我找老田再问问，看看还有这个可能性不，实在不合适了他会自动辞职，绝不赖在公司。我说再努力试试，说完，偏开头，实在不忍心面对他祈求的眼神。实际上，老田不同意，推到皮皮那边基本就没有可通融的机会，现在跟皮皮他们谈完了，东东自己都觉得没戏，所以我这里无路可进。

送走了东东，我再找皮皮问及这事。皮皮说了面试的过程：我没有多聊，基本都是老余在问，那哥们也挺实在，自己能做啥，不能做啥，都坦诚说了，我俩还是觉得不合适，客观公平地评价。

这事怪不得别人。并非老田与皮皮他们串通好了，找一个不着调的理由支走东东。这个岗位确确实实得需要这样的人干事，才能待得住，皮皮他们跟东东非亲非故，没有利益冲突，犯不着给他使绊子。

5

　　想着帮人帮到底，上午 11 点 21 分，我问了一家平台的朋友还招人不，并把东东的简历推荐了过去，朋友开始还挺热心。

　　给你推荐一个人，看看合适不？
　　好啊！
　　到时你们直接联系，需要我把你的微信推给他吗？
　　先等等。
　　嗯，那你定，到时再说。
　　咦？这个人的简历我之前怎么有了，是你推荐过的吧？
　　我第一次推荐，是不是之前有人推荐过？
　　好像是……
　　圈子真小。
　　我记得是有的。
　　是聊过，不合适？
　　好像是，很久了。
　　哦，那就算了。

　　我不想让朋友为难，主动开口说算了，朋友乐得顺水推舟。
　　我刚把东东送走没一会儿，要是现在就告知这个结果，这真的是屋漏偏逢连夜雨，打击接二连三，中间还不带喘气的，想想还是缓缓，让他先沉浸在我继续推荐了一个新去处的希望之中。
　　这么一想，我突然觉得有点累。这事啥时候变成我的事了，我不帮他好像自己心里还觉得挺过意不去，感觉欠了他似的，他呢，也理所应当地找我再想想最后一丝办法，穷途末路也要试试。最后，我还得考虑到他的感受，连啥时候告知都得三思而后行。

没办法，谁让我沾手了，这事没法全身而退。

等到快晚上7点，我才告知东东平台那边没希望。

东东礼节性地表达谢意后，继续打探上午的面试有反馈了没。

看来他还不死心，明明自己都知道不是他们要招的人选，可还是抱着一线希望，万一他俩改变主意了呢。我不想再参与，推说不知道，建议他直接问人事的小姑娘。

东东又多说了一句："要是不成，后续能有机会跟他们合作，也不错。"

我能理解他孜孜以求，退而求其次的心理，但自己开始有点抵触这个事，不想跟进，也不愿意再帮，客气地应了一句：到时他们有合适的机会，我帮你推荐，我还没那个副总老余的微信呢。

"嗯，来日方长。"他没再追问。

阿弥陀佛。

6

11月20日，看东东好久没吭声了，我问候了一句。

他说其他公司暂时没什么消息，先继续做兼职吧。他又问皮皮那边关于业务合作的可能性，我说回头问问，现在在外面办事。

11月24日，从皮皮的办公室出来后，我告知了东东结果还是不行。

意外的是，东东找我打探老田不同意，是不是还有什么其他不可告人的原因。"如果单纯因为从业经验断了几年，几个月试用期通不过，我可以走人呀，这之前你也表达过担心，我跟你表过态，很正常，完全能接受。但说实话啊，后来给我来这么一出，显得我有点像个傻小子。"

我站在人事的角度给他分析这事：老田没有别的原因，仅仅考虑到你有几年没在这个行业了。招人这块，公司对他也要进行考核的，如果人员流动来来去去过于频繁，离职率高，他面子上不好交代，你懂的。

他还是不信："嗐，还是小看了我啊。没事兄弟，已经很感谢了，我这事让你费了不少心，有机会我请你喝酒。"

我还得安慰一句："也不是小看呢，别多想。"

之后，除了例行的节假日问候，我俩再没来往，差不多一年过去了。

两年，三年……

7

这事彻底告一段落。

有时再看东东的简历，明明一手好牌，怎么越打越稀烂——当年，他以当地高考状元的优秀成绩，考上了北京的一所好大学，毕业后顺利进了公职单位，轻轻松松拿到了北京户口，辞职去做教育培训前，职务已升到一定级别。做了一段时间，转行进入杂志社混到了高级记者，后面再跳槽跨行做项目，先从总监做起（且不论真假），最后做到了一家北京分公司的副总裁，再到自己创业，做兼职，开始四处疯狂找工作，真的让人唏嘘。

求职简历里，一定程度的美化，大家可以理解和接受。东东的前领导知情，理解并默认他这种行为，那么问题来了，总监的身份被美化过，那副总裁是不是也是美化过的结果，比如从副总自动美化提拔成了副总裁，虽然不需要找原单位补齐工资的差价。

还有一个情况，他说辞掉副总裁，是因为北京分公司的业务撤销，集体搬回总部所在的外省，他不愿离开北京，不得已才辞的。他跟前领导是这么说的，跟我也是如此，这个对外的说法出自他口，没人愿意花时间和精力去求证，既然能美化，自然也没人在乎真假。

哪怕真做到了副总裁的位置，也不可能不进则退。在现实世界里你没法退，不允许往后退，或者止步不前，只能一步步往前走，哪怕被迫，被裹挟着前行。东东不可能从一个副总裁退回起点，从基层业务员开始干起，这不是创业，这是求职，没人会给你这样的机会。你不行，后面还有一大堆排队的人，挤破了脑袋往前冲，大家根本停不下来，这是赤裸裸的残酷现实。

东东三番五次表达愿意跟我从头开始，归属我的领导，我能清醒地认识到，并非我俩的交情有多深，并非我个人有多大的魅力，说到底他仅仅需要一份工作而已，需要生存，需要一个去处来缓解被困在家里的焦虑，不管这个去处在哪儿，先走出来再说。

而我这里只是他的一个跳板，他指不定以后会蹦到哪里去。

他现在四处碰机会，能够搜刮到的任何一个人都不放过，包括多年不联系的我，还有前单位的前领导。长期不上班，没有一份稳定的工作，张皇失措，慌成啥样了！为看不见的未来焦虑？中年男人的职业危机？毕竟在一个大城市待着，没有一份靠谱的工作，没有固定收入，等米下锅的日子很难熬，更何况跟爸妈住在一起，彼此的压力都大。

我算无意中卷入了他这一波动荡不安的求职潮。

他开始找到我，那时我还是把他作为一个对等的合作伙伴看待。

等到聊上了，他说现在赋闲在家，已委婉表达了失业，再说到迫于无奈开始创业，实在坚持不下去了，明确说了还是先找个地方上班吧。我能理解那种困顿和窘迫，愿意帮他一把，就当是助人为乐。

拿到简历，打探到他连前领导和我这样好几年没联系的人都要试试运气，确实走到了穷途末路，更能理解左冲右突、四处碰壁的不易。

等到第三次来公司，东东还想留在我这里，让我再找老田争取一下机会，这开始让我第一次为难了。

公司这边完全没了希望，他让我帮忙推荐别的机会，自己找工作的事变成了我的事，我心里多少有些排斥，并进一步抵触。抱着权当帮他最后一把的心理问了那家平台的朋友，得到的反馈再一次证明，在这之前的很久以前，他就一直在找工作，而且四处撒网，我只是他其中微不足道的一个选择，等到四处碰壁后，我被自动强化成了最后一根救命稻草。

到最后，求职不成，东东还想着能跟皮皮那边有进一步的项目合作，拜托我跟踪此事，哪怕我跟皮皮很熟，东东这种失了分寸的做法让我第二次感到了为难。

——至此，东东已败光和透支了我的路人缘。

悚然一惊，以后可别像他这样，混到这个地步，还招人厌。

突然想到他说的"赋闲在家"，有点酸，有点涩，五味杂陈。

代理律师

1

说真的,本来找皮皮说这个事之前,我还有一点小私心。

头天晚上,看到老高给皮皮的一条朋友圈点赞,哦?我才像发现了小秘密一样,原来他俩也认识啊!想想也不意外,皮皮在这个行业里做了这么多年,他在鸡哥那边也开发了不少项目,自然少不了跟老高这样的人打交道。我认识老高,皮皮也认识老高,我倒不是担心皮皮从我这里撬走老高的新项目,我得找皮皮统一口径,避免被鲍哥骂。

查漏补缺,防患于未然。

老高手上确实有一个大项目。从德哥的公司辞职前,老高就说启动了这个新项目。那时,他看我在德哥那里做了类似的项目,还大获成功,他就想提前跟我聊聊合作的事。这个项目还是浦兄推荐给老高的,因为有官方平台的介入,本来首先找到的是浦兄,他不愿意陷入这样的项目折腾很长时间,再说了收益不多,约束反而一大堆,花同样多的时间和精力,不如在别的地方开心地挣更多的钱。

于是,就这样介绍给了老高。

老高退休无事,有活干总比没活干要好,这也是他感兴趣的方向，自然来者不拒，一直在积极推进这事。当时，我还想着老高能够发我一些项目资料，明确表达了，老高没吭声，可能是看我出来创业，有各种不确定性吧。他这么做，我能理解，没再强求。

后来，我再回鲍哥的公司，老高自然知道。上一次老高就主动打电话找我，说这个项目能否借助鲍哥的能量一起合作，他毫不隐讳，说同时报了一家平台等消息。老高算是提前跟我打了招呼，看看我们这边能否同步做其他方面的开发，说白了就是让鲍哥掏钱买单。

再要项目的资料介绍，老高说暂时还不能给我，得等平台那边的评估意见出来，他们明确了不接手，才能发资料给我们评估。这还真是两头都不耽误呢。

我说："还是先发一点资料吧。"

老高说："我口头介绍一下，你整理好汇报给鲍哥。"

我有些不喜，还懒成这样，就是想让我代劳呗。我借口说怕信息转述不完整，坚持让他自己整理。他有些不情愿，说过几天再发我。老高不会忘了这事，不会不发，这事关挣钱的事，使不得。

说完正事，聊到鲍哥公司的近况，我俩开始打哈哈，扯闲篇。

老高说鲍哥挣了这么多钱，也分点钱给我们花花呗，啥时候过来请我们吃大餐，叫上之前那一批参加行业研讨会的老朋友。

我还想着找个合适的机会，跟鲍哥提提老高的这个项目。资料没到手，暂时没法汇报，老高在观望，我也得观望老高这边的动向，按捺不住冲动，等于给自己挖了个坑。但我肯定会告知老高这事已提前上报，在等鲍哥的消息。言之凿凿，不由得他不信。这样的小把戏，我们也是经常干。

看到老高给皮皮的朋友圈点赞了，所以我得找皮皮统一口径。

得让皮皮知道这事情的来龙去脉，别到时老高找到他，就因为我俩相互不通气，他又提前汇报给了鲍哥。我能想象到老高的一套言辞，他曾经跟我说过，因为没有得到积极的反馈，所以再通过皮皮问一下鲍哥的意思。这个能够理解，他费尽心思推荐自己的项目，此路不通，再绕道找他人，这个没毛病。

我知道皮皮不是那样的人，不会主动跑到鲍哥面前点炮，说老高把项目给了我，我没有反馈，然后老高又找到了他。这种不作为，怠慢合作方，在鲍哥这里绝对不允许发生，他会觉得特别没有面子。

到那时，等待我的可不是冷冷的冰雨在脸上胡乱地拍。

其实，老高有鲍哥的手机号，也能直接找他。可能怕鲍哥事情多，忙不过来忘了回复？或者直接被拒绝了，脸上不好看？……不管是哪种情况，反正这么多年了，都是我们在中间传话，鲍哥习惯了这样，老高也愿意。

2

我刚一提老高，皮皮直接炸了：我去，他还好意思提鲍哥?! 你不知道吧，你没想到吧，老高把我们告了，其代理律师还不依不饶！

喋喋不休，皮皮拉着我一通吐槽。

被告的缘由很简单，老高跟公司合作的一个项目到期了，接手的项目经理一时疏忽，没有及时下撤，于是被老高的委托代理律师发现了，一纸状书直接告了，没提前通知，没私下沟通，直接等到了法院的传票，才明白被人告了。

专职代理律师负责老高所有的项目，逐一筛查，只要发现有项目侵权或逾期未下撤，代理律师直接递状纸打官司，法院判决的所得赔偿，代理律师和委托代理人双方按照比例分钱，这是行业里的常规操作。被代理人安心做项目，没时间和精力处理这些，也不知道如何通过法律途径维权，正好代理律师解决了后顾之忧，双方一拍即合。

这次的违约赔偿金，老高的代理律师索要10万元，接到传票时，身为常务副总的皮皮，硬着头皮接下了这个烫手山芋。他明白项目的违约侵权板上钉钉，属于既定事实，要打官司肯定得输，法律和法院可不管你是不是一时疏忽。

"在鸡哥那边，我就经常跑法院。来了鲍哥这儿，还是躲不开。"皮皮有些无奈。

于是，皮皮直接找到老高协商，看能否撤销官司。违约侵权的事才发生不到一个月，不管是主观意愿的主动侵权，还是因为工作上的疏忽，再说了项目违约期间产生的收益还不到1000元，没造成多么严重的经济损失和恶劣的社会影响。看看这个事能不能撤诉，要是因此代理产生相关费用，公司可以承担，并赔偿代理律师的误工费，以及给予老高相应的精神补偿。

结果不出所料，老高打着哈哈，说这事已全权委托给了律师，不好插手，实际上这是他的授权，只要当事人不起诉，可以就此打住。皮皮知道这是借口，他们一唱一和，可在明面上又无法反驳。

没办法，皮皮找到了他俩共同的朋友金叔从中斡旋。金叔跟老高是老乡，平时关系不错，能够说得上话，经过几个回合的协商，代理律师终于松口了（实际上是老高松口了），说看在朋友的情面上，不让皮皮太为难，索赔金额从10万元降到了5万元，由此可见，漫天要价的水分有多大。

皮皮不相信金叔的情面能抵5万元白花花的银子，还想再努力争取一下，无奈代理律师不依不饶，老高也一口咬定无能为力。

皮皮请示鲍哥，鲍哥不耐烦地挥挥手，说就这样吧，给他钱！

你知道吗？皮皮告诉了一个让我大跌眼镜的事实：这个违约侵权的项目，就是十年前邀请嘉宾老高参加行业研讨会，双方达成合作的第一个项目。而我当时还是这个项目的负责人呢，鲍哥满足了老高开出的合作条件，超出预期，并服务到位。而今，他真的一点都不念及以前的合作情分，不给鲍哥一点面子。

当时的推杯换盏呢？当时的你好我好呢？

同样都是参加研讨会的嘉宾，同样的代理律师维权，老武就把老高给比下去了。皮皮说他在鸡哥那边上班，碰到了同样的情况。当然，老武的维权不针对具体某一个项目，不针对某一家合作伙伴，他统一授权给代理律师，集中发了一批律师函。代理律师不了解这个行业，不认识这些人，当皮皮找到老武，说他们也收到了代理律师发的律师函，老武很爽快，说"也有你们家啊，行，我马上跟代理律师说一声，直接撤了就行"。

皮皮仍旧愤愤不平，就简单一句话的事，可到了老高这里，这不行那不行，左右为难，他算看明白了，做人真的是有差距的。

3

这么一对比，我才明白老高这人不怎么样。回头梳理跟他的种种过往，才发现之前老高表现出来的好，是聪明人的做派，但也聪明过了头。

第一次认识，第一次合作，是从十年前鲍哥组织的那次行业研讨会开始的。初次接触，我觉得老高人挺好啊，能够体谅别人，有话好商量，插科打诨，也善于自黑，相处起来没有架子，在项目的合作当中不会指手画脚。就因为这样，当时鲍哥问我对老高的印象如何，我毫不吝啬自己的赞美之词，也因此推动了后续的进一步合作。

后来我去了董小姐的公司，也跟老高一直有联系。原本要合作一些项目，临时遇到政策调整，无奈只能放弃。在这期间，一次偶然的机会认识了老高的一个当地老乡，他听说曾在一家单位共事的人都不怎么喜欢老高，说这人很鸡贼，具体没说到啥事。老乡跟老高倒没利害关系，听说我要跟他合作，提醒了一两句。

等我来到德哥的公司，老高拿着一个项目找到我。在谈合同的过程中，老高总是有意无意地说还有其他几家也想签他的项目，事后再想，这只是老高耍的小手段，施加货比三家价高者得的压力，要是对项目不感兴趣，再怎么耍小聪明都没用，反而有可能砸在自己手里。无奈，德二哥意愿强烈，公司也需要大项目拉动效益，在一番充分的市场评估后，公司拿出了最高报价，如愿签了合同。

在老高的强烈要求下，公司提前支付了一大笔费用，他说房子急等着装修，给孩子准备结婚用。

而老高的项目，拖了两年才完成。结果，市场形势完全变了样，跟预期的收益天差地别，再继续做下去还得亏钱，于是做完项目的第一阶段后，公司提出了解约。

老高明白自己要价要得高，本来阴了公司一把，加上时间拖延理亏了。公司一提，他很爽快地签了解约协议，说来日方长，也不让我夹在中间为难。

等老高接过浦兄推荐的这个项目后，我也出来创业了。

老高还找我聊过这个项目，说归说，一直没给我看过项目的任何资料。

听闻我要出差，提前约了饭局，说要单独找我唠，结果还是我买单。当然，老高没空手来，他带了一份茶礼盒见我。等我拿回酒店一看，礼盒外包装有好几处破损，南方空气湿度大，可能放的时间久了，破损处发潮，还有一些霉点，虽然茶叶真空包装完好无损，但头一次收到这样的礼物，心里还是很硌硬的。

这明显就是别人送给他的礼物，老高借花献佛而已。他当然不会专门花钱买礼品，又不好空手过来见我，总要带点东西吧，家里贵重的东西舍不得给，不知道从哪个犄角旮旯翻出了这个茶礼盒，扔了觉得可惜了里面的好茶叶，干脆送给我吧，实在人就这样实在，顺手送给了我。

等我再回鲍哥的公司，老高拿着这个项目又找上了门。而我还不知道代理律师的这一段插曲，幸好当时没去找鲍哥汇报，幸好提前跟皮皮通了气。

有些事，不一定要经历过，才长记性；有些人，不一定要挨了打，才知道疼。

在朋友和靠谱的合作伙伴两栏里，我可以画掉老高了。

口径

1

下班路上,我被女人骂了。

当时我正在拥挤的公交车上,大夏天的傍晚,依旧热气腾腾的,挤得人头昏脑涨,听到包里的手机响了,赶紧腾出手接电话,一看是郭小姐,我心里还有一些不耐烦,都下班了,不想聊工作。刚一接通,还没开口,我就听得电话那头爆粗口,我一愣,也火了:"你要干吗?!"

郭小姐噼里啪啦说了一通,她的项目被毙掉了,要找我算账呢。

我听明白了,没继续跟她纠缠,直接挂了。我万万没想到——没想到刚进这个行业做项目还有挨骂的风险,没想到我真就遇上了女人骂街,没想到前两天还热情主动跟我以姐弟相称的郭小姐会骂人,对,是骂我!

当时,旁边的同事看我气得不轻,忙问咋了。

我说郭小姐的这个项目是我对接的,我觉得可能不适合,下班前刚把评估意见汇报给部门主管童博士,这会儿就接到了她的辱骂电话,我还没跟郭小姐直接说过。一定有人告状了!

脑子里立马闪过了两个人。

一个是同部门的小文子，她认识郭小姐，经常有往来互动，她知道我对项目的真实意见；还有一个怀疑对象就是童博士，他今天催问项目进展，作为内部讨论，我如实说了自己的项目评审意见，建议不签合同。

要说泄密的可能性就他俩，也只有他俩。

趁着在北营门站换公交的空当，我打电话找小文子求证，她矢口否认。剩下童博士，只能等明天到单位再问。

没多久，半路上接到了郭小姐的第二个电话，她气急败坏，继续骂人。公交车上，众目睽睽之下，对社会经验尚浅的我来说，气得直哆嗦，都不知道该如何反击，大骂了一句神经病，挂断电话，直接拉黑。

同车的同事胆小怕事，看我愤愤不平，哼哼唧唧，不知该怎么安慰。

到了晚上，有一个陌生电话打进来，自称是郭小姐的男朋友，说敢欺负他的女人，他知道我住在香山哪儿哪儿哪儿，说了一个大概区域，让我等着今晚他过去收拾我。他没说到具体的地址，我不确定之前和郭小姐闲聊时，是不是无意中说漏嘴了。

第一次碰到恐吓威胁，还真被吓住了。我跟我对象商量来商量去，还是先报警备案，并同时打电话给鸡哥的女秘书小鹤，告知了整件事情的前因后果。

这个项目是郭小姐主动找上门的，当然不是直接来公司，是通过邮件发送，公司分派，主管安排，项目分到了我这里，我才因此联系上了郭小姐。郭小姐自来熟，让我管她叫姐，说姐认识很多人，以后办事方便，她还发过一张她和大名人喝茶的合影。当时，我们都被唬住了，觉得报纸上登的名人、电视荧屏上的大腕，活生生存在于别人的生活中，还能亲近留念，真的厉害！

项目交给我后，评估需要一段时间，郭小姐也时不时嘘寒问暖。

对于这种一上来就自来熟的人，或者现实生活中，初次见面就跟我勾肩搭背称兄道弟的人，我心里会本能地排斥，觉得这人靠不住，不真诚，说好就好，说坏就坏，翻脸就像翻书一样，好的时候能把你吹上天，坏的时候，踩到脚底下，还不忘踏上一万只脚。

对于郭小姐的热情，我始终与她保持着一段距离。

没想到今天刚跟童博士汇报完，下班路上接二连三招来了一顿漫骂和恐吓。我刚来北京没多久，才进入这个行业，在鸡哥的公司转正才一段时间，第一次遇到这样的事，惴惴不安地过了一晚。

2

第二天一上班，我就到了童博士的办公室。

每次进童博士的办公室，我心里都忍不住嘀咕。他的办公室不大，办公桌面向门口，他坐在那里，背后就是阳光直射的两扇大窗户。无论谁经过门口都能看到里面的一切，毫无隐私可言，如果开着门窗，一到夏天，过堂风贼凉快。

后来，跟童博士混熟了，有一次，我开玩笑说这办公室风水不好，过堂风进门穿窗，留不住财运，后背阳光直射，如芒在背，门前背后，两头受气，腹背夹击，坐在这个位子不好受啊。

童博士名牌大学毕业，真正的博士出身，真的就当玩笑话听了，说坐在这个位置，以示堂堂正正、光明磊落，欢迎大家监督他，鞭策他。

再说了，哪怕就是办公，阳光直射电脑屏幕，时间久了，对视力也不好。童博士不接茬，他都不在意，大家也就不吭声了。

在走廊的这头，老远就看见了童博士身体笔直地坐在办公室里。

我进门说了郭小姐和她男朋友打电话的事,他愣了一会儿,含含糊糊地说下班那会儿,郭小姐打电话来问项目的反馈意见,他无意中说漏嘴了,说他觉得这个项目不行,不建议做,童博士一再心虚地证明自己,说没在郭小姐面前说我的不是。

我一听,只有苦笑。

我相信他没有坏心眼,没有这个动机,也不是故意推卸责任,只是不应该对外捅出去,别提哪个人具体说了什么,大家开会讨论,内部统一口径,然后对外发布,是公司的意见,公司的整体考虑,不是听了谁的。

这家公司只有老板说了算。

没想到事情变成了这样,童博士处理不了,只能等鸡哥来公司。童博士带着我敲开了鸡哥办公室的门,汇报完整个过程后,鸡哥让他先去忙着,单独让我留一会儿,当面给郭小姐打了一个电话,说项目合作与否都是正常的,他尊重并支持员工的意见,她不能对他的员工进行人身威胁,他可以找公安局的人报备……

电话那头,不知郭小姐辩白了啥,反正是欺软怕硬的主,最后鸡哥说没事了,安心工作吧。后来常想起这事,不管怎样,心里还是感念鸡哥替我出头。

这事就算结束了。

不知哪天,谁无聊了,再翻出郭小姐发的名人合影,发现了几处猫腻,说是站在一起合影,但两人的眼神看人的方向不一致,难道拍照的还有两个人不成?另外,两人的身体距离也有点说不出来的诡异,反正正常人不会那样,大家说可能是P的图吧,技术还可以,不细看还真发现不了。

幸好没合作成,不然按照郭小姐的德行,后面指不定还出啥幺蛾子。

3

童博士辞职了，比我们先离开鸡哥这里。

倒不是因为郭小姐的事，归根结底还是不受鸡哥待见，不知是业务能力还是其他方面。记得有一次公司搞活动，邀请了很多合作过的客户，我算项目负责人，需要随行陪同浦兄，也一块儿留在了现场。童博士例行出席，我这里不需要童博士做具体事务，他看见鸡哥走过来叫了一声，鸡哥只是应了一声，没再给他安排啥事。

童博士在这里不受待见，有些手足无措，我不忍心再看下去了，递给他一瓶矿泉水。最后，他什么时候离开现场的我都不知道。

后来，听说童博士自己干了，后面再无他的消息。人潮汹涌，大浪淘沙，浪花激荡过后，很多人连一个泡都没再冒了，悄无声息地消失在这个行业。

再后来，因为浦兄项目的事，我变成了鸡哥和鲍哥中间的一块夹心饼干。

再后来，小文子冒名领取项目合作方的费用，被抓进了监狱。刑满释放后，听说化名又去了一家别的公司。

再后来，秘书小鹤成了鸡哥的第二任夫人。

再后来，鸡哥和鲍哥又和好了。

事已过三

1

"快把你对象拉到单位来,看,在一起多好!"包包姐敬酒的时候,笑眯眯地看着我说。旁边座位上,我对象正跟我的新同事聊得欢着呢。饭桌上,还坐着德二哥和副总元姐呢。

多么相似的场景,多么熟悉的对话,又来了!

我当玩笑话,挡开了包包姐的建议:"别逗了,你们部门也不招人,她也干不了你们的活。"

德二哥听了,一脸认真地跟我说:"我们是热烈欢迎能人呢!只要她愿意,随时可以过来。"元姐也在旁边帮腔。我对象要不是临时被我叫来的,我都怀疑他们仨串通好了,我连连感谢,说回头我们好好商量商量。

这事就算暂时按下了,我心里却并不觉得轻松。

这不是第一次。

一家人,两口子,三家单位共过事,一而再,再而三呢。

我和我对象相识在五道口的一家公司,两个人确定关系后,工作中的一些事情就开始变得微妙。谈恋爱之前,平时大家开玩笑归开玩笑，包括领导也打趣，也不怎么影响工作。可一旦确定关系了，两人的命运休戚与共，比如其中一个人工作上有啥失职之处，本来要考虑批评一顿，这在办公室里都很正常，可现在主管领导不敢随便说了，得考虑另外一个人的感受。我俩算公司的业务骨干，走了一个，另外一个也待不久，对公司来说会损失不小。

后来，我顾虑到两人在一起不好做事，加上看不到行业前景和希望，想换换环境，于是我辞职了。没到半年时间，公司新开拓的业务需要外派人员，没有合适的人选，领导又把我叫了回去，让我常驻外派单位上班，避免了两个人在同一个单位的尴尬与被动。

继续做了一年，有合适的发展机会，我还是坚决离开了。我对象也跳槽去了另外一家公司。这是我俩共事的第一家公司，除了让领导略微为难，让我们觉得有些别扭，别的方面，倒没啥不自在。

后来，我俩各自发展，换工作换公司。

2

鲍哥的公司，是我俩共事的第二家公司。

当时我刚去，工作忙不过来，常常需要加班，于是，我搬到了惠新东桥附近的一个小区，上下班步行距离也就十来分钟。我对象下班比我早，有时我还在单位加班，她就会过来找我一起吃饭，也来办公室等我。老徐经常看见她，自然免不了招呼两句，想着拉她过来上班。她当时在另一家公司发展得不错，老徐极力拉拢，也跟鲍哥汇报过，领导都同意。

说实话，我俩也犹豫。

后来，架不住老徐三番五次地说，各种利好的发展机会，最主要的一点，两人上下班都很方便，最后确定了过来。当然，老徐考虑到两个人在一起影响不好，特地把我俩安排在了不同的部门。其实，办公室就那么大，来来回回经常见面，大家都知道我俩的关系。

公司对我俩确实也照顾。鲍哥脾气不好，但他从来没有当着我的面说我对象，或者当着我对象的面说我，讨论工作上的事也有意把两人错开。我俩跟其他同事相安无事，没啥矛盾与冲突。

后来，我对象意外怀孕。

这真的是一个意外，可在旁人看来，真的事实也成了借口，说不清道不明，蓄意而为，占着公司的假期拿着公司的钱，不干活把孩子生了，职场中常常有人钻空子，怪不得大家这么想。我对象休假照顾孩子，工作耽误了，我也忙了，捉襟见肘两头跑，按下葫芦浮起瓢，自顾不暇，加上那段时间老被鲍哥训，觉得委屈啊，累啊，内伤啊，毅然决然辞了职。

说不上跟公司的关系闹僵，算自己有点任性吧。

假期结束后，我对象想继续照顾孩子，趁势交接完工作也离开了。

来到董小姐的公司，还挺意外。

在那之前，我不认识董小姐，也从来没有跟他们接触过。听说我辞职了，没想到娜娜姐热心地将我推荐给了董小姐，没想到董小姐还看上了，力邀我来这边发展。

董小姐的公司在慈云寺桥，有公交车直达，上下班不到一个小时的车程，没考虑其他，这一点能够接受，于是，我确定过去上班。

就这样开始每天的生活：白天我去公司上班，我对象在家带孩子，下班后，一家三口才算凑齐了，享受家庭的温暖。工作上的事不忙，董小姐对我挺信任，工作开展得比较顺利。就这样过了一年多。

后来，考虑到租房成本开销较大，房子到期后，我们搬到在河北大厂回族自治县买的新房，从那边坐通勤公交到单位的时间和从租住的房到单位的时间差不多，唯一的不足是得早起赶车，还得祈祷路上不要堵车。常常天还没亮就上了车，要是运气好赶上了空座，就能上车一路睡到终点。到了国贸下车，买好早餐，一路步行到慈云寺桥。

还记得，当初从北京植物园附近的民房搬到惠新东桥的小区，因为嫌搬家麻烦，曾牢骚了一句：下一次要是再搬，希望能搬到自己的房子里。没想过作为奋斗目标，没想到还真成了，但不是在北京，搬到了孩子姥姥所在的河北大厂回族自治县。

就这样，开启了双城记的上班生活。

3

时间过得很快，不知不觉过了两年，孩子也慢慢长大。

有一次，我跟着董小姐一起出差，我对象顺道跟着我出来玩玩。当然，我对象承担自己的一切开销，我俩都很注意这一点，不会逮着机会占公家的便宜。我还记得，从火车站出来，我去旁边的广场小卖部买点东西，留下她和董小姐原地等着，她俩闲聊了差不多半个小时。

不出意外，据董小姐后来私下给我的反馈，夸我对象优秀，方方面面的能力堪当重任，让我出面找她说说，让她过来上班，两人在一起有个照应。

我对象自然知道董小姐的心思，两人在一家单位，每天一起上下班，深度捆绑，时间久了，习惯成自然，谁都不会轻易离开单位。她开始没想过这事，后来犹豫了一段时间，考虑到不能长期不上班，脱离职场时间越久，再融入就更难。她也去了别的单位面试，离得远，最后还是选择了董小姐这边。

让我对象过来，我还有一个私心：我自己不愿意做部门管理，只想一心一意地做项目，在外面跑业务，我对象在管理这块做得比我好，业务能力也不差。那段时间，我每天为部门杂七杂八的管理事务烦不胜烦，她看我这样糟心，也想过来替我分担一二。

两人分属不同的部门，早晚一起上下班。

有时，同事打趣道：这是妥妥的双职工家庭，稳了。

事后，常回想两人在一起上班的弊端。时间久了，工作和生活混为一谈：分不清工作和生活的界限，什么时候该谈工作，什么时候该放下工作好好生活。早上睁开眼，两人聊的是今天的工作，晚上躺床上，睡觉前还在考虑有啥工作没完成的，明天继续……

中间的一个小插曲，让我第一次觉得董小姐没有她嘴上说的那么好。

我们搬入新家，公司的同事也知道，董小姐主动提议，撺掇大家周末一起过来暖房。真到了那一天，其他同事千辛万苦赶过来了，而董小姐呢，临时说有事不来了，还是通过财务大姐转告，没直接跟我俩说。她有我俩的联系方式，又不是初次见面，作为基本的交往礼节，约好了却不来了，怎么着也得直接跟主人打个招呼吧。当然，董小姐是公司领导，大家没说什么，我俩不好扫兴，大家确实是远道而来，跑一趟不容易。所以董小姐才会嫌远，不愿意为我们花这个时间，不值得跑，反正我俩都已拴在单位。

后来，我俩合并到一个部门，董小姐让她专职做管理，我一心做业务。这样的分工，开始显露两人共事的负面：我算彻底从管理中解脱了，可重担全压在她身上。我自觉拖累了她，让她没有自己的发展空间，无暇放手做项目，做什么事都要先考虑到我这边的情况。

我俩在董小姐这里共事差不多两年时间。等到我俩闹矛盾了，董小姐居中调解，可能会有那么一瞬间，我猜她后悔让我俩来一个公司上班。

考虑到两人的矛盾影响到了工作，我暂时离开。在外面晃荡了两个月，觉得不如意，又回来继续上班，董小姐自然欢迎。

第二次回来，我待了不到一年时间。

业务停滞不前，我的工作状态也不如以前，一番挣扎，我最后还是选择了彻底离开。走之前，董小姐看出了苗头，找我长谈过，展望未来可期的发展蓝图等等，我嘴上应着，心里还是打定了主意要走。

4

我离开后，我对象在董小姐的公司只坚持了半年多。

按照董小姐的指示，公司优化组织，精简人员，我对象也是被谈话的人员之一。很多老同事实在，公司委婉地表达完，他们说离开就离开了。我对象没有放弃自己的利益，该争取的必须争取，该要的补偿一分不让，公司一位负责此事的副总找她谈了几次，说急了，还跟她拍桌子，我对象依然不为所动，就像看表演一样，置身事外地冷静。最后，我对象离职前拿到了一笔不小的补偿金，让其他在职的或是已谈话离职的同事甚是敬佩，并羡慕之。

后来，我才听我对象说起副总拍桌子的事，那时她已找到了心仪的公司，并上班一段时间。没想到事情会变成这样，我俩算是真正认清了董小姐的薄情寡义，更没想到的是那个副总。大家曾一起去外省出差，一桌吃火锅凑热闹，相互举杯，气氛热烈，回酒店的路上，副总还自告奋勇当司机，车接车送，热情得让我俩都不好意思了。

怎么一翻脸，就成了这样的人？!

我当然明白副总是秉承董小姐的意志办事，人员精简名单是董小姐定的，自然知道我对象名列其中，她只要一个最终结果，至于副总用什么手段、耍什么花招，自然不用董小姐教。当然，董小姐不会无能到告诉副总该什么时候拍桌子，掌握什么力度，把控多少频次，等等，副总也不会愚蠢到请示董小姐，该对哪些人使用拍桌子的手段……可这一切的一切，自然跟董小姐脱不了干系。

我没再去质问董小姐或副总，犯不着。

德二哥他们发出邀约前，我对象已找到新单位上班，再三邀请，我俩都没松口。只能坚决婉拒，没必要逢人便说那一段糟心的经历，让对方面子上过不去，好像免不了步人后尘。实际上也是如此，不可抗力之自然规律，强大到无法左右。

事已过三，太清楚状况，太知道后果。

给熊二画上一个句号

首先说明一点,没有刻意选择以熊二作为开篇,以熊二结尾。

我开始写下熊二的故事,就没这么设计过,也没想到过这一点,更没想到后面会遇见同事小林,跟她见了面,闲聊过程中说到了熊二,她不说我都不知道她认识熊二,他俩之间还有这么深的渊源。

小林自然不知道我写这本书的事。

怎么说呢,圈子就这么小,就这些人来来回回,就这点事兜兜转转。看着毫无关联的我们仨,人生轨迹也能交错到一个点:董小姐把熊二挖到公司,我因此认识了熊二。没多久,我去了熊二原来的单位,也就是德哥的公司,因此认识了包包姐。干了一段时间,离开前,包包姐将小林介绍给我认识,说她以前在德哥这边干过,算关系不错的姐妹,说我们都是想做事的人,推荐给我们多认识、多交流。从严格意义上来说,我跟小林都不算同事。

我们相互加了微信,但一直没见面,平时互动也少。

后来,意外得知曾在鸡哥那里共过事的小黄,也在小林现在的单位,一问,小林还是他的部门主管。

说到小黄,还有一段插曲。

他是跟我们同一批进鸡哥公司的同事。当时他吊儿郎当,不务正业,上班时间耍帅,竟然打起了女秘书小鹤的主意,没多久就被辞退了，公司给出的理由是业绩惨不忍睹，大家有目共睹。后来，小鹤跟鸡哥在一起了，大家才想起被辞退的小黄——敢泡老板的女人，这小子死得不冤。

离开前，彼此都没留联系方式，也没想过再见面。

同事一场，离散聚合，常常走着走着就散了，相互失联了，哪怕同在一个北京城里，可能再也不见，能够再次相遇都是惊喜。我完全没想到，那次上门拜访吉吉，竟然在他公司的走廊上迎面碰到了小黄，整整八年没见，竟然在这里见着了！

彼此都很意外，再联系上，日常来往也不多。等我再想起来，找他了解吉吉那边的项目情况，他才告诉我他现在在一家新公司，直属领导成了小林。

正好找小黄叙叙旧，也想去他上班的新公司看看。结果见着面了，小黄把小林也叫了过来，让我觉得一时有些失礼。我跟她没法叙旧，暂时也没项目可谈，最主要的一点，我来之前都没跟小林说过，也没约见面。

反正来都来了，那就闲聊呗。

这么一聊，小林听说我原来在董小姐那里干过，问我认识熊二吗。

我说："他算我的领导吧。"

"他可不只是我的老领导。"小林一开口，我没想到他俩的关系这么源远流长。刚毕业的小林找到第一份工作，干了没多久准备辞职，那时大家都还不熟悉，部门领导也没想过聚餐送行。当时，熊二也在那家公司，在别的部门当主管，跟小林的关系也仅仅局限于同事，没有私交，不是校友，却表现得很仗义，叫了一帮认识的同事一起请她吃饭，小林很感激熊二给的这一份体面，一直记着这一份情。

再后来，小林辗转去了德哥的公司，跟新领导关系处得不错。一天，新领导突然问起熊二这人怎么样，小林意识到这是例行常规的背景调查，可能公司看到了熊二的简历，连忙说人不错，没多久熊二就过来上班了。

相处时间久了，小林才知道熊二舍得花钱，特别舍得花公司的钱办自己的事。现在回想起来，他当初打着为她送行的名义，呼朋唤友拉了一帮人吃吃喝喝，假公济私，收买人心，公款报销。那时刚步入社会，小林想得简单，现在释然了。

熊二喜欢在同事间挑拨离间，小林知道这是他的老毛病。有一次喝醉酒了，熊二脱口说出了大实话："你们之间要是铁板一块，我怎么管理啊？"

这简直震惊了小林的三观，于是慢慢地疏远了他。

熊二离开董小姐的公司后，我也立马删了熊二的一切联系方式，包括但不限于手机号、微信、QQ和邮箱等。作为同行，他的业务能力没啥可学习之处；作为领导，他也没啥让我值得尊敬的地方，我俩不可能做朋友，以后不敢跟他有任何合作，看不上，这样的人不见也罢。

聊到最后，我还提起了跟着熊二去外省出差的奇葩经历。

到了开会的地方，熊二先拉着我上天台，找到一标志性的城市景点作为背景，拉着我一顿狂拍，我还开玩笑说领导这么亲民呢。他说发给他老婆看看，我才明白这是拿我当人肉背景，向老婆打卡汇报呢——你看我真的是在出差呢，来到了这个城市，跟同事在一起，有图有真相！

他老婆还留在德哥手下做助理，熊二和她从同事到夫妻，竟然混到了还需要打卡汇报的程度，中间经历了什么故事，我倒是不关心，可拉我当盾牌挡枪，这一顿操作把我恶心得不行，至今想起，仍然愤愤不平。

小林笑笑，没再多说一句。

后来,在我对象面前聊起这一段,没想到她也认识小林。两人打着业务合作的旗号,见了几次面,每次也没聊到具体的项目合作,就是闲聊,吃吃喝喝,小林下次再约,她都懒得跑了。

事实胜于雄辩:这世界真小。

后记

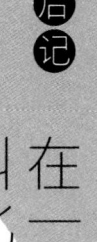

在一个叫北京的地方

1

一个来北京打拼的朋友说,北京是个奇妙的地方。到了北京,心就突然膨胀,想做很多事,要赚更多钱。回到家,待两天,心就慢慢缩小,开始琢磨做一些舒服的能开心的事。大致以白庙检查站为界。

第一次看《霸王别姬》,印象最深的是,小癞子偷跑出来,在戏院看角儿唱戏,大家哄然叫好,他却泪崩了。

他们怎么成的角儿啊？

得挨多少打呀？得挨多少打呀？

我什么时候才能成角儿啊？

对于什么是"角儿"，戏院的那爷说得最形象（此处没有讽刺）："哎哟，我的角儿，您这可是星宿下凡啦！您今儿就是一声喷嚏，也得是满堂彩儿，今天不挤出几条人命，就上上大吉了。"

小癞子要是成角儿了，最大的梦想是："天下最好吃的，冰糖葫芦数第一，我要是成了角儿，天天得拿冰糖葫芦当饭吃。"就像相声里说的，我要有钱了，买两碗豆腐脑，吃一碗，倒一碗。

在回戏班的路上，小癞子对小豆子说道："吃了糖葫芦，我就是他妈角儿了，我们怕谁啊？"

他们偷跑出去的事被发现了。看到小石头被打得那个惨啊，小癞子知道自己这一关熬不过去了，开始胡吃海塞，然后上吊自杀了。

此后，每逢天冷，看到卖冰糖葫芦的，都会想到《霸王别姬》里的小癞子：外面裹着的是甜，吃到嘴里的是酸，果心里被挖掉的，是坚硬的核。想做事，做成事，达成愿望很不容易，背后的酸甜苦辣咸，此中滋味自知。

细算起来，我来北京已二十年。

一个人，一座城市，一个行业，足足二十年的光阴。

人生能有几个二十年，弹指一挥间，如白驹过隙。

细数这些年待过的几家公司，上班的地方要么在四环里，要么在四环外。北京四环不离左右，成了我工作和生活绕不开的一个圈。

每个行业亦如一条环形跑道，有人进来，有人出去，自然还有一些人一直坚持在跑道上。从业二十年，经历过不少迎来送往，有能力不行被自动甩出跑道的,有迫于生计改换来钱更多、更快的行业的,有些人只是把这当成一份工作,当作一个跳板,还有一些人懵懵懂懂,一头撞了进来却不知所以然,浑浑噩噩继续混着……真正喜欢这个行业,始终如一地保持激情,并有能力坚守下去的人不多了。或许,正如路遥所说的那样,"只有初恋般的热情和宗教般的意志,人才有可能成就某种事业"。

这本书写下了一个普通人在北京的二十年:那些年,那些人,那些事。

有人与事的纷争,还有从业者的心得和困扰。

非科班出身,非职业作家,掰开了揉碎了,能说清楚讲明白,即可。

这二十年,苦为他人做嫁衣。整理过往,集腋成裘,终于亲手给自己做了一件衣裳——于我,它算独一无二的华袍,可抵御外界的铠甲。

如果别人无法给予温暖,那就试着自己温暖自己。

异乡风大,夜寒,记得裁衣一件,给自己披上。

前方路远,且长着呢。

谨以此书,致敬每一个在幕后默默奉献的普通人:愿每一份付出,都不被辜负,与你我同行,照亮自己,也照亮北京城里的每一个夜晚。

有时凌晨两三点,开车走在四环路上,视野所及之处空旷无车,像极了无人的荒漠,除了对面偶尔有两三辆车交错而过,两侧的路灯好像安静了许多,这个夜晚也安静了许多。这个时候的北京,你才觉得有一部分是属于你的,跟你有关系,也仅仅只有一部分而已。白天的四环啊,喧嚣得无处安放你的孤独,无法安抚你受伤的心。

这么大个北京城，谁没半点委屈啊，人得自个儿成全自个儿。来京二十年，一直感触这点，别无其他。

2

写完最后一个字，没有想象中的欣喜若狂，没有怅然若失，只有万米长跑后一身的疲惫和放下心头重负的轻松：终于能给自己一个交代了，也给在北京的这二十年。

这一刻，也有不舍。就像一个陪伴了多年的老朋友，终将要告别；也像送别战友，相互摘下帽徽、领花、肩章，最后戴上红花的那一瞬间；更像见证一场成人礼，执其手，一个含辛茹苦养大的闺女，最后不得不拱手让人。

不舍，这二十年一晃而过；更不舍，是写这本书的六年里的每一日每一夜。

这时，太阳刚刚升起，窗外不远处，鸟巢和水立方迎来了第一缕朝霞。

又是新的一天。

为了写这本书，我养成了早起的习惯。每天早上抽出一小时左右的时间，放空大脑，一个人不受打扰，安静地坐在窗前，开始每天的功课。写完了，收拾整顿好，还得出门赶车，正常上班。

回忆是一条河流，有时烟波浩渺，有时波光粼粼。常常呆坐窗前，半天一个字都没写，思绪早已跑到了九霄云外。梳理过往，拼凑碎片，大珠小珠落玉盘，我还得把它们一个个捡拾起来，玉盘里、地上，或不知名的犄角旮旯，穿成一串串珠链。

沉渣泛起，尘土飞扬，浮云遮望眼。

这都是避免不了的事。我是参与者、见证者，也是记录者。

犹记得，只身一人第一次来到北京，刚走出西站，就听见火车站大钟整点报时的熟悉旋律响起：东方红，太阳升……那一刻，很兴奋，我终于来了北京，这可是中国首都！

来之前，大家都好心劝我，北京竞争激烈，那么多名牌大学生，那么多硕士生、博士生，那么多归国留学生，求一席之地谈何容易。更有来北京待过一段时间的人现身说法，说北京生存压力大，工作不好找，连摆地摊的都扛不住了，不得已打道回府。

我依然不管不顾，怀抱着一个执念：我最喜欢的作家沈从文先生，一个小学毕业的人都敢闯北京，为什么我不敢？他靠着自己的不懈努力也能站稳脚跟。长安米贵，居大不易，只有经历过这一切，我才能真正体会到"不懈努力"四个字的分量，不仅仅是嘴上说说而已，真的需要扎扎实实，一步一个脚印，扎根在北京这片土壤里。

来京的第一站，我投靠了在北航读书的弟弟的同学。一番寻觅，租了校园里教职工的一间宿舍，每天早上步行上班，穿过一道铁轨，不远处就是五道口。入职的第一家公司就在旁边的华清嘉园小区。

后来我搬到了香山。一个人拿着一个大花格编织袋，每次装满一袋，扛到北航东门的马路对面，等直达的 331 路公交车。蚂蚁搬家似的，来回跑了好几趟，两天才搬完。

那个时候，有的是时间，没钱。

3

写这本书的初愿：给看到此书的你，分享一些职场过来人的经验，提供一点人情世故方面的善意建议，哪怕有一个细节能帮到你，善莫大焉；对我自己来说，在北京这二十年，总算留下了一点东西，足矣。

写的都是真人真事。以后要是当事人听到了、看到了，我能告诉他们的是，就我所了解到的，我所理解的，仅仅代表我所知道的事实，表达我的观点，可能这不一定是全部的真相，欢迎批评指正。况且，人和事都是变化发展的，对我自己来说也是如此。如果真有人愿意，如书中所写的那样所思所想、所作所为，并继续坚持和固化，那一切只能顺其自然。

之前，在长沙岳麓山下跟人合租，一间屋里，两张上下铺铁床，睡了三个人。同屋的一个室友对女朋友不怎么好，常德女朋友过来看他的时候，他能老实几天，对女朋友略尽地主之谊，等女朋友一走，他又跟当地找的另外一个女孩混在一起。这个室友姓何，名字连起来谐音"何意义"，我们经常拿他开玩笑，哲学家常说存在即合理，你的存在有何意义？

有一次，我写完日记后，日记本放桌上忘了收，被我上铺的室友看到了，里面写到了何意义跟他女朋友的那一段。他俩平时就玩得好。

上铺当着我的面告诉了何意义，我没吭声，何意义也没吭声。

我不吭声，代表了默认自己的所作所为，也做好了承受来自何意义的一切。何意义不吭声呢，可能觉得无所谓，碍不着他什么事，只要我不当着他常德女友的面戳穿这一切，这就不是什么事，写就写呗，说就说呗，反正就这屋里仨人知道这事，一闹一嚷嚷，反而坐实了，广而告之，他有这时间和精力，还不如多玩几局游戏。

上铺觉得没趣，这事也就散了。

很庆幸，这本书记录下了北京的这些年、这些人、这些事。

时过境迁，以后再提起这些，可能都没了那个心气劲，这得感谢自己当时的一个念头，就想着要给自己留下一点东西，并坚持到底。我做到了。

想当初，很多鲜活的细枝末节缺失，片段的残缺，人与事的模糊，再不写可能会忘得干干净净，脑子里可能只剩下我认识这么一个人，我们曾在北京共事过。

每篇文章没有按照时间的先后顺序来写，上一篇里提到的人或事正好关联到下一篇，人生事，事扯人，拔出萝卜带出泥，并非刻意这样安排，或许生活本身就是如此。哪怕路人甲，比如小玉、小艾等这种打酱油的，都在不下于两个不同的时间段出现，并相互关联。

一切水到渠成，水自流。

每次写完一个人的故事，就像完成一次长途跋涉，一大块硬骨头只能一点一点地啃，啃完了，有个短暂的放松，再去啃下一块骨头。整本书的写作，从动了这个念头，到搜集整理素材，到最终定稿，断断续续写了六年，算得上我人生的一个阶段。

写完后，我拿给身边的一些人看。有家人，有好朋友，有圈外人，也有认识多年的同道中人，给了我许多诚恳的意见，在此，不记名感谢。

完稿了，这事对我来说就算翻篇了，无论里面的人还是事，或者文字本身。

4

写完这本书的一个月后，我约上许久不见的小青聚聚。

在去会面的路上，我才突然意识到，我俩竟然有十六年没见面了,这么多年来,大家一直都待在北京。最远的距离,不是天涯海角,不是天荒地老,是同在一个城市,竟然这么多年没见过一面。这得是多长的一条路啊,需要走啊走啊走,走上十六个年头才能交错遇见。

我俩同事不到一个月时间,她匆匆而来,匆匆离开。在这个公司里,她只认识我,只跟我一个人还保持着联系,我俩共同认识的朋友只有一个,还是小青介绍认识的。后来,我俩不约而同地没再联系这个朋友,慢慢走远、走散,从彼此的朋友圈和生活中消失不见。

而小青离开那家公司后,我俩的来往仅限于朋友圈点赞,日常没啥来往,甚至过年过节的祝福短信,彼此都没想起来发过一条。

这次还能约着见面,对她来说,不远的将来要是退休了,希望能找到一些说得上话的人多聚聚、多玩玩、多唠唠,回头扒拉扒拉身边的朋友里,靠谱的、信得过的、能聊到一块儿的,她觉得我还不错。人生苦短,余生不长,她不想也不愿意再花时间去重新认识一个人,重新培养和经营一段关系,再说了,大浪淘沙过后,有现成的朋友,为何还给自己找不痛快?

对我来说,我就很好奇:一个人在一座城市里,这十六年里都经历了什么?就像在岔路口分开后,这一路走来,她看过哪些风景,见过什么人,走过什么路,很想听她当面说说。

放在旁人身上,相互之间没有利益诉求,谁也不求着谁办事,没有亲密关系的羁绊,并非老熟人、老同学、老朋友需要叙旧,之前十六年都没见,再见面的意义何在?早就抛开一边,忘到脑后。

见了面,彼此感叹变化不大。

这十六年里,谈对象、结婚、买房、买车、生娃、给老人看病、带娃……人生该要经历的流程,小青都面对了。人人都发愁车牌摇号难,她却出乎意料地幸运。在参加摇号之前,她就有强烈的意识,估计会摇上，果不其然摇中了，于是赶紧买了车。

　　而落户的事，就没这么幸运。她老公错失了两次机会，一次是刚毕业参加工作，只要待够几年，就能拿到北京户口，就差最后一年了，她老公考上了研究生，领导劝他再待一年，就一年的时间，触手可及的机会，别人想要还没有呢，他不，那时候年轻气盛啊，他等不了了，学校那边就要开学了，一刻都等不了。后来再参加工作，他作为高新人才有落户的机会，当时不确定未来的发展，可能想着还要回老家吧，于是，第二次放弃了好机会。

　　等到后来结婚有了孩子，他们俩再想争取落户，就难了。其中，积分落户里有一项福利政策，只要在北京郊区买房，并在郊区上班，可以多加分。这是一个高的加分项，虎视眈眈的人自然多。他们卡在了钱上，之前掏空了两家人的老底，好不容易买了一套房，再无余力买另外一套，除非卖了现在的房子。只要卖房买房，一旦开了这个头，后面一系列要面对的问题接踵而至，小青头疼得很，想想还是作罢。

　　人生总免不了这样那样的问题，孩子上学可谓重中之重。小青曾为此焦虑失眠了很长一段时间，后面想通了，她在自己的青海老家买了一套房落户，孩子随她的户口走，等到上初中，她准备陪着孩子回老家读书。

　　38岁那一年，小青作为高龄产妇生下了闺女。孩子治愈了她，围着孩子团团转，忙到没有时间去想那些不堪重负的各种问题，而且孩子带给她的快乐，甚至掩盖了这些问题的消极面。小青最大的希望就是自己身体健康，倒不为多看看这繁华人世间，只想着在人生的路上，能够多陪孩子一程，帮着孩子带她以后的孩子，分担一下孩子的压力。生孩子之前，她靠工作来麻痹自己，焦虑的时候，甚至主动请求加班，忙到精疲力竭倒头就睡的程度。

从我俩共事的那家公司离开后,她换了三个行业。待得最长的是一家房地产公司,在这家小公司干了十一年,主要是看老板人好,对她还不错,所以待了这么长时间。现在上班的这家公司,是图离家近,别的也都还好。在这之前的那一家公司是教培行业,因为上级政策调整,两三千人的公司说破产就破产,老板拖欠了大家大半年的工资,最近在走司法仲裁,明天还要去法院递交相关材料,北京分公司就有成百上千个同事,法院为此专门开辟了绿色通道。

大家都挺不容易的。

关于她老公,小青倒是聊得不多。没有秀恩爱,到了这个阶段,老公的角色就成了人生的战友,两人都在为生活左冲右突,夫妻俩不仅仅是感情上的相互扶持,还需要共同面对和分担生活中的方方面面,就如证婚词里写的那样,无论贫穷还是富有,无论疾病还是健康,直至死亡。

她老公的哥哥沉迷于赌博,家里老幼不管,还因为赌博欠债的事,本来就不宽裕的他们不得已拿出了一部分钱帮他填坑。跟一个人结婚,不仅仅要面对与这个人相伴终老的方方面面,还得承受来自其家庭的一切。

聊到最后,小青叹了一口气:"家家都有一本难念的经……"

晚上6点见着面,边吃边聊,不知不觉聊到了晚上8点多。

最后走时,我试探性地问了一句:"需要我送吗?"

按理来说,应该送送,哪怕这么近的距离,天色已晚,我理应绅士一点。不送,好像说不过去。要说送人,我嫌麻烦,不是特别愿意。最主要的是怕坐我的车,万一出了啥事故,双方扯不清,承担不起。

小青说不用,不远,才四站路的距离……"呃,你要是不特别着急的话,可以送我一下?"

于是,我开车捎上她。一路上,小青还在纠结:"要不你把我放在哪个公交车站,我自己坐车回去?"成年人的世界,就是不愿这么轻易麻烦别人,不为别的,只想着是否给人添了麻烦,最主要的一点,对方是否乐意,或者从一开始就没这个意愿,或者双方的关系没有好到这个份上。

来都来了,都在半路上了,怎么能把人放半道呢?

好在不远。到了一个小区门口,我按照她的指示停靠在路边。她下车后,我继续捣鼓导航,查看道路拥堵状况。过了一两分钟,突然有人探过头来,说道:"你知道怎么回去吗?"

我吓了一大跳,原来是小青。她还没回去,说等着我车走了才转身。我也暗自松了一口气,庆幸没有因为送她的事而牢骚满腹,刚刚没在背后说她的坏话。不然,不知该怎么收场。

下一次,还不知道啥时候再见面。

小青说等以后孩子大了,再约出来玩。

5

有一次坐网约车,司机是一个60多岁的大叔,闲聊起他们刚来北京的事,那个时候四环还没什么建筑,房子便宜,他买了一套房子在这边安家,现在孩子都已大学毕业。因为没有稳定的工作,大叔还得跑车挣钱养家。我没问大叔哪一年来的北京,总之一句话,在北京待了三四十年,变化还真是大。

我没想过,在北京一待就是二十年。

二十年的时间,可以让咿呀学语长成青春年华,可以让青春年华早生华发，也可以让母亲满头白发。母亲能干了一辈子，自认吃了没读过书的亏，所以等到自己哪怕有一点点能力，能让孩子上学的都送去上学了。孩子读了书，翅膀硬了，离家又远了，也没法陪在她身边尽孝。

对于母亲，既感激又愧疚，永远都是。

父亲去世早，这么多年来，很感谢哥哥、姐姐留在身边照顾着母亲，特别是二哥，远香近臭，他替我和弟弟承担了不少压力。

还记得很多年前的一个除夕夜，那时，村里安装了固定电话的人家不多。离家最近的，是村口小卖部的那部电话机，在外打工的人经常打这部电话回家报平安。除夕那天，小卖部的老板提前来告知，下午5点左右，远在广东打工的二哥会打电话回来。当时是我去接的电话，二哥也没说啥，就是问问家里的情况，怎么预备过年，母亲身体还好不。问及二哥呢，他说带着二嫂在工厂宿舍里，两人买了一只鸡炖着吃，别的也没准备了。

放下电话，我都还好好的。从小卖部到家，不到五百米的距离，一路走来，大家都在贴对联、放鞭炮，家家户户飘出了年夜饭的味道。而二哥他们回不来，只能在外面过年了，没啥好吃的，万家灯火之时，亲人都不在身边，离得那么远，他们也会很想家吧？……

直至进了家门，看见满桌热气腾腾的大碗小碗，母亲开口问我："你二哥他们都还好吧？"

我的眼泪一下就掉下来了。

母亲吓了一跳："咋了？你二哥跟你说啥了？他们到底咋了？"

"他们都挺好的，没啥事，一切平安。"

"那你哭啥？"

"没啥，他们过年只炖了一只鸡……"

那时，说不出心疼人的话，但母亲知道。她心里也牵挂着二哥他们。

是啊，不论远近，只要离开了这个家，哪怕在外一天，都还是会想家的。

那一年，我因病在家休养了一年多。

以前和小舟闲聊，曾特别羡慕小舟两个方面：其一，他从一开始就选择了回老家发展，虽然不是家里的独子，但父母健在，能时刻陪伴在身边；其二，能陪着孩子一起长大，家庭关系稳定，一家人都在一起。所谓平凡人的幸福生活，莫过于此。

二十年后，丁丁也辞职回了老家，上有老下有小，离不了他。来北京读书前，他就想明白了这一点，大学四年，工作十余年，只要不在北京安家，总免不了各回各家，各找各妈，走得坦坦荡荡，了无牵挂。

一个朋友辞职，竟然因为一棵芹菜。他说北方的芹菜根茎粗壮，完全吃不出南方小芹菜那种水灵灵的香味，毅然决然回了老家。

中国地大物博，南北两个地方的人结婚，生的孩子可以算得上混血儿。从一个城市到另外一个城市，朝发夕至，每每到达目的地，我总有一种不真实感，有时非得在地上跺一脚，重重地跺一下脚后跟，疼了，感知到大地的存在才踏实。

何处才是自己的家乡，何处才能安放一颗游子之心？

年少时，一直期盼着山外的世界。闯荡一番后，曾想回到老家，在乡下过日子，天是蓝的，水是清的，食材是可以吃的。自己种菜，养鸡，养鸭，养猪，养狗，老婆孩子热炕头，无思无想，有鸡飞狗跳的事，也有八婆嚼舌的人，不关心娱乐八卦，不参加同学聚会，不希望被打扰，也不需要这个世界的怜悯，作为一个普普通通的人，就这样过完平平凡凡的一生。

悠然见南山，万物静观皆自得。

可惜啊，回不去了，世界残酷，现实不为所动。物是人非，在老家再也找不到儿时印象中美好的一切，哪怕童年玩伴，再见面也相顾无言，大家都往前走了，都要为生活而奔忙。哪怕时光能倒流，大家陪着演完这一场，总要迎来曲终人散梦碎之时。

永远走不出，再也回不去。故乡和童年都是如此。

只能放在心底，变成遗憾，并深深地怀念。

6

我曾无数次设想过以后离开北京的场景。

或在早晨，或在黄昏，或在深夜，我一个人静静地看着火车窗外，依然车水马龙，依然万家灯火，依然川流不息，北京不会因为我的到来而开心，也不会因为我的离开而难过。铁打的兵营，流水的兵，不会因多一个人而觉得多，不会因少一个人而觉得少，进进出出，来来往往，每天都在北京这个围场里上演着。

也常常问自己一个问题：

再回到那一年，

一无所有，一无所知，一无所依，

只带着一身无知者无畏，

还会再来北京吗？

还敢再来北京吗？

还后悔来北京吗？

久违了，无论是离开了北京的你，还是继续坚持在北京的你。

哭过，笑过，痛过，努力过，活在一个叫北京的地方。

哪怕再离开，怀揣着这本书，想想这些人和事，我也不遗憾了。

犹记得，第一次来北京，第一次去故宫，正赶上下了薄薄一层雪，站在金水桥上，那一瞬间，突然就感觉站在了历史和时间的边缘，触手可及，屏声静气，不敢高声语。

北京是一个奇妙的地方。

二十年了，时间也是一个奇妙的东西。

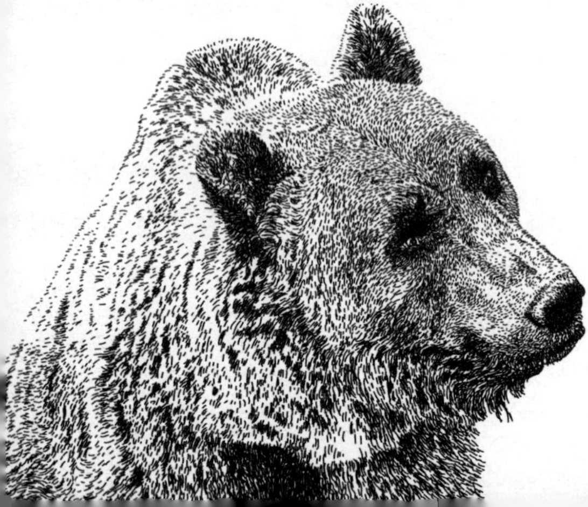